Jennifer Rush

ESCAPE

Thriller

Aus dem Ameri
von Ulrike B

GULLIVER
von BELTZ & Gelberg

MIX
Papier aus verantwortungsvollen Quellen
FSC® C089473

Dieses Buch ist erhältlich als:
ISBN 978-3-407-74800-3 Print

in der Verlagsgruppe Beltz · Weinheim Basel
Werderstraße 10, 69469 Weinheim

Die Originalausgabe erschien unter dem Titel *Altered* bei Little,
Brown and Company, New York

Published by Arrangement with Jennifer Von Drak
Dieses Werk wurde vermittelt durch die Literarische Agentur
Thomas Schlück GmbH, 30827 Garbsen
Für die deutsche Erstausgabe

Übersetzung: Ulrike Brauns
Neue Rechtschreibung
Einbandgestaltung: Christian Keller
Bildnachweis: © istockphoto.com/pkruger/OGphoto/Jamie Farrant
Gesamtherstellung: Beltz Bad Langensalza GmbH, Bad Langensalza
Printed in Germany
1 2 3 4 5 21 20 19 18 17

Weitere Informationen zu unseren Autoren und Titeln
finden Sie unter: www.beltz.de

Für JV, weil er an mich glaubt
und mich lange schlafen lässt

1

Fast vier Jahre lang hatte ich das Labor nicht betreten dürfen. Es hatte mich aber nicht davon abgehalten, jede Nacht heimlich hinunterzuschleichen. Und obwohl ich nun nicht mehr um Mitternacht aufstehen musste, um die Jungs zu besuchen, war meine innere Uhr immer noch so getaktet.

Ich saß auf der Bettkante, die nackten Füße fest auf die Holzdielen gestellt, und rieb mir den Schlaf aus den Augen. Mondlicht stahl sich durch das Fenster, die Schatten der Ahornbäume glitten hin und her.

Dad hatte mich vor acht Monaten gebeten, ihn im Labor zu unterstützen. Seitdem durfte ich nach unten gehen, wann immer ich wollte. Doch die Jungs mit Erlaubnis zu besuchen, war nicht dasselbe, wie im Dunkeln zu ihnen zu schleichen. Und nicht annähernd so aufregend!

Schon lange wusste ich auswendig, welche Dielen im Flur, eigentlich sogar im gesamten Haus, knarrten. Die mied ich nun auf meinem Weg durch Wohnzimmer und Küche und sprang schnell die Kellertreppe hinunter, immer zwei Stufen auf einmal nehmend.

Die Treppe endete in einem kleinen Vorraum. Neben einer Automatiktür befand sich an der Wand ein Nummernblock, dessen Tasten im Dunkeln leuchteten. Dafür, dass Dad für eine geheime Organisation arbeitete, war er äußerst nachlässig, was seine Sicherheitscodes anging. Als ich vor fünf Jahren das erste Mal in das Labor eingebrochen war, hatte ich gerade mal eine Woche gebraucht, um die Zahlenkombination zu knacken. Seitdem hatte Dad sie nicht mehr geändert.

Ich tippte nacheinander die sechs Zahlen ein, die Tasten piepten bestätigend. Zischend öffnete sich die Tür und schon umgab mich der schale Geruch von gefilterter Luft. Meine Atmung beschleunigte sich. Jeder Nerv meines Körpers summte vor Vorfreude.

Schnell lief ich durch einen kurzen Korridor, der direkt in das Labor mündete. Es wirkte klein und gemütlich, erstreckte sich jedoch weit über die Grundfläche des Hauses hinaus. Dad hatte mir erklärt, dass zuerst das Labor gebaut und dann das Farmhaus daraufgesetzt worden war. Der Sektion war offenbar sehr daran gelegen gewesen, das Experiment, also die Jungs, tief in den Äckern New Yorks zu verbergen.

An der rechten Wand befand sich Dads Schreibtisch und direkt daneben mein eigener. Links stand ein Kühlschrank, daran schlossen Reihen von Aktenschränken an und eine mit allen möglichen Utensilien vollgestopfte Kiste. Direkt gegenüber vom Korridor lagen die Zimmer der Jungs: vier Zellen nebeneinander, jeweils durch eine Backsteinmauer voneinander getrennt und nach vorn durch eine dicke Plexiglasscheibe abgeschlossen.

Trevs, Cas' und Nicks Zellen waren dunkel, ein schwaches Licht fiel nur aus Sams, der zweiten Zelle von rechts. Als er mich bemerkte, stand er sofort von seinem Schreibtischstuhl auf. Mein Blick folgte den Linien, die seine Muskeln auf seinen Oberkörper zeichneten, den ausdefinierten Bögen oberhalb der Hüften. Er trug die graue Schlafanzughose aus Baumwolle, die die anderen Jungs auch hatten, sonst nichts.

»Hallo«, sagte er, seine Stimme gedämpft durch die winzigen Luftlöcher in der Scheibe.

Wärme kroch von meinem Hals Richtung Wangen und ich gab mir Mühe, unbeteiligt – *normal* – auszusehen, während ich näher kam. Schon als ich die Jungs das erste Mal getroffen hatte, litten sie unter Amnesie, ein ungewollter Nebeneffekt der genetischen Modifizierungen. Dennoch hatte ich das Gefühl, sie mittlerweile gut zu kennen, zu wissen, was ihr innerstes Wesen ausmachte. Alle außer Sam. Er zeigte nur, was er für absolut notwendig hielt. Alles, was ihn wirklich ausmachte, blieb sein Geheimnis.

»Hallo«, flüsterte ich. Ich wollte die anderen nicht aufwecken, wenn sie denn schliefen, deshalb ging ich so leise wie möglich. Plötzlich nahm ich unangenehm stark meine spitzen Ellbogen, knubbligen Knie und lauten Schritte wahr. Sam war genetisch verändert worden und deshalb übermenschlich, was sich an jedem leistungsstarken Muskel seines Körpers ablesen ließ. Es war nicht leicht, dem etwas entgegenzusetzen.

Selbst seine Narben waren perfekt. Eine kleine befand sich auf seiner linken Brust, die weißlich erhabenen Linien verliefen zackig und verzweigten sich auf eine Art, die mehr gewollt als zufällig aussah. Ich fand, die Narbe sah aus wie ein R.

»Es ist schon nach Mitternacht«, sagte er. »Ich vermute mal, du bist nicht hier, um diese schöne Dauerwerbesendung mit mir zu gucken.«

Mein leises Lachen klang selbst in meinen Ohren nervös. »Nein, stimmt. Ich brauche keine Küchenmaschine.«

»Dachte ich's mir doch.« Er wechselte seine Position, presste einen Arm über seinem Kopf gegen die Scheibe, damit er sich weiter herunterbeugen konnte. Zu mir. »Was treibt dich denn heute hier nach unten?«

Ich probierte in Gedanken ein Dutzend möglicher Antworten aus. Ich wollte etwas Kluges sagen, etwas Originelles, etwas Interessantes. Wenn Trev mir diese Frage gestellt hätte, wäre meine Antwort »Ich brauch Ablenkung« gewesen und schon hätte er mich mit ein paar Zitaten seiner liebsten historischen Persönlichkeiten unterhalten. Oder wenn es Cas gewesen wäre, hätten wir uns eine Packung Stifte geteilt und alberne Zeichnungen an die Scheibe gemalt. Und Nick… Nun, Nick nahm mich äußerst selten zur Kenntnis, weshalb ich seinetwegen sicher niemals hergekommen wäre.

Aber dies hier war Sam, also zuckte ich mit den Schultern und antwortete, was ich immer antwortete: »Ich kann nicht schlafen und wollte deshalb fragen, ob du Lust auf eine Partie Schach hast.«

Ich fummelte unbeholfen mit den Händen vor meinem Bauch herum, während ich auf seine Reaktion wartete.

»Dann hol das Brett«, sagte er schließlich. Ich wandte mich ab und lächelte dabei still in mich hinein.

Ich suchte alles zusammen, was wir brauchten, und schob meinen Schreibtischstuhl vor die Scheibe. Er tat dasselbe auf seiner Seite. Ich baute einen kleinen Klapptisch auf und legte das Brett darauf, Sam bekam Schwarz, ich Weiß.

»Kann's losgehen?«, fragte ich, woraufhin er nickte. Ich zog den Springer auf F3.

Er musterte das Schachbrett, die Ellbogen auf die Knie gestützt. »Turm, D5.« Ich stellte seine Figur auf das gewünschte Feld. Es folgten ein paar hoch konzentrierte Züge, bis Sam fragte: »Wie war das Wetter heute?«

»Kalt. Beißend kalt.« Ich setzte eine meiner Figuren. Weil er nicht sofort konterte, sah ich auf – direkt in seine Augen.

Ihr schlichtes Grün ähnelte der Farbe von Flüssen und eigentlich waren sie nichts Besonderes. Das änderte sich jedoch schlagartig, wenn sie einen betrachteten. Sams Blick, in solch ruhigen Momenten wie diesem, brachte alles in mir zum Beben.

»Was denn?«, fragte ich.

»Der Himmel – mit welcher Farbe hättest du ihn gemalt?«

»Azur. Dem Blau, das man fast schmecken kann.«

Aus irgendeinem Grund hatte alles, was ich in Sams Gegenwart sagte oder machte, ein ganz anderes Gewicht. So als könnte seine bloße Anwesenheit meine Seele erschüttern, mich dazu bringen, dass ich *fühlte*. Er genoss jedes noch so kleine Detail, das ich ihm erzählte, als wäre ich seine letzte Verbindung zu der Welt da draußen. Und auf gewisse Weise war ich das sogar.

»Manchmal«, sinnierte er, »frage ich mich, wie sich die Sonne angefühlt hat.«

»Du wirst sie wieder spüren. Eines Tages.«

»Vielleicht.«

Ich wollte erwidern: *Doch, das wirst du auf jeden Fall, das verspreche ich dir, und wenn ich dich dafür eigenhändig befreien muss!* Ich versuchte mir vorzustellen, wie es wohl wäre, die Codes einzutippen und sie alle laufen zu lassen. Ich könnte das. Unter Umständen würde ich damit sogar ungestraft davonkommen. Es gab hier im Labor nämlich weder Überwachungskameras noch Tonmitschnitte.

»Anna?«, fragte Sam.

Ich blinzelte und fokussierte wieder das Schachbrett vor mir. Hatte er mir seinen nächsten Zug genannt? »Entschuldige, ich war …«

»Ganz woanders.«

»Ja.«

»Es ist schon spät. Wollen wir morgen weiterspielen?«

Ich wollte gerade protestieren, doch ein Gähnen überraschte

mich, bevor ich es unterdrücken konnte. »Also gut. Dann habe ich mehr Zeit, meine Strategie zu überdenken.«

Er machte ein Geräusch, das irgendwo zwischen einem Lachen und einem Schnauben lag. »Viel Erfolg.«

Ich schob den Tisch wieder in die hinterste Ecke des Raumes und machte einen Schritt Richtung Flur. »Dann bis morgen früh.«

Das Licht aus dem Badezimmer fiel auf seine dunklen, kurz geschorenen Haare und gab ihnen einen Moment lang einen silbrigen Ton, bevor er zurückwich. »Gute Nacht, Anna.«

»Gute Nacht.« Ich winkte noch kurz aus dem Vorraum, dann schob sich auch schon die Automatiktür zwischen uns und sofort spürte ich wieder diese Leere.

So richtig gehörte ich nicht zu ihrer Welt, der Welt der Jungs. Aber genauso wenig gehörte ich in die echte Welt da draußen. Ich hatte keine Freunde, weil ich viel zu große Angst davor hatte, jemanden nah an mich heranzulassen. Was, wenn sie etwas über das Labor und die Jungs herausfanden? Ich wollte nicht der Grund dafür sein, dass die Sektion das Projekt umsiedeln musste. Und ganz besonders wollte ich nicht riskieren, Sam zu verlieren. Selbst wenn unsere Beziehung nicht über Tests, das Labor, meine Zeichnungen und mitternächtliche Schachpartien hinausging, so konnte ich mir doch mein Leben ohne ihn nicht vorstellen.

2

Jeden Mittwoch machte mein Vater morgens einen Krug Zitronenlimonade – frisch gepresst mit viel Zucker – und ich backte Kekse. Das war unsere Tradition, und an Traditionen mangelte es bei uns sonst ein wenig.

Das Eis klirrte im Glas, als Dad es mir reichte. »Danke«, sagte ich und nahm einen Schluck. »Perfekt.«

Dad stellte den Krug in den Kühlschrank. »Schön, schön.«

Ich rutschte auf dem Stuhl am Küchentisch hin und her, den Blick auf den Wald gerichtet, der an unseren Garten grenzte, bemüht, etwas zu finden, das ich noch sagen konnte. Irgendetwas, damit er noch eine Minute länger hierbleiben würde. Dad und ich waren beide nicht sonderlich gesprächig. Und in letzter Zeit schien uns nur noch die Arbeit im Labor zu verbinden.

»Hast du heute schon Zeitung gelesen?«, fragte ich, obwohl ich genau wusste, dass er sie bereits gelesen hatte. »Mr Hirsch hat die Apotheke gekauft.«

»Ja, hab ich gelesen.« Dad platzierte den Messbecher in die Spüle und fuhr sich dann mit der Hand über den Hinterkopf, um seine mittlerweile immer grauer werdenden Haare zu glätten. Das machte er oft, wenn er unruhig war.

Ich setzte mich auf. »Was ist los?«

Die Fältchen um seine Augen vertieften sich, während er beide Hände an die Kante der Spüle legte. Für einen Moment glaubte ich wirklich, er würde verraten, was ihn beschäftigte, doch dann schüttelte er nur den Kopf und sagte: »Nichts. Ich habe heute bloß einiges zu erledigen, deshalb gehe ich schon mal runter. Kommst du später nach? Nick muss heute wieder Blut abgenommen werden.«

Dad gehörte nicht zu den Leuten, die anderen ihr Herz ausschütteten, deshalb zwang ich ihn auch nicht dazu, selbst wenn ich es gern getan hätte. »Klar, sobald ich mit den Plätzchen fertig bin.«

»Gut.« Er nickte kurz, bevor er die Küche verließ. Dann hörte ich nur noch seine Schritte auf der Kellertreppe. Schon war unsere gemeinsame Zeit wieder vorbei. Dad ging vollkommen in seiner Arbeit auf, das hatte ich vor langer Zeit akzeptieren müssen. Trotzdem würde ich mich nie daran gewöhnen.

Ich schnappte mir das Tagebuch meiner Mutter von der Arbeitsplatte, wo ich es nach dem Runterkommen hingelegt hatte. Darin hatte sie ihre Lieblingsrezepte, ihre Gedanken und alles, was sie inspirierend fand, aufgeschrieben. Im hinteren Teil des Buches befanden sich die Plätzchenrezepte. Außer diesem Buch besaß ich nichts von ihr, weshalb es mir so viel bedeutete wie kaum etwas anderes.

Vor ein paar Monaten hatte ich angefangen, eigene Gedanken und Zeichnungen auf die noch freien Seiten zu kritzeln. Das hatte ich mich lange nicht getraut, weil ich fürchtete, das Buch damit zu verschandeln. So als würden meine Ergänzungen das zerstören, was schon da war. Doch auch ich hatte Ideen und Sehnsüchte und es gab nichts auf dieser Welt, wo ich sie lieber festgehalten hätte.

Ich zeichnete mit den Fingern die alten Lebensmittelflecken auf den Seiten nach, während ich zum sicher millionsten Mal überflog, was sie in ihrer winzigen Schrift geschrieben hatte.

Ich entschied mich für Cas' Lieblingskekse, Kürbisplätzchen mit Schokostückchen, schließlich hatte er seinen gestrigen Intelligenztest mit Bravour bestanden – und außerdem war es auch mein Lieblingsrezept.

Nachdem ich die Zutaten zusammengesucht hatte, machte ich mich an die Arbeit. Ich konnte das Rezept zwar auswendig, las aber trotzdem jedes Mal wieder Moms Backanleitung und ihre Anmerkungen am Rand.

Niemals künstliches Vanillearoma verwenden.
Während der Feiertage Vorrat an Kürbispüree anlegen,
die Geschäfte haben im Frühling und Sommer meist keins.
Es schadet nicht, mehr Schokolade zu nehmen – niemals.

Laut Dad hatte Mom Schokolade gegessen wie andere Menschen Brot.

Sie war gestorben, als ich ein Jahr alt war, ich hatte sie also nie wirklich kennengelernt. Dad erzählte nicht oft von ihr, doch ab und zu löste sich eine Geschichte aus seiner Erinnerung. Dann lauschte ich ihm gebannt, sehr bemüht, keinen Mucks von mir zu geben, weil ich fürchtete, das kleinste Geräusch würde ihn wieder zum Verstummen bringen.

Ich kippte die Schokostückchen in die Rührschüssel. Sie plumpsten in die Schicht aus Haferflocken. Draußen verdeckte ein düsterer Himmel die Sonne, der Wind hatte zugenommen, seit ich aufgestanden war. Der Winter näherte sich. Wenn dies kein passender Tag für Plätzchen war, dann wusste ich es auch nicht.

Als der Teig fertig war, formte ich daraus genügend Kekse für zwei Bleche und schob sie in den Ofen. Die Eieruhr stellte ich so ein, dass die Backzeit irgendwo zwischen fertig und roh endete. Cas mochte die Kekse so am liebsten.

Ich setzte mich an den Tisch, die Eieruhr tickte im Hintergrund und vor mir lag mein aufgeschlagenes Erdkundebuch. Ich hatte das Kapitel über Plattentektonik ausgelesen und sollte einen Aufsatz darüber schreiben. Mein ganzes Leben lang wurde ich schon von meinem Vater zu Hause unterrichtet. Seit Kurzem überließ er das Lernen jedoch ganz mir und ich hätte die Aufgabe wahrscheinlich einfach auslassen können, ohne dass er etwas bemerkt hätte. Doch ich gab ungern schnell auf.

Als die Eieruhr klingelte, war ich nicht das kleinste bisschen vorangekommen und mein Rücken ganz steif. Ich hatte mir Samstagabend beim Kampftraining – das war Dads Vorstellung von Freizeitaktivität – etwas gezerrt und litt immer noch.

Ich legte die Kekse zum Abkühlen auf die Arbeitsplatte und ging nach oben in mein Zimmer. Dort schob ich den Stapel alter Zeichnungen und Reisemagazine, die sich auf meiner Kommode befanden, beiseite und fand endlich eine Packung Ibuprofen, die sich dahinter verborgen hatte.

Nachdem ich mit einem Schluck Wasser zwei Tabletten runtergespült hatte, fasste ich meine Haare zu einem unordentlichen Pferdeschwanz zusammen, wobei ich ein paar blonde Strähnchen lose in mein Gesicht fallen ließ. Ich warf einen Blick auf mein Spiegelbild und verzog den Mund. Mit einem Stift etwas Schönes auf ein Blatt zu zaubern, fiel mir unglaublich leicht. Etwas Schönes aus mir zu machen jedoch gar nicht.

Es war kurz nach zwölf, als ich die abgekühlten Plätzchen auf einen Teller legte. Auf dem Weg ins Labor schnappte ich mir auch noch die Packung Tennisbälle, die ich für Cas besorgt hatte. Ich hätte schwören können, der Junge hatte ADHS. Allerdings bewies seine ungeteilte Aufmerksamkeit, solange etwas zu essen sichtbar war, dass er zumindest die *Fähigkeit* besaß, sich zu konzentrieren.

Mein erster Blick ging zu Sams Zelle. Er saß hoch konzentriert am Schreibtisch, sein Mund zu einem Strich gepresst. Er schaute nicht mal von seinem Buch auf, als ich hereinkam. Manchmal erschien mir der Sam, mit dem ich nachts Zeit verbrachte, komplett verschieden zu dem gewissenhaften und ernsten Sam, den ich vor mir sah, sobald andere Leute anwesend waren. Verhielt auch ich mich anders, abhängig davon, wer sich gerade in meiner Nähe aufhielt? Ich bezweifelte, dass Sam es bemerken würde, selbst wenn es so war.

Dad hockte vor seinem Rechner und tippte eifrig. Er begrüßte mich mit einem halben Winken, ohne die Augen vom Bildschirm zu lösen. Cas – seine blonden Haare standen strubbelig in alle Richtungen – trat an die Vorderseite seines Zimmers, während ich näher kam. Er presste seinen Mund gegen die Scheibe und blies seine Wangen auf wie ein Kugelfisch. Als er wieder einen Schritt zurück machte, grinste er. Dabei bildeten sich kleine Grübchen in seinen Wangen. Diesen unschuldigen und verschmitzten Ausdruck konnten eigentlich nur Fünfjährige bringen. Na ja, Fünfjährige und Cas.

Mal ganz abgesehen von ihrem verlangsamten Alterungsprozess, der durch die Behandlung verursacht wurde, sah Cas von allen vieren am jüngsten aus. Mit seinen Grübchen und den runden Wangen hatte er das klassische Kindergesicht. Und er wusste ganz genau, wie er es zu seinem Vorteil einsetzen konnte.

»Kürbis?« Er nickte zu den Keksen.

»Natürlich.«

»Anna Banana, du bist die Größte!«

Ich lachte, öffnete die Klappe zu einer Durchreiche, die sich in der Wand zwischen seiner und Trevs Zelle befand, und legte vier Plätzchen und die Tennisbälle hinein. Dann drückte ich den Knopf, damit er die Klappe auf seiner Seite öffnen konnte.

»Oh, grundgütiger Gott«, murmelte er und schon hatte er einen der Kekse verschlungen.

»Du bist ein schwarzes Loch, wenn es ums Essen geht.«

»Ich brauche eben Proteine.« Dabei klopfte er sich auf die steinharten Bauchmuskeln, was ein solides Pock-Pock-Geräusch machte. Trotz des ganzen Zeugs, das er in sich hineinstopfte, setzte er kein einziges Gramm Fett an.

»Zwei Eier, verteilt auf zwei Bleche Plätzchen, zählen wohl kaum als Proteinquelle.«

Er öffnete die Packung Tennisbälle, sichtlich unbeeindruckt. »Zählt so was von.«

»Bist du mit dem Modellauto fertig, das ich dir letzte Woche mitgebracht habe?« Ich schaute an ihm vorbei zu seinem Schreibtisch, den man unter den Stapeln halb fertiger Projekte und allgemeinem Krempel kaum mehr ausmachen konnte. Auf einer Sportzeitschrift entdeckte ich einen einzelnen kleinen Autoreifen. »Deute ich das Chaos da richtig als Nein?«

Er machte leise *pffft*. »Ich hab doch massig Zeit.«

Dann ging ich zu Trev. Als ich hereingekommen war, hatte er gerade Yoga gemacht, jetzt stand er an der Scheibe und wartete auf mich. Unsere Blicke trafen sich und ich lächelte. Seine Augen hatten einen einzigartigen Braunton, ein Braun wie Feuerschein, warm, weich und einladend. Wenn ich ihn malte, benutzte ich Farben, die ich sonst fast nie brauchte. Vielleicht malte ich ihn deshalb so oft. Auch wenn ich das Gefühl hatte, Trev am besten zu kennen, war seine Herkunft am schwersten zu erahnen. Sein olivfarbener Hautton, der durch die feine Schweißschicht vom Yoga noch dazu glänzte, deutete an, dass er andere Wurzeln hatte als der Rest. In seinen Akten hatte ich nichts Konkretes finden können, aber ich vermutete, seine Vorfahren waren amerikanische Ureinwohner. Und vielleicht außerdem Italiener.

»Möchtest du auch welche?«, fragte ich und zeigte ihm den Teller.

Mit einer schnellen Handbewegung fuhr er sich durch die dunklen Haare. »Du weißt doch, dass ich nur von Mittwoch zu Mittwoch lebe.«

Ich gab ihm vier Plätzchen und auch er legte etwas in die Durchreiche. Als ich hineingriff, spürte ich den weichen Rücken eines Taschenbuchs. *Briefe von der Erde* von Mark Twain. Das hatte ich vergangene Woche für ihn aus der Bibliothek ausgeliehen. Mein Mitgliedsausweis existierte mehr, um Trevs Lesehunger zu stillen als meinen. Wenn ich es mir leisten konnte, kaufte ich ihm auch Bücher, die er dann behalten durfte. Sie standen alle aufgereiht im Regal über seinem Schreibtisch. Alphabetisch sortiert natürlich.

Auf der ersten Seite fand ich eine Nachricht.

Warst du letzte Nacht hier?
Worüber hast du mit Sam gesprochen?

Ich warf einen schnellen Blick über die Schulter, um zu gucken, ob Dad etwas mitbekommen hatte. Hatte er nicht. Trev war in viele meiner Geheimnisse eingeweiht. Wenn ich hier einen besten Freund hatte, dann war es Trev. Er war auch der Einzige, der wusste, was ich für Sam empfand.

Schnell schnappte ich mir einen Stift von meinem Schreibtisch und kritzelte meine Antwort unter seine Fragen.

Ja. Warum? Hat er was gesagt?

Ich presste den Zettel gegen die Scheibe und Trev las ihn. Er schrieb seine Antwort ebenfalls auf und hielt sie für mich hoch.

Er verhält sich auffällig. Er hat Nick heute Morgen angeblafft, weil er irgendwas über dich und Plätzchen gesagt hat. Außerdem schläft er in letzter Zeit immer weniger.

Irgendwas stimmt nicht.

Auf meinem nächsten Zettel stand:

Ich weiß nichts. Aber ich behalte ihn im Auge.

»Da bin ich mir sicher«, sagte Trev mit einem Lächeln.

Ich grinste, ignorierte seinen Kommentar jedoch ansonsten und zerknüllte das Stück Papier. »Was soll ich als Nächstes für dich ausleihen? Hast du einen besonderen Wunsch?«

»Irgendwas über Abraham Lincoln?«

»Ich schau mal, was sich machen lässt.«

Dann lief ich weiter zu Sams Zimmer. Er ernährte sich ziemlich bewusst, insofern waren Kekse nie sein Ding, doch ich wurde trotzdem langsamer. Er saß noch immer am Schreibtisch und las mit gebeugtem Rücken in seinem Buch. *Technik im einundzwanzigsten Jahrhundert.* Das hatte ich extra für ihn bestellt.

Im Regal über ihm standen nur wenige Bücher, es waren überwiegend Nachschlagewerke. Sams Parzelle war ordentlich, sauber und kahl.

Er sah kurz auf, als ich vorbeiging. »Na«, sagte er.

Ich lächelte. »Na.«

Und das war's auch schon.

Nicks Zelle war die letzte. Er und ich waren nie gut miteinander ausgekommen. Um genau zu sein, hatte er mir sogar einmal ins Gesicht gesagt, dass allein mein Anblick für ihn schon unerträglich sei. Dabei hatte ich meines Wissens nichts getan, was ihn hätte verärgern können, und wenn doch, wäre Nick wohl der Letzte gewesen, der mit dem Grund lange hinterm Berg gehalten hätte.

Auch ihm legte ich ein paar Kekse in die Durchreiche. »Hast du irgendwelche Wünsche? Ich gehe wahrscheinlich Ende der Woche wieder einkaufen. Eine neue Autozeitschrift? Wie viel Shampoo hast du noch?« Er mochte eine ganz spezielle Mischung aus Avocado und Sheabutter. Ich musste sie extra über das Internet in einem Shop bestellen, der nur Bioprodukte verkaufte, und bezahlte sie von meinem eigenen Geld. Nicht, dass ihn das gekümmert hätte.

Als er nicht antwortete, murmelte ich: »Vielleicht einen Schleifstein, damit du deine Hörner anspitzen kannst?«

Ich war schon auf dem Weg zu meinem Schreibtisch, da rief er: »Wie wär's mit einer Flasche Wodka?«

Ich ignorierte ihn und ließ mich auf meinen Arbeitsstuhl fallen, wo ich mir ein Plätzchen mit hohem Schokoladengehalt gönnte. Ganz wie meine Mutter sagte ich zu einer Extraportion Süßem nie Nein. Das war zumindest etwas, das wir beide gemeinsam hatten. Das und, wie Dad sagte, unsere nussbraunen Augen. Mit der freien Hand hielt ich die Aufzeichnungen über die gestrigen Untersuchungen vor meine Nase und warf heimliche Blicke am Blatt vorbei zu den Jungs. Nick hatte sich mit den Keksen in der Hand auf sein Bett geworfen und schaute im Fernsehen eine Sendung über Wölfe. Sam las nach wie vor. Trev stand im vorderen Teil seines Zimmers und beriet sich mit Cas über den Unterschied zwischen dunkler und weißer Schokolade. Von der Wand, die sich zwischen ihnen befand, ließen sie sich dabei nicht stören.

Egal wie oft ich Dad danach fragte, er wollte mir nicht verraten, was das Ziel des Experiments war. Doch seit ich das Labor entdeckt hatte, schwirrten mir ständig Fragen durch den Kopf.

Was machten diese vier Jungs in unserem Keller? Wo waren ihre Eltern? Wie lange waren sie schon da unten? Dad wusste ziemlich genau, wie er die Informationen dosieren musste, damit meine Neugierde vorübergehend befriedigt war und ich wieder eine Weile still blieb. Die Sektion war mir natürlich bekannt. Aber zu wissen, wer hinter dem Projekt an sich steckte, hieß ja noch lange nicht, auch den Grund dafür zu kennen.

Dad sagte, ich solle ihm vertrauen, er wisse, was er da mache – und die Sektion ebenfalls. Das Projekt verfolge ein gemeinnütziges Ziel.

Unsere Aufgabe war, zu beobachten, Daten zu erfassen und – falls nötig – Veränderungen an der Medikation vorzunehmen. Auch wenn Dad vielleicht ein wenig nachlässig bei seiner Vaterrolle war, so war er doch ein guter Mensch. Wenn er der Sektion vertraute – und unserer Funktion bei diesem Projekt –, dann tat ich das auch.

Meine Vermutung war, dass die Sektion von der Regierung finanziert wurde. Dad war fast besessen von Kriegen und internationalen Konfliktsituationen, weshalb das durchaus einleuchtend schien. Meiner jüngsten Theorie zufolge sollten die Jungs zu Supersoldaten gemacht werden. Die Welt konnte sicher ein paar Helden mehr gebrauchen.

Während Nick seine Kekse aufaß, bereitete ich das Tablett für die Blutabnahme vor. Ich prüfte noch mal, ob ich auch alles hatte. Drei Röhrchen. Sterile Nadel. Stauschlauch. Pflaster. Tupfer. Desinfektionsmittel. Alles da.

Ich musste nur jeden zweiten Mittwoch in Nicks Parzelle, und danach war ich immer vollkommen durch den Wind. Lieber hätte ich einem Puma Blut abgenommen. Wenn Nick zu einem Helden gemacht werden sollte, hatte das Projekt hier irgendwie die falsche Richtung eingeschlagen.

Ich versuchte, die Anspannung abzuschütteln, und machte mich auf den Weg zu ihm. »Bereit?«

»Ändert das irgendwas, ob ich bereit bin oder nicht?«

Am liebsten hätte ich etwas ähnlich Patziges erwidert, doch ich hielt mich zurück. Ich wollte es einfach hinter mich bringen.

Dad hatte drei Regeln aufgestellt, die ohne Ausnahme befolgt werden mussten. Regel eins: Betritt niemals die Parzellen, solange die Jungs nicht sediert sind. Regel zwei: Das Betäubungsgas erst anstellen, wenn die Person sicher liegt. Regel drei: Vier Minuten warten, bis das Gas vollständig wirkt.

Die Jungs kannten die Regeln genauso gut.

Aber Nick hasste Regeln.

»Würdest du dich bitte hinlegen?«, bat ich. Er grinste mich spöttisch an. »Leg dich hin, Nick!« Nun brummelte er nur noch und tat dann endlich, was ich ihm gesagt hatte.

Hinter mir begann Dads Handy zu klingeln. »Den Anruf muss ich annehmen. Ich geh zum Telefonieren nach oben, du kommst doch alleine klar, oder?«

Ich wollte Dad gegenüber nicht zugeben, dass ich Angst vor Nick hatte; er sollte nicht denken, dass ich der Arbeit im Labor nicht gewachsen war. Deshalb nickte ich und sagte: »Sicher.«

Mit dem Telefon am Ohr hastete Dad hinaus.

Als Nick endlich auf seinem Bett lag, schnappte ich mir das Tablett. »Los geht's«, warnte ich, bevor ich den Knopf mit der Beschriftung ›Zelle 4‹ am Steuerpult drückte. Über Nick öffneten sich die beiden Belüftungskanäle und weißer Rauch zischte heraus.

Er schaffte es gerade noch, »Von diesem Scheiß krieg ich Kopfweh« zu sagen, bevor die Wirkung einsetzte und seine Augen sich schlossen. Die Anspannung, die sonst nie aus seinem langen, sehnigen Körper wich, ließ nach.

Ich behielt die Stoppuhr im Blick, die an einem Band um meinen Hals hing. Vier Minuten lang konnte fast niemand die Luft anhalten. Dad war sich zwar zu neunzig Prozent sicher, dass die Jungs stabil waren und keine Gefahr für mich darstellten, aber die übrigen zehn Prozent waren wohl doch noch Risiko genug.

Als die vier Minuten um waren, drückte ich den Knopf, der veranlasste, dass das Gas wieder durch die Belüftungskanäle abgesaugt wurde. Dann tippte ich den Türcode zu Nicks Zelle ein. Sofort sprang eine Hälfte der Scheibe in meine Richtung und glitt dann zur Seite. Der beißende Gasgeruch lag noch in der Luft, während ich das Tablett auf den Boden stellte und mich zu Nick aufs Bett setzte.

Es war eigenartig, ihn so entspannt zu sehen. Er sah fast verletzlich aus. Sein finsterer Blick war verschwunden, was seinem scharfkantigen Gesicht gleich einen viel sanfteren Ausdruck verlieh. Sein schwarzes Haar fiel in Locken um seinen Kopf. Wenn er im wachen Zustand nicht so furchtbar unerträglich wäre, hätte ich ihn vielleicht sogar attraktiv finden können.

Nachdem ich eine gute Vene in seiner Armbeuge gefunden hatte, dauerte es auch nicht lang, bis die drei geforderten Röhrchen gefüllt waren. Ich wollte gerade gehen, als etwas auf seinem Bauch meine Aufmerksamkeit erregte. Der Saum seines Oberteils war hochgerutscht und hatte etwas Haut freigelegt.

Ich warf einen Blick auf meine Stoppuhr. Mir blieben noch anderthalb Minuten, bis die Wirkung des Betäubungsmittels nachlassen würde. Ich stellte das Tablett wieder ab und hob sein Hemd ein Stückchen an. Eine Narbe zeichnete sich auf seiner Haut ab, die eigentliche Wunde war längst weiß verheilt. Doch die Form der Narbe ließ mich innehalten. Sie sah irgendwie aus wie ein E. Ich musste an Sams Narbe denken, das R auf seiner Brust. Wieso hatte ich Nicks Narbe noch nie bemerkt?

Weil du ihn nicht beachtet hast.

»Deine Zeit läuft ab«, rief Trev aus der übernächsten Zelle.

Nicks Lider begannen zu zucken. Seine Finger bewegten sich.

Mein Herz verkrampfte sich. Ich schnappte mir das Tablett und wollte gerade Richtung Tür losrennen, da griff Nick schon nach mir. Seine Finger streiften meinen Unterarm, weil er aber von dem Gas noch benebelt war, konnte er mich nicht halten. Von außen presste ich wie wild auf den Schaltknopf und die Tür schwang gerade noch rechtzeitig zurück an ihren Platz, bevor Nick angestürzt kam. Seine blauen Augen fixierten mich, der finstere Ausdruck war zurückgekehrt. Ich tat so, als hätte ich keine Angst, obwohl genau das Gegenteil der Fall war. Nicks Augen waren die blauesten Augen, die ich je gesehen hatte. Sie hatten die Farbe des Himmels, wenn die Nacht auf den Tag trifft. Dieses Blau ließ ihn viel reifer, viel gefährlicher, viel *unberechenbarer* wirken.

»Nächstes Mal«, rief er, »machst du deinen Job und fasst mich verdammt noch mal nicht mehr an als nötig.«

»Hör auf, Nicholas«, befahl Sam. Ich schaute zu ihm rüber, unsere Blicke trafen sich. Er hatte beide Hände gegen die Scheibe gepresst und sah ganz so aus, als würde er sich von ihr nicht aufhalten lassen, wenn er mir zu Hilfe kommen müsste. »Alles in Ordnung?«

»Tut mir leid«, stieß ich hervor, noch immer atemlos. »Ich …« Am liebsten hätte ich die Narbe erwähnt und gefragt, ob es einen Zusammenhang zwischen ihr und der von Sam gab, doch der angespannte Ausdruck auf Sams Gesicht sagte deutlich, dass dies nicht der richtige Zeitpunkt war.

»Tut mir leid«, wiederholte ich deshalb nur, bevor ich mich umdrehte und mit dem Tablett zu meinem Tisch ging, um mich in meiner Arbeit zu vergraben.

***

Eine gute Stunde nachdem er das Labor verlassen hatte, um das Telefonat entgegenzunehmen, kam Dad zurück.

»Nicks Blutprobe ist fertig«, sagte ich.

Zwischen seinem Zeige- und Mittelfinger hing ein zerkauter Strohhalm. Dad hatte vor drei Jahren mit dem Rauchen aufgehört, an die Stelle der Zigaretten waren Strohhalme gerückt.

»Ist alles gut gegangen?« Er steckte sich den Halm in den Mund und nahm wieder vor seinem Rechner Platz.

»Ja, super«, log ich. Ich drehte mich mit dem Stuhl so, dass ich die Jungs sehen konnte. Cas warf unermüdlich einen Tennisball gegen die Decke seiner Zelle. Trev war in seinem Badezimmer verschwunden. Nick sah wieder fern. Und Sam … Sam lag einfach nur mit geschlossenen Augen auf dem Rücken.

»Wie ist das Telefonat gelaufen?«, fragte ich. »War das Connor?«

»Ja, war es. Und es ist gut gelaufen.«

Connor gehörte zur Sektion und meldete sich oft, kam jedoch nur alle paar Monate vorbei, um sich die Jungs mal anzusehen. Stets fragte er bei der Gelegenheit, ob ›die Einheiten‹ bereit waren. Dad verneinte jedes Mal. Und wenn ich ihn fragte, wofür die Jungs denn bereit sein sollten, bekam ich seine Standardantwort: *Das ist geheim.*

Sam setzte sich auf, die Muskeln seiner Unterarme tanzten dabei. Jeden Tag trainierte er um Punkt zwei Uhr. Wenn man ihn beobachtete, hatte man das Gefühl, sein Leben folgte einer strengen Routine – und jede einzelne Bewegung zählte dazu.

Ich schielte zur Digitaluhr an der Wand: 13:55.

Sam zog sein T-Shirt aus und drehte sich um, sodass ich die Tätowierung auf seinem Rücken sehen konnte. Vier Birken bedeckten den Großteil seiner Haut, die Äste erstreckten sich über seine Schultern und zum Teil auch über seine Arme.

Mit durchgedrückten Beinen beugte er sich vor und machte eine Reihe von Dehnübungen, bevor er die Position für Liegestütze einnahm. Ich hatte seine Liegestütze einmal gezählt, während ich so tat, als wäre ich eigentlich in ein paar Akten vertieft. Er schaffte in wenigen Minuten einhundert Stück und wurde dabei nie langsamer. Dad hatte gesagt, dass Stärke eins der Merkmale war, die bei ihm manipuliert worden waren, und Sam war der beste Beweis dafür, dass die Modifikation funktioniert hatte.

Auf die Liegestütze folgten Sit-ups. Zwei Zellen weiter trainierte Cas nach seiner ganz eigenen Methode, einer Mischung aus den Karatebewegungen, die er aus dem Fernsehen übernommen hatte, und modernem Hip-Hop.

Um 14:51 ging Sam in die Abkühlphase über und machte noch ein paar Dehnübungen. Als er fertig war, schnappte er sich ein Handtuch von seinem Tisch, wischte sich den Schweiß von der Stirn und schaute zu mir herüber.

Ich wurde rot und senkte schnell meinen Blick, tat so, als gäbe es etwas fürchterlich Interessantes auf dem Steuerpult, während er in seinem Badezimmer verschwand. Schon eine Sekunde später kam er wieder heraus und klopfte an die Scheibe.

Ich sah auf.

»Könnte ich etwas eiskaltes Wasser bekommen?«

»Und ich ein Bier, bitte!«, rief Cas und fügte dann hinzu: »Aber Wasser geht auch in Ordnung.«

Wenn ich allein gewesen wäre, hätte ich sofort zwei Gläser mit Wasser gefüllt und ihnen, ohne zu zögern, gegeben. Doch weil Dad hier herumschwirrte, leitete ich die Bitte an ihn weiter, schließlich hatte er das Sagen, auch wenn ich seine Tochter war.

»Mach ruhig«, murmelte Dad und blinzelte angestrengt durch seine Brillengläser auf eine Akte.

»Und einen Strohhalm?«, fragte Sam und deutete auf die Packung, die auf dem Tisch lag.

»Natürlich«, sagte Dad und sah nicht einmal richtig auf.

Nachdem ich Cas mit Wasser versorgt hatte, ging ich zu Sam. Kurz darauf nahm er seinen Becher aus der Durchreiche. »Danke.« Sein Oberkörper war noch immer nackt, und ich konnte nicht anders, ich musste die Narbe auf seiner Brust noch einmal ganz genau betrachten. Ich dachte wieder an Nick.

Gab es noch mehr solcher Narben? Und wenn ja, wieso? Hatten Trev oder Cas auch welche?

Als ich mich kurz darauf zwang, meinen Blick von der Narbe zu lösen und in sein Gesicht zu gucken, starrte Sam mich so intensiv an, dass mir ganz warm wurde. »Möchtest du sonst noch was?«, fragte ich.

»Nein.«

»Also gut«, erwiderte ich. »Dann mach ich mich mal wieder an die Arbeit. Viele Daten warten darauf, eingetippt zu werden. Und viele Ordner darauf ... geordnet zu werden.«

Ich drehte mich schnell um und sah, dass Dad mich ganz eigentümlich ansah. Wusste er, was in mir vorging? Konnte er mir das ansehen? Doch er steckte sich nur den Strohhalm wieder in den Mund und vertiefte sich in seine Arbeit. Ich atmete tief durch, versuchte, meine Beklommenheit abzuschütteln. Sam war in der Lage, mich wieder zu dem dreizehnjährigen Mädchen werden zu lassen, das ich gewesen war, als wir uns das erste Mal begegneten.

Die folgende Stunde verbrachte ich damit, so zu tun, als würde ich Aufgabenblätter erstellen.

3

Als ich das erste Mal in das Labor eingebrochen war, hatte Nick mich sofort eingeschüchtert. Wie gebannt hatte ich mit meinen unschuldigen dreizehn Jahren vor ihm gestanden und auf seine Hände gestarrt, die zu Fäusten geballt neben seinem Körper hingen. Mein Blick war über hervortretende Adern geglitten, die sich dicht und pulsierend über seine Arme zogen. Es schien, als hätte er mich gleich von Anfang an gehasst.

Vielleicht wäre ich nie wieder zu ihnen zurückgekehrt, wäre da nicht auch Sam gewesen.

Sein Anblick, sein neugierig geneigter Kopf, so als würde er gerade meine Gedanken lesen, hatten schon damals ausgereicht, mich vollständig in seinen Bann zu ziehen. Nie hatte ich mich so interessant und besonders gefühlt wie in diesem einen Augenblick.

»Wie heißt du?«, hatte er gefragt und Nick ignoriert.

»Anna. Anna Mason.«

»Anna, ich bin Sam.«

Aus dem benachbarten Zimmer drang Nicks Knurren. Trev lief in seiner Zelle auf und ab. Cas stützte sich gegen die Scheibe, die Fingerspitzen ganz weiß durch den Druck.

Dann rammte Nick eine Faust gegen die Wand, und ich zuckte zusammen.

»Nicholas«, sagte Sam mit messerscharfer Stimme.

Mir war zwar nicht klar, was das bringen sollte, doch Nick nahm sich sofort zurück. Er verschwand in sein Badezimmer im hinteren Teil der Zelle und knallte die Tür hinter sich zu.

Die Jungs wirkten nicht viel älter als sechzehn. Ich fand erst später heraus, dass ihr Alterungsprozess durch die Modifikationen verlangsamt wurde. Damals waren sie in Wirklichkeit um die achtzehn gewesen und in den darauffolgenden Jahren alterten sie äußerlich kaum.

Ich wollte wissen, was sie hier unten machten, wie lange sie schon in diesen Zellen eingesperrt waren. Ich wollte wissen, ob mit ihnen alles in Ordnung war, weil sie sich nicht so verhielten, als wäre alles in Ordnung. Aber meine Gedanken verknoteten sich in meinem Kopf, weshalb ich keine sinnvolle Frage über die Lippen brachte.

»Du solltest besser gehen, Anna«, sagte Sam. »Nick geht's nicht gut.«

»Wenn's mir nicht gut geht, helfen mir immer Plätzchen.«

Etwas Bescheuerteres hätte ich kaum sagen können, aber etwas anderes fiel mir damals nicht ein.

Und dann boten mir die Plätzchen einen Vorwand, mich wieder zu ihnen zu schleichen. Nicht mal Nick konnte mich von Sam fernhalten, dem Jungen, der mir das Gefühl gab, mehr zu sein als nur ein kleines Mädchen. Obwohl er es versucht hatte. Nick hatte Dad nach meinem ersten Besuch erzählt, dass ich mir Zugang zum Labor verschafft hatte. Weshalb ich Stubenarrest bekam und ein paar Monate verstreichen lassen musste, bevor ich mich wieder hinunterwagen konnte, ohne Verdacht zu schöpfen.

Nick hatte mich danach nie wieder verraten und ein Teil von mir fragte sich, ob Sam es ihm verboten hatte. Und wenn es so war, bedeutete das etwa, Sam wollte, dass ich zu ihm kam?

Jeden Morgen – und beinahe jede Nacht – war es diese Hoffnung, die mich aus dem Bett trieb und die Stufen hinunterlockte.

***

Am nächsten Morgen, während Dad oben ein paar Telefonate erledigte, machte ich mir eine Liste über alles, was ich noch zu tun hatte. Viele Akten ordnen. Ein paar vernichten. Dann einen Intelligenztest mit Sam durchführen. Ich entschloss mich, mit dem letzten Punkt anzufangen. Alles andere konnte erst mal warten.

»Was ist diese Woche dran?«, fragte Sam, als ich mir die Mappe von meinem Schreibtisch schnappte.

Ich sah zu ihm hinüber. Eigentlich kämpfte ich immer um seine Aufmerksamkeit, aber wenn ich sie dann endlich hatte, fiel es mir schwer, mich zu konzentrieren.

Ich öffnete die Mappe. »Fremdsprache.«

Sam stellte den Stuhl auf seiner Seite vor die Scheibe, ich tat es ihm auf meiner gleich. Dann legte ich mir die Mappe auf den Schoß und holte einen unbenutzten Vordruck heraus. Neben das Logo der Sektion – zwei sich überschneidende Kreise, in deren Mitte sich eine Doppelhelix befand – schrieb ich Sams Namen. Dann: 11. Oktober, 11.26 Uhr.

Im heutigen Aufgabenpaket befand sich eine Reihe von Vokabelkarten. Auf der einen Seite standen italienische Sätze, auf der anderen ihre englische Übersetzung. Da die Jungs unter Amnesie litten, wollte die Sektion austesten, was sie noch lernen konnten beziehungsweise welche Fähigkeiten sie noch aus ihrem früheren Leben besaßen.

Ganz offensichtlich muss Sam ein wahres Sprachgenie gewesen sein, bevor er zum Projekt gestoßen war. Meine Fähigkeiten waren überschaubar. Ich konnte nicht mehr als gut zeichnen und Sudokus lösen.

Ich hielt die erste Karte hoch und Sams Augen bewegten sich über die Wörter. *»Ich möchte zum Bahnhof.«*

Richtig.

Ich hielt die nächste Karte hoch.

»Wie spät ist es?«

Insgesamt fragte ich fünfzig Karten ab. Seine Antworten trug ich in das Protokoll ein. Er erreichte hundert Prozent, wie immer.

Nachdem ich alles wieder in die Mappe gesteckt hatte, setzte ich wie beiläufig an: »Kannst du dich an irgendetwas zu der Narbe erinnern, die du auf der Brust hast?«

Er ließ sich keine Sekunde Zeit mit seiner Antwort. »Nein. Aber ich habe ziemlich viele Narben.«

»Keine von den anderen sieht aber so aus, als wäre sie absichtlich entstanden.«

Er blieb stumm. Ich war auf ein Geheimnis gestoßen, das stand klar und deutlich in seinem Gesicht geschrieben. Die Narben bedeuteten etwas. »Hat Cas auch so eine Narbe?«

»Anna.« Mein Name klang wie eine Warnung, wirkte aber wie ein Brandbeschleuniger.

»Was bedeuten sie?«

Er wandte sich von mir ab. Sein Rücken war gekrümmt, die Schulterblätter zeichneten sich unter seinem T-Shirt ab. Die Spitzen der tätowierten Birken lugten aus den Ärmeln hervor.

Sag's mir, Sam.

Ich spürte, wie die anderen Jungs langsam unruhig wurden und näher an die Trennwände rückten.

»Nicht jetzt«, murmelte Sam.

»Wie bitte?«

Schon entfernten sich die anderen wieder und mit ihnen verschwand die Anspannung, die ich gerade noch gespürt hatte.

»Wir sind dann wohl fertig, Anna«, sagte Sam und ließ mich an der Scheibe zurück.

Ich stand auf, sortierte seine Mappe weg und pfefferte dann laut die Schublade des Aktenschrankes zu, wütend darüber, dass er mich weggeschickt hatte, obwohl ich nicht gehen wollte.

An der Eingangstür zum Labor prügelte ich den Code regelrecht in die Tasten und nahm mir selbst das Versprechen ab, heute Nacht nicht wieder ins Labor zu schleichen. So lange wegzubleiben, wie ich es aushielt, um ihm zu zeigen, wie langweilig es im Labor ohne unsere Schachspiele und unsere nächtlichen Unterhaltungen über die Welt da draußen war.

Aber das war vermutlich eine größere Strafe für mich als für ihn. Und ich wusste, dass ich mein Versprechen nicht halten würde.

4

An diesem Abend rührte ich das Essen kaum an, stattdessen malte ich mit dem Löffel Achten in meine Portion Chili. Dad saß mir am Esstisch gegenüber, sein Löffel klapperte gegen den Tellerrand. Im Hintergrund lief ein Footballspiel. Ab und zu warf Dad einen Blick zum Fernseher, um nach dem Spielstand zu sehen. Sport schien ihn jedoch nicht wahnsinnig zu begeistern, zumindest nicht so wie die Männer, die sich im Stadion befanden. Kaum gab es einen guten Pass, sprangen sie von ihren Plätzen und rissen dabei jubelnd die Arme in die Luft.

Ich konnte mir nicht vorstellen, dass sich Dad jemals so verhalten würde. Weder beim Football noch bei der Arbeit, nicht mal, wenn er im Lotto gewinnen würde. Dad war stets äußerst beherrscht, nichts konnte ihn begeistern. Ich führte seine Emotionslosigkeit auf den Verlust meiner Mutter zurück.

Mom mochte Sport. Das hatte Dad mir zumindest erzählt. Vielleicht schaute er also insgeheim für sie.

»Dad?«

»Hm?« Er tunkte einen Cracker in die Chilisoße.

»Wurden die Jungs irgendwie markiert? Mit einem Brandzeichen oder so was?«

Er rümpfte die Nase. »Natürlich nicht.«

»Sind dir mal die Narben von Nick und Sam aufgefallen? Die Narben, die aussehen wie Buchstaben?«

»Sie haben so viele Narben.« Der Kommentator sprach im Hintergrund vom Second Down, doch ich hörte nicht, was als Nächstes kam. Dad legte den Löffel auf den Teller und sah mich an. »Übrigens wollte ich dich schon seit einer Weile darum bitten, Cas nicht mehr so viele verschiedene Sachen mitzubringen. Wieso gibst du ihm nicht mal ein Buch wie den anderen? Seine Projekte stellt er sowieso nie fertig und sein Zimmer ist ein einziger Saustall …«

»Cas ist nicht gerade ein Bücherwurm.«

»Also …« Dad fuhr sich mit der Hand über den Hinterkopf und seufzte. »Versuch einfach, etwas für ihn zu finden, auf das er sich konzentrieren kann.« Die Fältchen um seine Augen vertieften sich.

»Geht's wirklich um Cas oder stimmt irgendwas anderes nicht?«

Die Zuschauer johlten aus dem Fernseher.

»Nein, nein. Alles in Ordnung.«

»Hat Connor sich mal wieder angemeldet?«, fragte ich. Dad kämpfte mit der Crackerverpackung und vermied es, mich anzusehen. »Dad?«

»Ja. Für morgen. Er und Riley.«

Connor war Chef der Sektion und Riley sein direkter Vertreter. Zusammen leiteten sie das Projekt und waren Dads Vorgesetzte.

»Sie wollen sich die Gruppe mal wieder ansehen«, fuhr Dad fort. »Die Fortschritte prüfen.«

»Nehmen sie die Jungs diesmal mit?«

Obwohl ich mir wünschte, dass die Jungs in die Freiheit entlassen wurden, gehörten das Labor, die Protokolle und Tests mittlerweile genauso zu meinem Leben wie zu ihrem. Ich konnte mir einen Alltag ohne sie nur schwer vorstellen.

Dad zuckte mit den Schultern. »Das werde ich erst erfahren, wenn es so weit ist.«

»Wo landen sie dann wohl?«

»Auch darüber weiß ich nichts.«

Ich konnte mir Sam einfach nicht im Alltag vorstellen. Wie er sich zum Beispiel einen Donut kaufte oder Zeitung lesend auf einer Parkbank saß. Die anderen schon eher. Cas würde wie andere Jugendliche in seinem Alter sicher hauptsächlich Mädchen abschleppen. Nick war der Inbegriff der arschigen Sportskanone, mit der typischen Großspurigkeit und dem passenden attraktiven Erscheinungsbild. Trev hatte mir gegenüber einmal erwähnt, dass er, wenn er je wieder frei sein sollte, Englische Literatur studieren wollte.

Aber Sam …

»Werden sie je freigelassen?«

Dad nahm die Brille ab und rieb sich den Nasenrücken. »Ich weiß es nicht, Anna. Ich weiß es wirklich nicht.«

Ich spürte, dass das Gespräch damit beendet war, und hielt meinen Mund. Wir aßen auf, dann spülte ich und wischte den Tisch ab, während Dad sich im Wohnzimmer aufs Ohr legte. Danach warf ich die Waschmaschine an.

Mittlerweile war es nach acht und schon dunkel draußen. Ich ging nach oben in mein Zimmer und zappte mich durch sämtliche Fernsehkanäle, fand aber nichts, das sich lohnte anzuschauen. Neue Bücher hatte ich auch keine zur Hand. Weil die meisten häuslichen Pflichten erledigt waren, entschied ich mich, mal wieder etwas in das Tagebuch meiner Mutter zu zeichnen.

Ich legte mich bäuchlings aufs Bett und schlug meine letzte Skizze auf. Sie zeigte ein Mädchen im Wald, die Äste der Ahornbäume bogen sich unter der Last des Schnees. Die Silhouette des Mädchens war verschwommen, teilweise verblasst und kräuselte sich wie Rauchschwaden. So als würde mit jedem weiteren Windstoß ein Stückchen mehr von ihr verschwinden. Seit ich vor ungefähr einem Jahr einen Kunstkurs an der Volkshochschule besucht hatte, war Verloren- und Gebrochensein ein durchgängiges Thema meiner Zeichnungen.

Doch nicht der Kurs selbst hatte mich auf dieses Thema gebracht, sondern eine Unterhaltung, die ich danach mit Trev geführt hatte.

In einer letzten Besprechung hatte der Lehrer gesagt, dass ich zwar ein gewisses Talent besitzen, aber noch nicht mein volles Potenzial ausschöpfen würde; meiner Kunst mangle es noch an Inspiration. Danach war ich ins Labor gegangen, um Luft abzulassen, und wie immer war es Trev gewesen, der mich wieder auf den Boden geholt hatte.

»Ich kapier's einfach nicht«, hatte ich zu ihm gesagt und dabei an der Wand gelehnt, die seine von Cas' Parzelle trennte. »Mangelnde Inspiration.« Ich seufzte. »Was soll das überhaupt heißen?«

Trev kam zu mir und imitierte auf seiner Seite der Scheibe meine gekrümmte Haltung, sodass wir quasi aneinanderlehnten. »Das heißt, dass du nur das zeichnest, was du siehst, und nicht das, was du fühlst.«

Ich verschränkte die Arme vor der Brust und sah ihn an. »In den Bildern, die ich von meiner Mutter gemalt habe, steckt viel Gefühl.«

Seine braunen Augen nahmen einen weichen Ausdruck an. »Aber du kennst deine Mutter nicht. Du weißt über sie nur das, was andere dir erzählt haben. Und dass sie dir fehlt. Was hast du denn für Ziele? Für Hoffnungen? Für Träume? Was begeistert dich?« Er drehte sich so, dass er mir frontal gegenüberstand.

»Dein Lehrer hat dir geraten, ein bisschen mehr in die Tiefe zu gehen.«

Sein Gesichtsausdruck wechselte von offen verständnisvoll zu verhalten, so als wäre sein Schweigen eine Aufforderung. Als würde er absichtlich nicht sagen, was er dachte, weil es mir eine direkte Antwort zu leicht machen würde.

Ich ließ den Hinterkopf gegen die Scheibe sinken und wandte den Blick an die Decke, wo an manchen Stellen die Farbe abgeplatzt war. Trev verpackte seine Ratschläge immer in komplexe, philosophische Zusammenhänge. Nichts war einfach, wenn man es mit Trev zu tun hatte.

Mein Problem war, dass ich noch gar nicht wusste, was ich mit meinem Leben anfangen wollte. Was begeisterte mich? Die Jungs. Das Labor. Dad. Backen. Aber einen Kürbiskuchen zu zeichnen klang verdammt öde.

Die Verwirrung schien mir ins Gesicht geschrieben, denn Trev fuhr nun fort: »Dann fang mit den Dingen an, die dich ärgern. Was hältst du davon? Wut oder Genervtheit lassen sich viel leichter anzapfen als andere Gefühlsregungen.«

Als ich mich an jenem Abend in mein Zimmer zurückzog, schlug ich einen Zeichenblock auf und starrte auf das leere Blatt. Was ärgerte mich? Dass meine Mutter tot war, klar, aber ich brauchte etwas Neues, Unverbrauchtes.

Dann ging mir plötzlich ein Licht auf: Nick. Nick ärgerte mich.

Und schon bewegte sich der Stift in beängstigendem Tempo über das Papier. Während ich zeichnete, spürte ich ein Brennen im Arm, ein Kribbeln in den Fingerspitzen, so als würde sich mein Zorn auf die Seite übertragen.

Am Schluss hielt ich die beste Zeichnung in den Händen, die ich je zustande gebracht hatte. Nick stand mitten auf einer verlassenen Straße. Um ihn herum lagen Scherben, der Inhalt der Flaschen in alle Richtungen verteilt. Nick schaute mit stechendem Blick von dem Papier. Ich war so stolz auf diese Zeichnung, dass ich fast in Erwägung zog, sie ihm zu zeigen. Doch er würde sich dadurch vermutlich nur angegriffen fühlen oder sie aus Prinzip hassen.

Trev zeigte ich sie jedoch in der folgenden Nacht. Er schaute vom Blatt zu mir und nickte anerkennend. »Na, siehst du«, sagte er mit gedämpfter Stimme, damit die anderen ihn nicht hörten und die Zeichnung zwischen uns bleiben würde. »Wenn du weiter so malst, wirst du die neue Vanessa Bell.«

Ich schnaufte höhnisch, strahlte aber innerlich über dieses Kompliment. Vanessa Bell war eine großartige Malerin gewesen und gehörte zu meinen Lieblingskünstlerinnen. Noch dazu war sie die ältere Schwester von Virginia Woolf, die wiederum Trevs Lieblingsschriftstellerin war. Ein schöneres Kompliment konnte er mir gar nicht machen.

Danach veränderten sich meine Bilder. Zum Besseren.

Nun knöpfte ich mir also das Tagebuch meiner Mutter vor und starrte schier endlos auf die leere Seite. Manchmal fing ich wie von selbst an zu zeichnen, dann wiederum brauchte ich eine irgendwie geartete Starthilfe. Natürlich konnte ich mich nicht immer darauf verlassen, dass Trev mich anspornte. Deshalb schnappte ich mir nun eins der Reisemagazine von meiner Kommode und blätterte zwischen den Hochglanzseiten hin und her. Schließlich stieß ich auf eine Doppelseite mit der Aufnahme eines idyllischen italienischen Dorfs.

Ich fing an, die Häuser zu skizzieren, dann fügte ich die Schatten hinzu, die die alten Straßenlaternen warfen. Dazu zeichnete ich ein typisch italienisches Café mit kleinen Tischen für zwei Personen, darüber verbeulte Markisen, auf den Fensterbrettern

Blumenkästen, die vor Blumen überquollen, und davor Fahrräder mit Körben.

Ehe ich mich versah, hatte ich mich selbst hinzugemalt, wie ich über das Kopfsteinpflaster spazierte, Sam neben mir. Ich fuhr mit dem Finger über die Linien und verschmierte sie damit.

Ich ertappte mich häufig dabei, solche Fantasien aufs Papier zu bringen, in denen Sam nicht mehr im Labor eingesperrt und ich nicht mehr seinetwegen daran gebunden war. Mit meinem Bleistift konnte ich uns beide befreien.

Was würde Sam wohl mit seinem Leben anstellen, wenn er die Wahl hätte? Hatte er an diesem Experiment teilnehmen wollen? Wollte er wirklich der ideale Soldat sein, um seinem Vaterland zu dienen?

Und was wollte er jetzt, wo er sich nicht mehr an die Gründe erinnern konnte, die ihn hierhergeführt hatten?

Ich schnappte mir das Magazin und machte mich auf den Weg nach unten. Auf Zehenspitzen schlich ich durch das Wohnzimmer, um Dad nicht zu wecken. Kaum hatte ich den Code eingetippt, öffnete sich die Automatiktür zum Labor.

Es war fast zehn und in keiner der Parzellen brannte Licht. Zögernd blieb ich am Ende des kurzen Flurs stehen. Plötzlich empfand ich das Magazin in meiner Hand als lächerliche Ausrede. Ich wandte mich wieder zum Gehen.

Dann ging hinter mir ein Licht an, also drehte ich mich doch wieder um.

Sam stand hinter der Scheibe. Barfuß, kein Hemd, nur die übliche graue Schlabberhose. »Hallo, Anna«, sagte er, doch allein diese zwei Worte klangen unsicher, irgendwie schwer. Er ließ die Schultern hängen. Als ich einen Schritt auf ihn zu machte, kratzte er sich am Kinn und schaute auf den Boden.

War Sam etwa … angespannt?

»Hallo.«

»Ich möchte mich wegen vorhin entschuldigen. Ich hätte dich nicht so anblaffen sollen.«

Ich verschränkte die Arme, wodurch das Magazin zerknitterte. »Ist nicht weiter schlimm.«

Er nickte und deutete dann zu der Zeitschrift. »Was hast du da?«

Ich hielt sie so, dass er sie sehen konnte, und wusste auf einmal nicht mehr, wieso ich überhaupt hergekommen war. »Also, ich … Du hast gar keine Bilder an deinen Wänden.«

Erstaunt hob er eine Augenbraue. »Du bist hier, um über meine nackten Wände zu sprechen?«

»Ja.« Ich biss mir leicht auf die Unterlippe und schielte zu den Zimmern rechts und links, weil ich damit rechnete, dass die anderen allmählich wach wurden, und gleichzeitig das Gegenteil hoffte. »Wieso hast du gar nichts aufgehängt?«

»Keine Ahnung. Erschien mir unnötig.«

Ich näherte mich ihm langsam. »Wenn du absolut freie Wahl hättest, wohin würdest du reisen?«

Sein Blick wanderte vom Magazin zu meinem Gesicht. »Was soll das?«

»Beantworte doch einfach die Frage.«

Ich wollte alles über Sam wissen. Ich wollte, dass er mir seine Geheimnisse anvertraute. Doch da er sich kaum an die Zeit vor dem Labor erinnern konnte, blieben mir nur solche Fragen.

»Ich glaube, ich mag Wasser.«

»Das Meer?«

»Ob Fluss oder Meer, ist egal.«

Ich hielt die Zeitschrift hoch. Auf der Titelseite war ein Ferienort auf einer Tropeninsel abgebildet. »Was hältst du davon?«

Ich blätterte im Heft, bis ich eine doppelseitige Aufnahme einer Meeresbucht fand. Die riss ich heraus und steckte sie in die Durchreiche. »Für dich.«

»Wozu?«

Ich zuckte mit den Achseln. »Als Ermutigung.«

Er hielt das Bild hoch und sah es sich genau an. Nach einer qualvoll langen Weile fragte er: »Hast du etwas Klebeband für mich?«

Ich durchstöberte die Schubladen meines Schreibtischs, bis ich endlich eine Rolle fand. Ich legte sie in die Durchreiche.

»Wohin würdest du reisen, wenn du freie Wahl hättest?«, fragte er.

Zwar wollte ich gern neue Orte kennenlernen und erleben, aber welche genau, konnte ich gar nicht sagen. Ich steckte eine Hand in die Hosentasche und dachte an das italienische Dörfchen, das ich vorhin gezeichnet hatte. »Wahrscheinlich nach Europa.«

»Wo sind wir *hier* eigentlich?«

»Heißt das … Das weißt du gar nicht?« Darüber hatten wir noch nie gesprochen. Ich war davon ausgegangen, dass ihm das bekannt war. »Treger Creek, New York. Ein ganz kleiner Ort, hier kennt jeder jeden.«

»Steht in meinen Akten, woher ich stamme? In welchem Staat ich früher gewohnt habe?«

Verzweifelt versuchte ich, nicht auf seinen nackten Oberkörper zu starren. Aber er war locker fünfzehn Zentimeter größer als ich, weshalb es nicht ganz einfach war, ihm in die Augen zu sehen. »Nicht in denen, die ich bisher gelesen habe. Aber oben sind noch mehr Aktenschränke.«

»Würdest du mal für mich nachschauen? Vielleicht hilft das ja meinem Gedächtnis auf die Sprünge.«

Im vergangenen Winter hatte ich schon einmal versucht, mir Zugang zu diesen Akten zu verschaffen, doch hatte Dad mich dabei erwischt. Ich hatte ihn noch nie so wütend erlebt. Nicht mal nach meinem ersten unerlaubten Besuch hier unten im Labor. Seither hatte ich mich nicht noch einmal an die Aktenschränke gewagt.

Doch jetzt war die Ausgangslage eine andere. Zum einen durfte ich mich ja nun im Labor aufhalten, also folgerichtig auch die Akten lesen, fand ich. Und zum anderen … Na, zum anderen bat Sam mich darum.

»Klar.« Ich nickte. »Das kann ich machen.«

»Danke.« Er richtete sich auf, Schultern und Rücken wieder ganz gerade. Keine Spur mehr von der anfänglichen Anspannung.

Ich strich mir eine Haarsträhne hinters Ohr. »Ich sollte wohl besser gehen. Unsere Schachpartie müssen wir wann anders fortsetzen. Morgen vielleicht?«

»Sicher. Gute Nacht, Anna.«

»Nacht.«

Vor der Automatiktür angelangt, drehte ich mich noch einmal zu ihm um und beobachtete, wie er die Seiten aus der Zeitschrift über seinem Schreibtisch an die Wand klebte. Ich lächelte darüber, wie unbeholfen er bei seiner Entschuldigung gewirkt hatte.

»Ach, übrigens«, sagte ich, bevor ich den Türcode eintippte, »Connor kommt morgen vorbei … nur … damit du Bescheid weißt.«

Sein Gesichtsausdruck verdunkelte sich. »Danke für die Warnung. Ich hasse seine Überraschungsbesuche.«

»Ich auch.«

***

Der Sicherheitscode fürs Labor lautete 17-25-10. Am Siebzehnten war der Geburtstag meiner Mutter gewesen, auf einen Fünfundzwanzigsten fiel der Jahrestag meiner Eltern und die Zehn stand für Oktober, den Monat, in dem sie geheiratet hatten. Dad, immer zuverlässig vorhersehbar, hatte als Code für die Archivschränke 10-17-25 gewählt. Ich brauchte damals bloß vier Anläufe, um ihn zu knacken.

Kaum entriegelte die Sicherung, sprang eine Schublade quietschend ein Stück heraus und ich erstarrte. Lauschte. Doch im Haus blieb es still, abgesehen vom Ticken der Uhr über dem Kamin.

Sams Akten befanden sich in der zweiten Schublade. Fünf große grüne Mappen, in denen jeweils mehrere kleinere Mappen steckten, standen hintereinander. Ich nahm die zwei letzten und setzte mich damit auf das Ledersofa.

Weil die erste nichts wirklich Interessantes bot – nur allgemeine Protokolle und Tabellen –, ging ich gleich zur zweiten über. Darin fand ich ein paar wenige Hinweise über Sams Verhalten zu Beginn des Experiments.

Einzelne Notizen auf losen Blättern, in einer kaum leserlichen Handschrift, die ich nicht kannte:

Sam verhält sich äußerst aggressiv und unkooperativ gegenüber jedem, der am Projekt beteiligt ist.

An anderer Stelle:

Sam hat sofort die Funktion des Anführers übernommen. Die anderen haben dies ohne Weiteres akzeptiert. Diese Eigenschaft muss weiter isoliert werden, um sie für künftige Gruppen replizierbar zu machen.

Ich überflog die nächsten Seiten, bis mein Blick an etwas hängen blieb.

Sam ist erneut ausgebrochen. Alle zuständigen Einrichtungen wurden alarmiert. Mögliche Decknamen: Samuel Eastlock, Samuel Cavar, Samuel Bentley.

Sam war geflohen? Aus welchem Grund? Und öfter als einmal? Offensichtlich reichte sein Verhältnis mit der Sektion noch viel weiter zurück, als ich angenommen hatte. Da ich vermutete, hier auf einer guten Spur zu sein, durchblätterte ich den Stapel Papiere nun gezielt nach dem Namen einer Stadt oder etwas anderem Konkreten, das ich Sam über sein früheres Leben erzählen konnte.

Sam und Truppe in Port gefunden. OP ALPHA erst mal gelöscht. Wiederaufnahme erfolgt bald.

Port. Hatte Sam nicht gesagt, dass er Wasser mochte? Aber wofür stand OP ALPHA?

Ich vertiefte mich erneut in die Papiere und eine Stunde später hatte ich mich durch zwei weitere Mappen gekämpft, ohne jedoch etwas vorweisen zu können außer einer Menge neuer Fragen. Ich war gerade aufgestanden, um mir noch eine Mappe zu holen, als das Sofa im Wohnzimmer knarzte.

Dad.

Ich schnappte mir den Stapel Akten von der Ledercouch, brachte sie schnell in Ordnung und lief zum Schrank, um sie wieder zurückzustecken. Aus Versehen öffnete ich jedoch die falsche Schublade, die dritte von oben. Sofort fiel mir eine leere Mappe ins Auge, auf der sich noch ein Aufkleber befand.

O'BRIEN stand darauf.

Dad hustete.

Ich legte Sams Akten an ihren Platz zurück und achtete darauf, ob das Schloss auch wirklich einrastete, als ich die Schubladen wieder langsam zuschob. Auf Zehenspitzen schlich ich die Treppe hinauf und gelangte ohne das kleinste Geräusch in den ersten Stock. Dort erst wagte ich es, wieder Luft zu holen.

Dad sah zwar abends nicht mehr nach mir, dennoch zog ich mir schnell meinen Schlafanzug an und stieg ins Bett. Die Decke fühlte sich kühl an. Ich lag noch eine ganze Weile lang wach und starrte an die Decke. Sams Akte ging mir einfach nicht aus dem Kopf.

Wieso hatte ich überhaupt nach Antworten suchen müssen? Wieso hatte Dad ihm nicht längst alles erzählt, was er wusste?

Es konnte natürlich sein, dass die Sektion Sam bewusst seine Vergangenheit vorenthalten wollte. Dann verstieß ich gegen die Firmenregeln, wenn ich ihm Einzelheiten verriet.

Es widerstrebte mir, gegen Dads Vorgaben zu handeln, aber Sam verdiente es doch, über seine Vergangenheit Bescheid zu wissen, oder etwa nicht?

5

Ich hatte meinen Wecker auf sechs Uhr gestellt, damit ich schnell ins Labor huschen konnte, noch bevor Dad aufstand. Ich musste den Wecker jedoch unbewusst ausgeschaltet haben, denn ich wachte erst nach acht auf. Als ich mich endlich auf den Weg nach unten machte, war Dad ganz offensichtlich schon im Labor. Darüber war ich sogar ein bisschen erleichtert, ich wusste nämlich immer noch nicht, wie viel ich Sam wirklich erzählen wollte.

Mit knurrendem Magen schob ich ein paar Scheiben Brot in den Toaster. Dann warf ich eine Tablette Ibuprofen ein und massierte meinen immer noch schmerzenden Rückenmuskel. Der Schlafmangel der vorletzten Nacht hatte mir nicht unbedingt gutgetan und bis zum nächsten Kampftraining waren es nur noch ein paar Tage. Den Kurs machte ich schon seit ein paar Jahren und mein Kampftrainer gehörte nicht gerade zu der Sorte, die ihre Schüler in irgendeiner Weise schonten.

Wobei das kein Grund zum Jammern war. Wenn ich vom Training kam, fühlte ich mich immer schnell, stark und unbesiegbar. Manchmal wünschte ich, die Jungs könnten mich dabei sehen – ich wollte ihnen zeigen, dass ich mehr draufhatte als Plätzchen backen und Akten sortieren.

Während ich auf den Toast wartete, stand ich an der Spüle und beobachtete, wie sich die Bäume im Wind wiegten. In einiger Entfernung stiegen lange Staubfahnen in den Himmel, ein Konvoi von schwarzen Suburbans wirbelte die unbefestigte Straße auf, die zu unserem Haus führte.

Ich schreckte hoch. Connor. Ich hatte völlig vergessen, dass er heute kommen wollte.

Sofort rannte ich wieder nach oben, zog meinen Schlafanzug aus und stattdessen schnell eine Jeans und ein Hemd über. Als ich in meine Turnschuhe schlüpfte, bogen die großen Wagen gerade in die Auffahrt und parkten, wo immer sich ein Fleckchen Platz bot. Riley stieg als Erster aus, hinter ihm folgte Connor mit ein paar Agenten.

Die Männer formierten sich um Connor und begleiteten ihn zum Haus. Er hielt sich nicht damit auf, vorher anzuklopfen, sondern betrat wie selbstverständlich das Haus. Ich stieß auf den paar Stufen, die zur Küche führten, zu ihnen.

»Morgen«, sagte Connor, sein Lächeln entblößte unnatürlich weiße Zähne. Er war groß und imposant, charismatisch auf allen Ebenen und überhäufte mich immer mit Komplimenten, die definitiv nicht zutrafen.

Normalerweise machte ich mich rar, wenn er bei uns auftauchte, weil ich von seiner bloßen Anwesenheit eine Gänsehaut bekam. Doch dieser Besuch war anders. Bisher war er nie mit Begleitung erschienen. Und erst recht nicht in diesem Aufzug.

Die Agenten trugen schwarze Jacken, die Schulter- und Ellbogenpartien gepolstert. Die Kragen der Jacken waren hochgeschlossen und lagen durch einen zusätzlichen Riemenverschluss eng am Hals an.

Über den Jacken befanden sich dicke schwarze Westen. An ihren Gürteln hingen Pistolen, die über die schwarzen Hosen ragten. Ihre Hände steckten in schwarzen Handschuhen, die Finger waren teilweise mit Gummi verstärkt.

Sie sammelten sich zwischen Küche und Esszimmer und warteten auf neue Befehle. Neben Connor und Riley waren es sieben Männer und eine Frau. Zwei Uniformierte für jeden der Jungs.

Keiner von ihnen sah mir direkt in die Augen, auch nicht, als ich sie herausfordernd anstarrte. Waren das kugelsichere Westen? Plötzlich war ich in absoluter Alarmbereitschaft.

»Folgen Sie mir!« Connor ging seinem Team voraus Richtung Keller. Ich folgte ihnen so leise wie möglich, damit ich nicht entdeckt und weggeschickt wurde.

Riley tippte den Sicherheitscode ein und schon zischte die Tür zur Seite. Dads Stimme drang bis zu mir, als er erst Connor und dann Riley begrüßte.

»Arthur.« Connor legte seinen Arm fest um Dads Schultern. »Die Einsatzzentrale hat heute Morgen signalisiert, dass wir das Projekt einstellen. Wir sind hier, um die Einheiten abzuholen.«

Dad erwiderte nichts. Die Uniformierten stellten sich paarweise vor die Zellen. Connor und Riley flüsterten mit Dad, während Sam die beiden Männer vor seiner Zelle mit geballten Fäusten fixierte. Ich schnappte Trevs Blick auf, Panik lag darin.

»Nein.« Das Wort war über meine Lippen, bevor ich es verhindern konnte. Alle drehten sich zur Mündung des Korridors, wo ich stand.

Die Jungs bewegten sich in ihren Zellen. Rückten näher zusammen, als wollten sie sich formieren, wären da nicht Wände zwischen ihnen gewesen. Sams Blick ruhte auf mir.

»Wie bitte?«, schnauzte Riley. Er war um einiges älter als Connor, ungeduldig und knallhart.

Mir wurde durch die plötzliche geballte Aufmerksamkeit und das grelle Licht der Neonröhren ganz heiß. »Das geht nicht … Ich meine … Sie sind noch nicht bereit. Wir können –«

Sam schüttelte den Kopf und ich verstummte.

»Sie hat recht«, stimmte Dad mir zu. »Sie sind noch nicht bereit.«

Connor lächelte Dad auf eine Weise an, die nur verdeutlichte, dass er allmählich genug Ausreden gehört hatte und es sowieso besser wusste. »Das sagst du jedes Mal. Da bekommt man ja den Eindruck, sie sind dir zu sehr ans Herz gewachsen.«

Dad wollte gerade widersprechen, doch ich war schneller. »Wir müssen noch mehr Tests durchführen.«

Connor kam zu mir herüber und legte nun mir einen Arm um die Schultern. »Ich weiß, dass du dich in den vergangenen Monaten hier im Labor sehr engagiert hast. Das wird nicht umsonst gewesen sein. Wann machst du deinen Schulabschluss, Anna?«

Ich hatte noch sechs Monate vor mir bis zu den Prüfungen, und das sagte ich Connor, obwohl mir nicht klar war, wieso ihn das überhaupt interessierte.

»Komm mal bei mir vorbei, wenn du fertig bist. Wir finden schon eine Position für dich. Dann hab ich dich ganz in meiner Nähe. Na, klingt das gut?«

Sam schüttelte erneut den Kopf, doch das bekam Connor nicht mit. Cas stand direkt hinter der Scheibe, die Arme vor der Brust verschränkt. Nick rollte den Kopf von rechts nach links, seine Nackenwirbel knackten dabei. Trev hatte seine Finger zu lockeren Fäusten gekrümmt.

Connors Nägel bohrten sich in meine Schulter, während er uns beide so drehte, dass wir frontal zu den Zellen ausgerichtet waren. »Du wärst eine wunderbare Ergänzung für die Sektion«, fuhr er fort und behielt die Jungs dabei im Blick. »Was hältst du davon?«

Ich fühlte mich ganz klein und schwach. »Hm –« Sein Geruch, eine Mischung aus Rasierwasser, Schweiß und Moschus, war überwältigend.

Natürlich hatte ich Pläne, die über die Arbeit im Labor hinausgingen. Ich wollte reisen, zu all den Orten aus den Magazinen. Gleichzeitig hatte ich mir mein Leben nie ohne Sam und die anderen vorgestellt. Wenn ich bei der Sektion anfangen würde, wäre ich vielleicht weiter an Sams Projekt beteiligt? Würde das überhaupt einen Unterschied machen? Würde er mich nicht sowieso vergessen, sobald er von hier fort war?

»Sie müssen sich nicht um eine Anstellung für mich bemühen.«

»Ach, Unsinn. Ich möchte dich gern dabeihaben. Das wäre mir eine Freude.« Connor fuhr sich mit der Hand durch das blonde, perfekt geschnittene Haar, als wollte er prüfen, ob noch alles saß. »Und ganz offensichtlich respektieren dich die Jungs. Sieh sie dir doch mal an.«

Riley, Dad und die anderen wandten sich den Jungs zu.

»Wohin bringen Sie sie?«, fragte ich.

»Das ist geheim«, antwortete Riley.

»Ins Hauptquartier«, sagte Connor, worauf Riley ihn wütend anblitzte. Ich fragte mich, ob Riley ein Problem damit hatte, dass sein Chef jünger war als er.

Dad räusperte sich. »Was passiert mit mir? Bekomme ich ein neues Projekt?«

Connor entfernte sich von mir. »ALPHA wird fortgeführt. Du kannst dich weiter damit befassen.«

Alpha? Das stand doch in Sams Akten. OP ALPHA.

»Aber ALPHA ist an die Jungen gebunden«, erwiderte Dad. »Ohne sie kann ich doch nicht weitermachen.«

»Arthur«, sagte Riley und betonte Dads Namen dabei mit Nachdruck, »das klären wir noch. Später.«

Dad sackte ein wenig in sich zusammen.

Ich versuchte, seinen Blick aufzufangen, um ihm schweigend eine Botschaft zu übermitteln: *Kämpfe um die Jungs! Überlass sie Connor doch nicht einfach!* Aber er wich meinen und den Blicken aller anderen Anwesenden aus.

»Also«, sagte Connor, »wollen wir mal loslegen?« Obwohl es als Frage formuliert war, wartete niemand eine Antwort ab. Die Uniformierten nahmen Haltung ein und Connor schaute meinen Vater an. »Ich gehe davon aus, dass du kooperierst.«

Dad nickte. »Selbstverständlich.«

Von der Decke fiel gleißendes Licht. Ich schaute zu den Akten, die sich auf Dads Schreibtisch türmten, zu dem Schreibtisch daneben, den ich zu meinem gemacht hatte. Dies hier war unser Arbeitsplatz, unser Job.

Sag doch etwas, Dad, dachte ich. Die Jungs hatten Jahre hier verbracht. Das Labor war ihr Zuhause. Ging es ihnen bei uns nicht besser als in irgendeinem Gebäude der Sektion?

»Wie wollen wir vorgehen?«, fragte Dad.

»Alle gleichzeitig betäuben«, bestimmte Connor. »Den Rest erledigen meine Männer.« Er klatschte in die Hände, während Dad zum Steuerpult eilte.

Ich stand noch immer reglos dort, wo der Korridor in den Raum mündete, und starrte Sam mit leicht geöffnetem Mund an; ungesagte Worte verharrten in meiner Kehle. Er warf einen schnellen Blick zu dem Schachbrett, das noch immer in der hinteren Ecke des Labors stand, und ein Ausdruck des Bedauerns flog über sein Gesicht.

»Miss?«, sagte die Agentin. Ich blinzelte. »Sie warten besser oben.«

»Ich bleibe.« Ich presste die Lippen aufeinander und ging aus dem Weg.

»Das halte ich für keine gute Idee –«

»Anna hat die gleiche Berechtigung, sich hier aufzuhalten, wie jeder andere von uns«, sagte Connor mit einem Zwinkern und folgte Dad. Einerseits dankbar dafür, dass er mich nicht rauswarf, fragte ich mich andererseits, wieso er gerade jetzt auf meiner Seite stand.

Ich drehte mich um und begegnete Dads Blick. Sein Gesichtsausdruck ließ mich innehalten. Darauf standen eine Million Entschuldigungen geschrieben, die ich nie hören würde: *Entschuldige, dass ich dich in das hier hineingezogen habe. Entschuldige, dass ich das Labor zum Mittelpunkt deines Lebens gemacht habe. Entschuldige. Entschuldige. Entschuldige.*

Ich wollte etwas erwidern. *Es geht doch gar nicht um mich! Tu doch etwas, damit sie die Jungs nicht mitnehmen!*

Aber Dad sagte nichts. Nicht ein einziges Wort.

6

Connor drückte die entsprechenden Knöpfe und schon öffneten sich die Belüftungskanäle, aus denen sofort Betäubungsgas herausströmte. Riley stand in der Mitte des Labors, die Hand an den Griff seiner Waffe gelegt. Die Jungs fielen auf der Stelle um. Wir warteten die vorgeschriebenen vier Minuten ab, doch schon jetzt rührte sich keiner mehr.

Ich ballte die Hände zu Fäusten und öffnete sie wieder. Connor hatte gegen Dads zweite Regel verstoßen. Außerdem verstand ich nicht, wieso sie die Jungs nicht einfach hinauseskortieren konnten.

Die vier Minuten spannten sich allmählich wie ein Gummiband, kurz bevor es reißt. Ich konzentrierte mich auf Sam. Er war hinter dem Bett zusammengebrochen, weshalb ich von meiner Position aus nur seine Beine sehen konnte. Wenn er das Bewusstsein wiedererlangte, befand er sich vermutlich schon auf dem Weg zum Hauptquartier. Wo immer das lag.

Würde er an mich denken, wenn er zu sich kam? Wenn ich gewusst hätte, dass das gestern unser letzter gemeinsamer Abend war, wäre ich länger bei ihm geblieben. Ich hätte ihm gesagt, wie viel er mir bedeutete. Jeder Muskel meines Körpers spannte sich, als mir bewusst wurde, dass, wenn ich morgen früh aufwachte, niemand mehr hier sein würde. Schon jetzt spürte ich beklommen, wie mich ein Gefühl der Leere beschlich.

»Kann losgehen«, sagte Dad.

Die Lüftungsschächte schlossen sich geräuschvoll und die Türen zu den Zellen glitten beiseite. Die Uniformierten rückten vor, während sich das Labor mit dem beißenden Geruch des verfliegenden Betäubungsmittels füllte. Ich verließ meine Position, bewegte mich auf Sams Zelle zu. Kommende Woche hätte seine nächste Blutprobe angestanden. Der Gedanke, dass ich ihm nie wieder so nah sein würde, ihn nie wieder berühren konnte, löste in mir ein noch nie zuvor empfundenes Gefühl aus.

Einer der Agenten blieb wie ein Wärter am Eingang zu Sams Zelle stehen, während sein Kollege am Fußende des Bettes in die Hocke ging. Er fesselte Sam mit einem Kabelbinder die Arme hinter dem Rücken, bevor er eine Spritze aus der Innentasche seiner Jacke zog. Er entfernte die orangefarbene Kappe, dann erstarrte er.

»Was zum Teufel –« Er machte einen Schritt über Sams Beine. »Scheiße.« Kaum hatte er seine Waffe aus dem Holster gezogen, rammte Sam ihm schwungvoll den Fuß zwischen die Beine.

Ich atmete tief ein. Der Mann fiel auf die Knie. Der Uniformierte am Eingang der Zelle tastete hektisch nach seiner Pistole. Sam sprang in die Luft und schwang gleichzeitig mit Blitzgeschwindigkeit seine gefesselten Hände unter seinen Füßen hindurch nach vorn.

»Zelle drei! Zelle drei!«, schrie Riley.

Sam schnappte sich die Waffe des noch immer am Boden kauernden Mannes und umschloss sie mit beiden Händen. Er zögerte keine Sekunde. Er zielte. Schuss. Blut spritzte gegen die Wand. Der Mann sackte in sich zusammen. Ich schmeckte das scharfe Gas tief in meiner Kehle und zwängte mich schutzsuchend neben die Aktenschränke.

Sam schoss erneut. Der Mann am Eingang seiner Zelle fiel um. Jemand schrie. Dad duckte sich hinter das Steuerpult. Zwei Agenten stürzten aus Cas' Parzelle, Waffen im Anschlag. Die Frau, die als Wache vor Trevs Zelle stehen geblieben war, ging hinter der Trennwand in Deckung. Sam zielte auf die Neonröhren an der Decke und hatte bereits drei ausgelöscht, als einer der Männer aus Nicks Zelle einen Schuss auf Sam abfeuerte.

Die Kugel verfehlte ihn. Das Labor war nun in ein unheilvolles Halbdunkel getaucht.

Auch Riley schoss jetzt, die Pistole zündete links von mir. Beton bröckelte aus der Wand. Ich konnte gerade so Sam mit erhobener Waffe am Eingang seiner Zelle erkennen. *Rumms. Rumms.* Zwei Körper fielen auf den Boden. Das Geräusch lähmte mich.

»Stell das Gas wieder an!«, schrie Connor und Dad tippte auf dem Steuerpult herum.

Die Frau sprang aus ihrem Versteck, doch eine Kugel aus Sams Waffe genügte, um sie zu töten. Ein Uniformierter stürmte mit erhobener Faust auf Sam zu und traf ihn am Kinn. Noch während er rückwärtstaumelte, riss er die Pistole hoch und verpasste dem Mann eine Kugel in die Stirn.

Riley rannte zum Ausgang, als Sam die letzten beiden Uniformierten erledigte.

Ich war die Nächste. Sam würde auch mich erschießen. Ob absichtlich oder per Zufall, wusste ich nicht.

Ein paar Hände packten mich, zerrten mich hoch, ein Arm legte sich um meinen Hals. Erst dachte ich, es wäre Dad, der mich retten wollte, doch der Lauf einer Pistole, der gegen meine Schläfe gepresst wurde, sagte etwas anderes. Connors Aftershave stand mir in der Nase.

»Sam!«, brüllte Connor.

Sam erstarrte. Obwohl ich sonst nichts erkennen konnte, das sah ich: seine klare Silhouette in der Dunkelheit. In meinem Kopf verschwamm alles.

»Waffe weg!« Connor zerrte mich Richtung Ausgang. Er musste verrückt sein, zu glauben, dass Sam jetzt aufhören würde, einfach so. Natürlich hatte ich mich in den letzten paar Jahren bemüht, seinen Alltag ein bisschen lebenswerter zu machen, aber deswegen würde er doch seine Freiheit nicht gegen mein Leben tauschen.

Dad war immer noch in der Nähe des Steuerpults. Sam, die Hände nach wie vor gefesselt, legte die Pistole auf den Boden. Seine Kiefermuskulatur arbeitete heftig, als wäre sein Verstand nicht mit dem einverstanden, was seine Hände da taten.

Er gab seine Freiheit für mein Leben. Bei dieser Erkenntnis wurde mir gleichzeitig heiß und kalt. Der Ausdruck von Ungerechtigkeit, der auf seinem Gesicht erschien, war nicht zu ertragen. Ich wusste weder, was das alles zu bedeuten hatte, noch, was Sam überhaupt nach seiner Flucht aus dem Labor plante, doch wenn ich mich auf eine Seite schlagen musste, war es Sams.

Dies war meine Chance. Und meine Entscheidung überraschte mich nicht. Ich hatte es immer gewusst.

Mit Schwung rammte ich meinen Ellbogen nach hinten und traf Connor in den Bauch. Er krümmte sich, die Pistole entglitt ihm und schlitterte über den Boden. Sam schnappte sie sich und schoss. Die erste Kugel streifte Connors Schulter. Ich duckte mich weg, als ihn die zweite Kugel seitlich traf. Er sackte in sich zusammen. Riley feuerte einen Schuss aus dem Korridor, doch Sam warf sich rechtzeitig auf den Fußboden.

»Bringt mich hier raus!«, befahl Connor, während Riley ein weiteres Mal schoss.

Die Automatiktür zum Labor glitt auf. Sam hockte sich hin. Er zielte. Ich presste mich gegen die Wand.

Riley packte Connor und zog ihn mit sich. Sam drückte den Abzug, doch die Waffe gab nur ein hohles *klick* von sich.

»Los, los, los!«, schrie Connor.

Die Tür schloss sich hinter ihnen und rastete mit einem Ruck ein. Von der anderen Seite piepste der Nummernblock und schon schoben sich die Sicherheitsbolzen in die Wand.

Ich stellte mich auf meine wackligen Beine und kämpfte mit aufkommender Übelkeit. Ich warf einen Blick zu Dad. Und was jetzt?, dachte ich. Doch mein Vater stand einfach nur da, seine Finger zuckten, als sehnten sie sich nach einem Strohhalm, an den sie sich klammern konnten.

Sam legte die Pistole weg und ging nun sehr systematisch vor. Er schnappte sich das Taschenmesser von einem der Toten, klappte es auf und zerschnitt damit den Kabelbinder, der seine Hände fesselte. Dann lief er in Cas' Zelle und schüttelte ihn so lange, bis er zu sich kam. Cas setzte sich auf, noch benommen. Sam ging der Reihe nach in die anderen Zellen, um auch Trev und Nick zu wecken. Ich blieb an die Wand gepresst stehen, weil ich nicht wusste, was ich mit mir anfangen sollte.

Ich schluckte mehrfach gegen das Gefühl an, mich übergeben zu müssen.

»Wir müssen los«, sagte Sam zu Cas. »Uns bleibt sicher nicht viel Zeit –«

»Wartet.« Dad machte ein paar Schritte auf sie zu. Die Jungs erstarrten. Dad hob ergeben seine Hände. »Ich werde euch nicht aufhalten, aber ihr müsst euch darüber im Klaren sein, was ihr da macht. Habt ihr einen Plan?«

Sam hob eine weitere Pistole auf. »Punkt eins ist, von hier zu verschwinden.«

»Ich kann euch helfen.« Dad hielt ein Schlüsselbund hoch. »Nehmt meinen Wagen. Der hat zwar keinen eingebauten Sender, trotzdem wäre es sicher klug, schnell das Fahrzeug zu wechseln. Je nachdem wie schwer Connor verletzt ist, habt ihr eine halbe Stunde. Maximal. Ganz hier in der Nähe gibt es einen geheimen Unterschlupf der Sektion. Ich bin mir sicher, dass Riley ihn dorthin bringen wird.«

Sam nahm ihm die Schlüssel aus der Hand. »Cas, schnapp dir die restlichen Waffen. Trev und Nick, ihr sichert den Ausgang.«

»Die Tür ist verriegelt –«, setzte ich an.

»Fünf-null-fünf-neun-sieben-drei«, fiel Sam mir ins Wort.

Das war nicht der Code, mit dem ich üblicherweise das Labor betrat und verließ. Wobei ich auch nicht davon ausgegangen war, dass Connor oder Riley uns mit unserem herkömmlichen Code hier eingeschlossen hatten.

Nick warf mir einen stechenden Blick zu, als er an mir vorüberging, woraufhin ich mich nur noch dichter an die Wand presste. Trev tippte die Zahlen ein und sofort öffnete sich die Tür.

»W…wie –«, stotterte ich.

Sam entfernte das Magazin der Pistole. Da es leer war, warf er es einfach beiseite und suchte in der Weste eines Agenten nach Ersatz. Das neue Magazin rammte er in den Griff. *Klick, klack.* »Die Tasten piepen, wenn man daraufdrückt. Man muss nur wissen, welcher Ton zu welcher Taste gehört.«

Ich starrte ihn fassungslos an. Er wusste die Zahlenkombination, weil er sie gehört hatte? Während auf ihn geschossen wurde?

»Und jetzt?«, fragte Cas. Er und Sam schielten zu meinem Vater.

Dads Adamsapfel bewegte sich, als er schluckte, und ich fragte mich, ob ihm auch nach Brechen zumute war. »Mach schon«, sagte er.

Ich löste mich von der Wand. »Mach schon? Was –«

Sam richtete die Waffe auf Dad und drückte ab.

Ein Keuchen blieb mir tief im Hals stecken, während der Zorn mich in Bewegung setzte. Ich wollte, dass die Pistole verschwand, ehe Sam noch jemand Weiteres verletzen konnte, auch wenn außer mir niemand mehr da war.

Doch Sam sah mich auf ihn zustürmen und warf Cas die Waffe zu, der sie lässig auffing. Ich holte zu einem Faustschlag aus, der Sam erst am Kiefer, dann an der Schulter traf, bevor Sam mich an den Handgelenken zu fassen bekam und herumriss. Er presste mich gegen die Trennwand zwischen seiner und Nicks Zelle. Die von Einschusslöchern aufgeraute Oberfläche bohrte sich in meinen Rücken.

»Ich hab ihn nicht getötet!«, schrie er. »Er wird überleben.«

Ich rang nach Luft, hatte das Gefühl zu ersticken, so als hätte die Panik Mund und Nase verstopft. Ich würgte. Sam bog meinen Kopf nach hinten, schon strömte wieder Luft in meine Lungenflügel. Das konnte doch alles nicht wahr sein. Diese Männer waren nicht tot. Und auf Dad war nicht geschossen worden. Und ich stand nicht so nah bei Sam, dass ich seinen Atem auf meinem Gesicht spüren konnte.

Ich schloss die Augen und versuchte, bewusst zu atmen, ganz wie mein Kampftrainer es mir beigebracht hatte. Ich hatte nicht erwartet, dass ich das Gelernte je anwenden müsste. Oder zumindest nicht so. Langsam ebbte die Panik ab. Sam nahm meinen Kopf in beide Hände und zwang mich, ihn anzuschauen. Ich blinzelte, sah noch nicht wieder ganz klar, alles war noch ein bisschen verschwommen, und doch erkannte ich seine flussgrünen Augen, die mich an die vielen Nächte erinnerten, die ich hier bei ihm verbracht hatte.

Ich hatte gedacht, ich könnte ihm trauen. Ich hatte gedacht, er wäre mein Freund.

»Wieso hast du auf ihn geschossen?«, brachte ich hervor. »Er hat dir doch nie etwas getan.«

»Wenn Connor feststellt, dass wir entkommen sind, ist es so für deinen Vater sicherer. Connor wird annehmen, dass er im Kreuzfeuer verletzt wurde, und ihn nicht für einen Komplizen halten.«

Ich kratzte das letzte bisschen Mut zusammen, das ich noch aufbringen konnte, und biss die Zähne aufeinander. »Also wirst du auch auf mich schießen?«

Er legte den Kopf zur Seite und seufzte genervt. »Nein«, antwortete er. Kurz und bündig. Keine weitere Erklärung. Ich war mir nicht ganz sicher, was das bedeutete oder ob es mich überhaupt interessierte.

Er und Cas suchten die am Boden liegenden Toten nach Gegenständen ab, die vielleicht nützlich sein könnten. Ich hastete zu meinem Vater, bemüht, nicht in das Blut zu treten, das sich um ihn herum ausbreitete. Es sah aus, als hätte die Kugel ihn im rechten Bein getroffen, knapp oberhalb des Knies.

Ich nahm seine Hand. »Alles in Ordnung?«

Er versuchte, sich aufzurichten, zuckte aber zusammen. »Natürlich.«

»Soll ich einen Druckverband machen? Oder das Bein abbinden?«

»Mir geht's gut. Glaub mir.«

Ich unterdrückte ein Schluchzen. Meine Hände zitterten immer noch. »Dir geht's nicht gut. Nichts von dem hier ist gut.«

Die Tür zum Labor öffnete sich wieder, Trev und Nick erschienen. »Drei Männer vorm Haus«, berichtete Trev. »Bewaffnet. Sieht ganz so aus, als würden die auf uns warten.«

»Höchste Zeit zu verschwinden«, fügte Nick hinzu.

Dad schob mich ein Stückchen weg. »Du musst mit ihnen gehen.«

»Was?« Das Wort klang wie ein Quietschen.

Dad rief Sam über meine Schulter etwas zu. »Nimm sie mit! Bitte. Mehr verlange ich nicht.«

»Ich lasse dich hier nicht allein«, sagte ich.

»Anna, hör mir zu.« Dad versuchte erneut, sich aufzusetzen. »Bleib bei Sam. Komm nie wieder her. *Nie wieder.* Hast du mich verstanden?«

»Ich lasse dich hier nicht allein«, wiederholte ich.

»Wenn Connor hierher zurückkommt, musst du weg sein. Du musst dich von ihm fernhalten.«

»Aber –«

»Los.« Er stieß mich weg, ich stolperte. Trev fing mich auf und legte mir tröstend den Arm um die Schultern. Nick brummte mürrisch.

»Samuel?« Dad gab ihm ein Zeichen, weshalb Sam neben ihm in die Hocke ging. »Fahrt nach Pennsylvania, 4344 West Holicer Lane, Elk Hill. Dort seid ihr sicher. Und da ist jemand, der euch helfen kann.«

Sam nickte und stellte sich wieder hin. »Danke«, sagte er noch, bevor er uns alle Richtung Ausgang antrieb.

Ich zerrte mich von Trev los, lief zu Dad und drückte ihn fest an mich.

»Ich werde dich schon wiederfinden«, sagte er. »Das verspreche ich dir. Aber ruf hier niemals an, hörst du? Das ist zu gefährlich.«

Ich stand auf, versuchte, ihm zu gehorchen. Doch ich war

wie gelähmt vor Angst, ihn verletzt und allein zurückzulassen, während ich mit jemandem verschwinden sollte, der gerade vor meinen Augen acht Menschen getötet hatte.

Die Labortür öffnete sich, frische Luft strömte herein und vertrieb den Geruch von abgestandenem Gas und Tod. Als wir durch den Korridor liefen, schaute ich so lange zurück zu Dad, bis die Wand mir die Sicht abschnitt.

7

»Lageplan?«, sagte Sam, am Treppenabsatz angelangt.

Trev steckte sich eine Pistole in den Bund seiner Hose und zeigte zum vorderen Teil des Hauses. »Panoramafenster im Wohnzimmer. Da ist einer positioniert.« Dann deutete er Richtung Küche. »Einer versteckt sich im Garten. Freie Schussbahn durch das Fenster über der Spüle. Ein Dritter steht draußen bei der Garage.«

Mir war nicht bewusst gewesen, dass Connor mit mehr Unterstützung gekommen war als mit den acht, die ihn ins Labor begleitet hatten. Oder hatte er schon Verstärkung geschickt? Und wenn bereits drei Männer da waren, wie lange würde es dauern, bis noch mehr anrückten?

»Cas, du gehst nach vorn«, sagte Sam. Cas nickte und verschwand im Flur. Ich schaute ihm nach. Ihn hier im Haus zu sehen, wo eigentlich nur Dad und ich wohnten, fühlte sich merkwürdig fremd an. »Nick, übernimmst du die Garage?«

Nick trabte in das kleine Bad, das sich am Ende des Flurs befand.

»Ich greife Cas unter die Arme«, rief Trev, wartete aber noch Sams Zustimmung ab, bevor er ging.

Sam und ich liefen in die Küche. Meine Schulbücher stapelten sich auf dem Esstisch. Die noch ungelesene Kunstzeitschrift *Artist's* lag neben dem Brotkasten. Dads leere Kaffeetasse stand im Spülbecken, ungespült. Das fühlte sich alles so unwirklich an.

Sam sprang auf den Rand der Arbeitsplatte. Dann schob er das Mehlglas und eine Teedose beiseite, um näher an das Fenster über der Spüle rutschen zu können. »Geh zur Hintertür und schrei um Hilfe!«

»Aber –« Er brachte mich mit einem Blick zum Verstummen. Und die Waffe in seiner Hand ließ keine weiteren Gedanken an Widerspruch aufkommen. Ich stellte mich an die Schiebetür, hakte den Riegel aus und zog sie auf. »Hilfe! Schnell! Ich brauche Hilfe!«

Der Mann im Garten versteifte sich, sein Blick lastete schwer auf mir. Das Fenster öffnete sich, der Pistolenlauf erschien, und Sam betätigte den Abzug. Der Kopf des Uniformierten schlug nach hinten, als ihn die Kugel traf, und mir wurde schlagartig glühend heiß.

Auf Sams Schuss folgten zwei weitere. Ein paar Sekunden später hatten die Jungs sich wieder in der Küche formiert. »Erledigt«, sagte Trev und mein Magen rebellierte wieder. Mehr Tote. Alle tot. Und ich hatte geholfen.

»Wo sind die Akten?«

Jemand schüttelte mich.

»Was?«

»Wo sind die Akten?«, fragte Sam. »Wo bewahrt Arthur unsere Akten auf?«

»Am Ende des Flurs.« Ich zeigte in die Richtung. »Im Arbeitszimmer.« Ich rasselte den dazugehörigen Code hinunter und schon ließen die Jungs mich stehen.

Ich lehnte mich kraftlos gegen die Tür. Der Mann von der Sektion lag mit dem Gesicht im Gras. Reglos. Ohne zu atmen. Und wenn er Kinder hatte? Eine Frau? Er war sicher heute Morgen mit dem Gedanken aufgestanden, dass er am Abend wohlbehalten wieder bei sich zu Hause ankommen würde. Doch das konnte er nicht mehr. *Meinetwegen.*

Schuldgefühle fuhren mir bis ins Mark.

»Anna«, hörte ich Sam hinter mir sagen.

»Ja?«

»Wir müssen los.«

Ich wandte mich zu ihm um. »Habt ihr die Akten?«

»Sie sind fort. Riley muss sie mitgenommen haben.«

Wie betäubt folgte ich Sam zur Haustür. Nick warf mir einen finsteren Blick zu, während er sich an mir vorbeizwängte. Trev und Cas eilten hinter ihm her, ihre Freude, endlich wieder frei zu sein, war fast greifbar. Draußen sprangen sie wie irre herum. Sam und ich beobachteten sie durch die Fliegentür.

Cas rannte dreimal um die Garage, bevor er sich auf die Knie fallen ließ und so tat, als würde er den Boden küssen. Trev stand einfach da, die Hände in die Seiten gestemmt, und sah entrückt über den Hof, den Wald, die Felder.

Ich blieb, wo ich war. Würde ich es zu Dad ins Labor schaffen, bevor Sam mich aufhielt? Würde er mich aufhalten? Würde Dad wütend werden?

»Wir müssen los«, wiederholte Sam.

Ich blickte zur Kellertür.

»Anna«, sagte er, diesmal im Befehlston.

Ich zog eine Jacke an und ging nach draußen. Trev hatte gerade einen der Suburbans durchsucht und kam nun mit einem Paket für jeden der Jungs heran. »Sieht so aus, als wären da Klamotten und Schuhe drin.«

Cas riss sein Paket auf und sofort fielen die Schuhe heraus. »Lieber Gott, endlich echte Schuhe! Nicht mehr diese Gefängnistreter!«

Nick schnaufte, Verachtung lag in seinem Blick. »Zieh sie schon endlich an, damit wir verschwinden können. Bin ich der Einzige, der findet, dass wir längst hätten abhauen sollen?«

»Beruhig dich«, sagte Trev. »Wir haben noch reichlich Zeit.«

»Und woher willst du das wissen?«, entgegnete Nick.

Cas zog sich ein weißes, langärmliges Shirt über den Kopf und schlüpfte in die Turnschuhe. Die anderen folgten seinem Beispiel, nur Sam hatte sich ein altes Flanellhemd meines Vaters von der Garderobe geschnappt und angezogen, wie mir jetzt erst auffiel. Es war dunkelblau, hatte rote und weiße Streifen und perlmuttfarbene Druckknöpfe. Und es verdeckte die Pistole, die er hinten im Hosenbund trug.

Ich hielt mich zwischen Haus und Garage auf, machte mich klein und unscheinbar, weil ich weder wusste, was die Jungs überhaupt als Nächstes planten, noch, welche Folgen es für mich haben könnte, dass ich Zeugin dieser Flucht geworden war. Sollten sie plötzlich beschließen, mich loszuwerden, würde Trev sich für mich einsetzen? Oder Cas?

Trev zeigte auf Dads Auto. »Nehmen wir den?«

»Wer fährt?«, fragte Nick.

»Ich.« Sam zog das Schlüsselbund aus der Hosentasche und warf mir einen Blick zu. »Anna?«

Ich schluckte. »Wer *bist* du eigentlich? Woher weißt du, wie man eine Pistole benutzt? Wie –« Was hatte er mir sonst noch alles verschwiegen? »Hast du wirklich dein Gedächtnis verloren?«

Die Schlüssel schlugen gegeneinander, als er seinen Arm kraftlos an seine Seite fallen ließ. »Ja, aber für diese Unterhaltung haben wir jetzt keine Zeit. Wir müssen los.«

Nick maulte: »Lassen wir sie doch hier.«

»He«, sagte Cas. »Entschärf mal die Torpedos, Soldat.«

Nicks Augen wurden schmal.

»Ich komme sofort«, sagte ich. »Ich brauche nur eine Sekunde, in Ordnung?«

Sam seufzte. »Eine Minute.«

In meinem Zimmer angelangt, schnappte ich mir Moms Tagebuch von der Kommode. Ich wusste weder, wohin wir fuhren, noch, warum ich überhaupt mitsollte. Doch weil ich Dad versprochen hatte, niemals zurückzukehren, wollte ich wenigstens dieses Buch mitnehmen. Es war das Einzige, das mir wichtiger war als meine Zeichnungen. Den Gedanken, es zurückzulassen, konnte ich einfach nicht ertragen. Und so hatte ich wenigstens eine handfeste Erinnerung an mein Zuhause.

Draußen warteten die Jungs bereits. Sam hatte den Wagen gewendet, er stand nun zur Straße ausgerichtet. Hatte er überhaupt eine Fahrerlaubnis? Ich setzte mich auf den noch freien Beifahrersitz und schnallte mich pflichtbewusst an, das Tagebuch sicher auf meinem Schoß.

Sam warf einen kurzen Blick darauf, bevor er den Schalthebel auf D stellte und aufs Gaspedal trat. Als wir am Ende unserer langen, unbefestigten Auffahrt angelangt waren, machte er eine Vollbremsung. »In welcher Richtung liegt die Stadt?«

»Rechts.«

Er bog ab und trat wieder das Gaspedal durch, wodurch der Staub nur so flog. Ich klammerte mich an das Tagebuch, der abgegriffene Einband hatte etwas Tröstendes. Es muss einen Grund gegeben haben, dass die Jungs all die Jahre eingesperrt gewesen waren, doch ich hatte weniger denn je eine Ahnung, welcher das war. Ich war bisher davon ausgegangen, dass die Sektion den perfekten Soldaten schaffen wollte. Das wäre ihnen dann aber gehörig misslungen. Perfekte Soldaten erschießen ihre Anführer nicht.

Ein leiser Schmerz meldete sich in meinen Schläfen, während ich versuchte, all das zu verstehen. Wenn Sams Behandlung fehlgeschlagen war, wieso hatte Dad dann darauf bestanden, dass ich mit ihm fortging? Und wieso war es ihm so wichtig, dass ich mich so weit wie möglich von Connor fernhielt?

Dad wusste definitiv mehr als ich. Und Sam … Ein Teil von mir wollte ihm vertrauen. Mich hatte er nicht umgebracht. Dad hatte er auch nicht umgebracht, aber er hatte auf ihn geschossen.

»Und wie geht's jetzt weiter?«, fragte Cas und riss mich aus meinen Gedanken.

Sam betrachtete Cas durch den Rückspiegel. »Diesen Wagen abstoßen, einen neuen suchen.«

»Bleiben wir zusammen oder teilen wir uns auf?«, wollte Trev wissen.

»Willst du allein weiter?«

Trev zuckte mit den Schultern und kratzte sich am Kopf. »Es ist schwieriger, uns einzeln aufzuspüren. Aber eigentlich bin ich einfach nur froh, endlich frei zu sein. Also, was immer du bestimmst, ich bin dabei.«

»Wir müssen zusammenbleiben«, brummelte Nick.

»Alter.« Cas legte beide Hände um meine Nackenstütze und lehnte sich zu uns vor. »Als Connor mit all seinen Lakaien aufgetaucht ist, hab ich für einen Moment gedacht, dass wir unseren Plan vergessen können.«

Ich fuhr herum. »Ihr hattet das *geplant*?«

Sam sagte nichts. Er schaute nicht einmal zu mir. Ich starrte ihn mit offenem Mund an. Ich hatte ihm von Connors bevorstehendem Besuch erzählt. Hatte ich damit zu ihrer Flucht beigetragen? Und wenn ich nichts gesagt hätte? Würde ich es zurücknehmen, wenn ich könnte?

Nicht mal ein Meter trennte Sam und mich. Ich hatte mir immer gewünscht, mit ihm außerhalb des Labors unterwegs zu sein, aber doch nicht so. Sofort tauchten die Bilder von den toten Agenten und dem ganzen Blut vor meinem geistigen Auge auf und mein Magen krampfte sich zusammen.

»Wann wolltet ihr denn fliehen?«

»Nächste Woche«, antwortete Cas. »Während Sams Blutabnahme.«

Meine Augen wurden groß. Hätte ich mir dann womöglich eine Kugel eingefangen? »Und das Betäubungsgas?«

»Strohhalme«, sagte Cas.

Ich runzelte die Stirn.

»Sam hat Strohhalme zusammengeklebt«, erklärte Cas. »Ein Ende führte durch die Belüftungsanlage zwischen seinem Zimmer und dem Bad. Ist dir aufgefallen, dass die Badezimmertür zu war? Die hatte er abgedichtet. Das Gas strömt aus, Sammy fällt auf den Boden, tut so, als wäre er bewusstlos, während er die zusammengeklebten Halme wie einen Schnorchel benutzt.«

»Hast du das wirklich so gemacht?« Er antwortete nicht, aber das war auch gar nicht nötig. Auf einmal ergab alles einen Sinn. Deshalb hatte er also immer wieder um Strohhalme gebeten und gestern Abend um das Klebeband. Das ich auch nicht zurückgefordert hatte.

Die nötigen Mittel für seine Flucht kamen also von mir, und noch dazu hatte ich eingegriffen, als Connor ihn aufhalten wollte. Das machte mich mitschuldig. Vielleicht hatte Dad mich deshalb weggeschickt – damit ich der Bestrafung entging.

Himmel, ich war so ein Idiot. Ich hatte alles für Sam hingeschmissen. Für einen Jungen. Ich dachte, ich wäre auf seiner Seite. Und hatte ich nicht ein paar Nächte zuvor während unserer Schachpartie sogar darüber nachgedacht, ihn freizulassen?

Irgendwie fühlte es sich nicht so gut an, wie ich mir das vorgestellt hatte. Aber es sollte ja auch ganz anders ablaufen.

»Genial, oder?«, fragte Cas und klopfte Sam auf die Schulter. »Ich wusste doch, dass es sich noch mal auszahlen würde, dich in der Nähe zu haben.«

»Als hättest du eine Wahl gehabt«, murmelte Sam.

Cas zog eine Schulter hoch, bevor er sich wieder gegen die Rückbank sinken ließ. »Ich mein ja nur.«

Nick schnaufte. »Jetzt hör schon auf mit dem Lobgehudel. Das steigt ihm noch zu Kopf.«

Die Fahrt in die Stadt dauerte gefühlt doppelt so lang wie sonst. Wir ließen Dads Wagen auf dem Parkplatz hinter Emerys Pizzeria stehen. Trev sollte mit mir an der Hauptstraße warten, während die anderen auf die Suche nach einem neuen Fluchtfahrzeug gingen.

Die kühle Oktoberluft stahl sich durch meine dünne Jacke. Ich warf Trev einen Seitenblick zu. Er sah noch immer aus wie der Freund, mit dem ich meine tiefsten Geheimnisse geteilt hatte. Der Freund, der so gern Biografien las und einen wahnsinnigen Fundus an berühmten Zitaten hatte, die er jederzeit auswendig wiedergeben konnte. Doch irgendetwas war anders. Vielleicht lag es an der Waffe, die er hinter seinem Rücken verborgen hatte.

»Anna«, setzte er an. »Es tut mir sehr leid, dass du –«

»Meinst du, ich habe genug Zeit, mal kurz aufs Klo zu gehen?«, unterbrach ich ihn und zeigte zur Drogerie auf der anderen Straßenseite.

Er wirkte geknickt, doch er nickte. »Ja, ich denke schon.«

Nachdem ich die Toilettentür hinter mir geschlossen hatte, atmete ich einmal tief durch und versuchte dann, meine brennenden Augen abzukühlen. Ich wusch mir die Hände und warf dabei einen flüchtigen Blick in den Spiegel. Ich hatte heute Morgen nicht geduscht, meine blonden Haare sahen stumpf aus, so wie trockener, spröder Weizen. Meine Augen waren schwer. Ich wirkte müde, aber erschreckenderweise nicht verstört. So, als hätte ich nicht gerade mit angesehen, wie Sam all diese Menschen umgebracht hatte. Ich sah immer noch aus wie Anna.

Aber ich fühlte mich nicht mehr wie sie.

In der Reihe mit dem Tierfutter stieß ich auf Trev. Sofort machten wir uns auf den Weg aus dem Geschäft.

»Du musst keine Angst vor mir haben«, sagte er. »Ich bin immer noch derselbe.«

Ich runzelte die Stirn. »Ich habe keine Angst vor dir.«

Er deutete mit dem Kopf in meine Richtung. »Der Abstand zwischen uns sagt mir etwas anderes.«

Ich versuchte, die Entfernung zu schätzen. Anderthalb Meter vielleicht.

»Das war keine Absicht.«

Sein mittlerweile zu lang gewachsener Pony hing ihm ins Gesicht und verbarg seine sanften braunen Augen. Ich hatte ihm immer vertraut. In einem normalen Leben wäre er ganz sicher der Typ gewesen, in den sich jedes Mädchen locker hätte verlieben können, schließlich war er klug, attraktiv und zuvorkommend.

Ich vertraute ihm immer noch. Oder?

Draußen erwartete Sam uns schon an der Straßenecke. »Geh zu Cas und Nick, die sind auf dem Parkplatz hinter diesem Gebäude«, sagte er zu Trev. Nach einem kurzen Blick zu mir setzte Trev sich in Bewegung.

Aus der Bäckerei neben uns drang strenger Hefegeruch, der meinen Magen knurren ließ. Mir fiel wieder ein, dass ich es nicht mal geschafft hatte zu frühstücken, bevor Connor aufgekreuzt war. Noch ein Zeichen dafür, dass nichts mehr so lief, wie es sollte.

»Du willst also wirklich ein Auto klauen?«, fragte ich, während ich Sam folgte, der in die entgegengesetzte Richtung ging, die Trev eingeschlagen hatte.

»Ja. Vorausgesetzt, du hast nicht noch eins, das wir stattdessen nehmen können.«

»Nein«, sagte ich. »Aber … Ich weiß einfach nicht, ob ich das gut finde.«

Er sah mich an. »Jetzt ist nicht gerade der beste Zeitpunkt, mir mit Moral zu kommen.«

Ich blieb stehen. »Was soll das denn heißen? Ich habe mich immer makellos verhalten.« Als er darauf nichts erwiderte, redete ich einfach weiter. »Weißt du was? Allmählich frage ich mich, ob ich dich je wirklich gekannt habe. Denn so etwas wie Moral kann ich in *deinem* Verhalten gerade beim besten Willen nicht mehr erkennen. Eigentlich erkenne ich dich überhaupt nicht wieder. Was ist denn mit dem Sam passiert, mit dem ich befreundet war?«

Er kam ganz nah zu mir und sagte mit leiser Stimme: »Wir waren nie Freunde, Anna. Ich war fünf Jahre lang ein Gefangener in deinem Keller. Davor saß ich vermutlich ebenfalls nicht gerade kurz in einer anderen Zelle der Sektion.« Mitten auf seiner Stirn trat eine Ader hervor. »Ich wollte da raus, also habe ich getan, was ich musste, um dein Vertrauen zu gewinnen. Wenn du an meiner Stelle gewesen wärst, hättest du genau das Gleiche getan.«

Seine Worte trafen mich. »Nein, hätte ich nicht. Ich hätte einfach mal gefragt.« Ich hob verzweifelt meine Arme. »Du hättest mich einfach nur um Hilfe bitten müssen.«

Er setzte an, um etwas zu sagen, presste dann aber die Lippen aufeinander. Sein überraschter Gesichtsausdruck sagte eindeutig, dass ihm dieser Gedanke nie gekommen war. Mein Brustkorb fühlte sich hohl an, so als wären all die schönen Momente, die ich mit Sam geteilt hatte, herausgeschnitten und durch den Fleischwolf gedreht worden. Alles, was ich im Labor erlebt hatte, war nichts als eine Lüge gewesen.

Tränen trübten meinen Blick. Wie dumm von mir zu glauben, dass ihm etwas an mir lag. Wie dumm zu glauben, dass er etwas in mir sah. Ich war nichts weiter als ein Werkzeug für ihn gewesen, das ihm bei seinem Ausbruch geholfen hatte.

»Wir müssen weiter«, sagte er mit zusammengebissenen Zähnen und vermied es, mich anzusehen.

Ich dachte kurz darüber nach, zur Drogerie zurückzulaufen und um Hilfe zu bitten. Dad brauchte mich. Dad würde außerdem meine Anwesenheit schätzen. Für Sam war ich nichts als eine Last.

In was war ich hier nur hineingeraten? Ich könnte versuchen wegzulaufen. Ich würde Sam einfach für immer verlassen.

»Anna?« Er legte den Kopf schief und seine Augen wurden schmal. Konnte er die Unentschlossenheit erkennen, die mich lähmte? Er wartete ab, drängte nicht und überließ es ganz offensichtlich mir, ob ich nun weglief oder nicht.

Aber ich tat's nicht.

Ich konnte nicht.

Was sagte das nun über mich? Ich war erbärmlich. Bedauerlich. Verzweifelt. Dad hatte mir das Versprechen abgenommen, nicht zu ihm zurückzukehren. Ich konnte also nirgendwo hin.

»Dann geh vor«, sagte ich.

Und das machte er.

8

Sam hatte mehrere Vorgaben, die ein Wagen erfüllen musste, um als nächstes Fluchtfahrzeug infrage zu kommen. Er brauchte einen starken Motor, musste groß genug für uns alle und diskret sein. Es war Cas, der den marineblauen SUV aussuchte.

Ich saß auf dem Beifahrersitz, machte mich ganz klein und fragte mich, ob uns jemand dabei beobachtete, wie wir dieses große Auto klauten, und derweil die Polizei verständigte. Doch wir erreichten ohne Zwischenfälle den Highway und schon verlor sich Treger Creek im Rückspiegel.

Jetzt gab es wirklich kein Zurück mehr. Je weiter wir mein Zuhause hinter uns ließen, desto fester wurde der Knoten in meiner Brust. Ich fuhr mit dem Finger über den rissigen Rücken von Moms Tagebuch und war froh, dass ich es mitgenommen hatte.

»Was ist das?«, fragte Sam und deutete auf das Buch.

Unwillkürlich umfasste ich es fester. »Es hat meiner Mutter gehört.«

»Sura«, sagte Sam und ich nickte. Es war ungewohnt, ihren Namen zu hören. Dad hatte ihn fast nie ausgesprochen.

Wir fuhren Richtung Süden mit konstanten hundert Kilometern pro Stunde. Die Landschaft sauste in einem einzigen Farbenwust an uns vorbei. Um meine Gedanken von dem abzulenken, was vorgefallen war, überlegte ich mir, welche Farben ich benutzen würde, um die Umgebung zu zeichnen. Gebrannte Umbra. Cadmiumgrün. Scharlachrot für die Blätter, die sich schon langsam verfärbten.

»Sag mal«, meldete sich Cas, »hast du irgendeine Idee, wohin genau Arthur uns schickt?«

Ich spürte, dass Sams Blick auf mir lastete. »Kommt dir die Adresse bekannt vor?«

Ich schüttelte den Kopf. »Ich kenne niemanden in Pennsylvania. Und es ist auch nicht in deiner Akte aufgetaucht.«

»Ist wahrscheinlich eine Falle«, sagte Nick. »Arthur arbeitet doch für die Sektion. Ich verstehe nicht, wieso wir ihm überhaupt trauen.«

Ärger kochte in mir hoch und ich drehte mich zu Nick um. »Mein Vater hat keinem von euch was getan.«

Der finstere Gesichtsausdruck zeigte sich wieder. »Es kann trotzdem eine Falle sein.«

»Willst du lieber hierbleiben?« Sam schaute in den Rückspiegel und sah Nick in die Augen. »Wenn du willst, halte ich an, dann kannst du sofort abhauen.«

»Gute Idee«, fügte Cas hinzu, »du kannst quer durch Amerika trampen. Musst ja nur deine Bauchmuskeln zeigen. Ich wette, dich nimmt sofort jemand mit.«

Nick schnaufte. »Halt die Schnauze.«

»Meine Güte«, sagte Cas. »Wieso bist du denn so mies drauf? Wir sind frei! Wie wäre es mal mit einem Freudentänzchen?«

»Eher würde ich mich mit Benzin übergießen und anzünden.«

»Super.« Cas rieb sich die Hände. »Hat jemand Marshmallows dabei?«

Sam ignorierte die beiden und tippte derweil die Adresse, die Dad ihm genannt hatte, in das Navigationsgerät, das an der

Armatur angebracht war. Eine kühle Frauenstimme begann daraufhin, uns den Weg zu weisen. Es dauerte fast drei Stunden, bis wir die Grenze nach Pennsylvania erreicht hatten. Während Cas und Trev sich darüber austauschten, was sie alles essen wollten, jetzt, wo sie endlich wieder frei waren, konzentrierte Sam sich aufs Fahren und Nick schlief.

Ich lehnte mich näher zum Fenster. Ich war noch nie in Pennsylvania gewesen, doch es sah genauso aus, wie ich es mir vorgestellt hatte. Das Land verlief so wellenförmig wie das Meer. In Gedanken zeichnete ich nach, was ich sah, um mich zu beschäftigen.

Niemand sagte es laut, aber ich glaube, wir hatten alle das Gefühl, dass uns jemand beobachtete. Als würde Connor nur auf einen Fehler von uns lauern, damit er seinen nächsten Zug machen konnte. Ich konnte es kaum erwarten, das Haus zu finden, das Dad Sam genannt hatte, wo wir endlich in Sicherheit wären.

Ein Schild über uns wies auf Exit 28 hin. Wir passierten es und fuhren eine weitere halbe Stunde in südwestlicher Richtung, bevor uns das Navigationssystem aufforderte, bei der nächsten Abfahrt auf eine andere Fernstraße zu wechseln. Sam befolgte die Anweisung, nahm die Ausfahrt, und weil er so schnell in die Rechtskurve bog, drückte mich die Fliehkraft zu ihm. Mein Blick schweifte über seinen Arm, der auf der Mittelkonsole lag. Sein Hemdsärmel war bis über den Ellbogen hochgeschoben. Noch vor achtundvierzig Stunden hatte ich im Labor gestanden und ihn durch die Scheibe betrachtet, seine Narbe studiert.

»Wofür stehen die Buchstaben? Die Narben«, schob ich noch nach. Die Jungs auf der Rückbank verstummten.

»Oh, oh«, murmelte Nick. Offenbar schlief er doch nicht.

»Sie hat in unseren Akten gelesen«, sagte Sam. »Wenn wir ihr die Buchstaben sagen, fällt ihr vielleicht etwas dazu ein.«

Cas tippte mit den Fingern gegen Sams Sitz. »Bin dafür. Kann ja nicht schaden, wenn sie es weiß.«

»Dabei vergisst du aber, dass sie die letzten fünf Jahre auf der anderen Seite der Scheibe gestanden hat«, sagte Nick. »Wenn ihr mich fragt: Wir verraten ihr nichts und schmeißen sie in der nächsten Stadt raus.«

»Dich fragt aber niemand«, mahnte Sam.

»Ihr wisst schon, dass ich auch hier im Auto sitze, oder?«

»Wir schmeißen dich nicht raus«, fügte Trev hinzu. »Nick hat nichts zu entscheiden.«

Nick streckte seinen Arm aus und legte ihn über die Rückbank. »Ach. Aber du natürlich?«

»Es reicht.« Sams Stimme beendete die Diskussion und die Jungs verstummten. »Das R auf meiner Brust hast du ja gesehen«, sagte er zu mir, behielt aber den Blick auf der Straße. »Aber ich habe noch mehr. Ein weiteres R, ein O und ein D.«

»Ich habe ein L auf der Hüfte und ein V am Knie«, sagte Cas.

»Ich habe zwei Rs und zwei Es«, sagte Trev.

Als ich mich zu Nick umdrehte, schenkte er mir nur einen vernichtenden Blick, weshalb ich mich gleich wieder nach vorne wandte.

»Nimm's ihm nicht übel«, entfuhr es Cas. »Der kann nicht lesen.«

Trev unterdrückte ein Lachen.

»Nick hat ein I und ein E«, ergänzte Sam. Er betätigte den Blinker, wechselte die Spur und überholte einen LKW.

Ich ging die Buchstaben im Kopf durch und zählte sie. Zwölf Stück. Vier Jungs. Hätten sie die Buchstaben gleichmäßig aufgeteilt, hätte jeder drei solcher Narben gehabt. Doch so war es nicht. Trev und Sam hatten vier, Cas und Nick jeweils zwei. Was hätte ich für einen Zettel und einen Stift gegeben, um sie aufzuschreiben. Doch vermutlich hatte Sam das schon unzählige Male gemacht.

»Kann das ein Code sein?«

Sam schüttelte den Kopf. »Keiner, der mir bekannt ist.«

Wir fuhren noch eine ganze Weile, bis wir Cas' ewiges Gequengel, dass er gleich verhungere, nicht mehr ertragen konnten. Wir verließen die Fernstraße und folgten der Beschilderung, die uns zur nächsten Tankstelle leitete. Sam stellte den Wagen vor einer der Zapfsäulen ab, der hell erleuchtete Laden lag direkt vor uns. Laut Uhr im Armaturenbrett war es zehn nach sieben. Vor einer guten Stunde war die Sonne untergegangen und hatte den Himmel als leeren Blauton hinterlassen.

Cas sprang als Erster aus dem Auto und eilte in den Laden.

»Hier«, sagte Sam und gab Trev zwei Zwanzigdollarscheine. Ich wollte gar nicht wissen, woher er das Geld hatte. »Das ist fürs Benzin und von dem Rest kannst du was zu essen kaufen.«

Während Nick aus dem Wagen kletterte, um zu tanken, stopfte Trev sich das Geld in die Tasche und fragte mich: »Möchtest du was Bestimmtes?«

»Eine Flasche Wasser? Und ein paar Kekse oder so.«

Trev schielte zu Sam und Sam nickte.

Ich löste den Sicherheitsgurt und reckte mich, streckte meine schmerzenden Muskeln. Als ich mich wieder in den Beifahrersitz sinken ließ, legte sich Stille über den Wagen. Der Motor tickte, während er abkühlte. Sam bewegte sich keinen Zentimeter. Das unbehagliche Schweigen lastete auf meiner Haut und machte mich unruhig. Es steigerte sich immer mehr, bis ich es einfach nicht mehr aushielt.

»Die anderen bitten dich immer um Erlaubnis«, sagte ich. »Liegt das auch an den genetischen Veränderungen?«

»Ich glaube schon.« Das Licht, das aus dem Laden fiel, beleuchtete sein Profil. Ich war ihm so nah, dass ich zum ersten Mal einen winzigen Hubbel auf seiner Nase entdeckte. Es sah so aus, als wäre sie mal gebrochen gewesen.

»Bist du der Anführer oder so etwas?«, fragte ich. Obwohl ich so etwas Ähnliches bereits in Sams Akte gelesen hatte, war es noch mal etwas komplett anderes, die Jungs in ihrem Rollenverhalten zu erleben. Ich musste auch sofort wieder an das Wort *Alpha* aus Sams Aktennotiz denken.

»Könnte man so sagen.«

»Was genau haben die genetischen Veränderungen denn bewirkt? Weißt du das?«

Er wandte sich ab, sah in die Ferne und seufzte. »Sie haben etwas Übermenschliches aus mir gemacht, aber was genau, kann ich erst beurteilen, wenn ich weiß, wer ich vorher war.«

»Und du glaubst, dass die Adresse, die mein Vater dir genannt hat, dir helfen könnte, deiner Vergangenheit auf die Spur zu kommen?«

»Ja.«

Durch das hell erleuchtete Fenster konnte ich beobachten, wie Cas und Trev gerade an die Kasse traten und bergeweise ungesundes Zeugs auf dem Tresen abluden. Cas warf schnell noch eine Packung Jerky obendrauf, bevor er zu uns schaute. Ich spürte, dass auch Nick uns von der Zapfsäule aus beobachtete. Sie schienen zu wissen, dass Sam sich unwohl fühlte.

»Ihr seid alle miteinander verbunden«, stellte ich fest, ein wenig überrascht, dass es mir nicht schon früher aufgefallen war. »Jeder weiß, was der andere fühlt, ohne dass ihr es aussprechen müsst.«

Das erinnerte mich an meine ersten Abende im Labor, an denen Sam mir das Schachspielen beibrachte. Er gab mir immer mal wieder Tipps, weil ich überhaupt keine Ahnung von dem

Spiel hatte. Er hingegen entpuppte sich als Genie, was Strategien anging.

»Es geht um weit mehr als nur um das Spiel«, hatte er einmal gesagt. Das musste im tiefsten Winter gewesen sein, noch lange bevor ich die Erlaubnis hatte, mich im Labor aufzuhalten. Ich fürchtete damals, jeder meiner Atemzüge würde so laut durch die Belüftungsanlage schallen, dass Dad davon aufwachen musste.

»Die Figuren sind nur ein kleiner Teil«, fuhr Sam fort. »Das Wichtigste ist, seinen Gegner zu lesen. Ihn zu beobachten, während er seinen nächsten Zug plant. Manchmal kann man schon erkennen, was er als Nächstes machen wird, bevor er es selbst weiß.«

Ich grinste. »Das glaube ich nicht.«

Er ließ seinen Arm über die Lehne hängen. »Probier's aus.«

»Ich verliere doch sowieso. Wie sollen wir denn herausfinden, ob du recht hast, wenn es keine Vergleichsmöglichkeiten gibt?«

Ein kurzes Lachen entfuhr ihm. »Gut, das stimmt natürlich.«

Ich betrachtete ihn jetzt von der Seite, seine Augen lagen in der Dunkelheit verborgen. Er war immer sehr gut darin gewesen, mich zu lesen. Viel besser, als ich darin war, ihn zu lesen. Unwillkürlich fragte ich mich nun, ob dies eher mit den genetischen Modifikationen zusammenhing als mit meinem Gesichtsausdruck. Oder ob uns eben doch etwas Besonderes verband, das uns zu Freunden machte.

Ich hätte ihn am liebsten gefragt, ob er auch spüren konnte, was in mir vorging – gerade jetzt, in diesem Augenblick. Andererseits wollte ich es lieber gar nicht wissen, um mir diese Peinlichkeit zu ersparen.

»Wie funktioniert das? Eure Verbindung? Wie muss ich mir das vorstellen?«

Er stützte sich mit dem Ellbogen auf den Griff der Fahrertür. »Sie scheint an einen Instinkt gekoppelt zu sein. Am schwersten lässt sie sich ausblenden, wenn einer von uns angespannt ist oder sich in Gefahr befindet. Ich habe es meist gespürt, wenn du den anderen Blut abgenommen hast. Da war so ein Drang, ihnen zu helfen, egal ob ich wollte oder nicht. Es fällt mir verdammt schwer, mich auf das zu konzentrieren, was ich will, wenn ich außerdem immer das Wohl der Gruppe im Blick haben muss. Letztendlich muss ich aber immer das tun, was für uns alle am besten ist.«

So sehr es mich verletzte, dass er mich all die Jahre nur benutzt hatte, damit ich ihm irgendwann mal bei der Flucht half, ich konnte seine Beweggründe verstehen. Ich verstand, wie tief sein Bedürfnis verwurzelt war, die anderen zu beschützen. Es war in seine Gene programmiert worden. Er hatte gar keine Wahl.

»Und im Moment?«, fragte ich. »Was spürst du gerade?«

Er öffnete leicht den Mund und ich hielt den Atem an, weil ich nichts lieber hören wollte als diese Antwort. Ich wollte wissen, ob auch ich dazugehörte, ob er auch mich beschützen musste. Obwohl ich mir nicht sicher war, was das für mich bedeuten oder was für Gefühle das in mir auslösen würde.

Eigentlich wollte ich auch nur wissen, ob ich ihm überhaupt etwas bedeutete.

Genau in diesem Augenblick kam Cas auf den SUV zugestürmt. »Es gibt einen Gott! Seht nur, was ich gefunden habe!« Er riss die Beifahrertür mit dem größtmöglichen Grinsen auf und hielt mir eine Packung Twinkies vor die Nase. »Guck doch mal!«

Ich lachte. »Ich seh's ja.« Trotzdem wandte ich mich wieder zu Sam, der den Wagen startete. »Was wolltest du sagen?«

»Nichts.«

Die Jungs stiegen ein und automatisch ging auch das Radio wieder an. Heraus dröhnte die Popmusik, die Cas so mochte, während Sam sich wieder verschloss.

Vielleicht hätte er ja sowieso nicht geantwortet.

***

Unsere Reise führte uns weiter nach Süden. Ich blätterte im Tagebuch meiner Mutter, um mir die Zeit zu vertreiben – schließlich kannte ich die Einträge schon seit Langem auswendig.

Ich fuhr mit dem Finger über ihre Schrift, als hätte der Stift auch etwas von ihr auf der Seite hinterlassen.

Ich war heute am See. Es hat gutgetan, mal rauszukommen, weg von der Arbeit. In der letzten Zeit stehe ich einfach nicht mehr hinter dem, was ich dort mache. Was würden sie wohl ohne mich tun?

Dad hatte mir erzählt, dass sie für einen Pharmakonzern gearbeitet hatte. Ich schlug die Seite mit ihrem letzten Eintrag auf, nach dem noch ein paar Dutzend leere Seiten folgten.

Ich höre auf. Ich kündige. Ich muss auf mein Herz hören, und das sagt mir, dass ich von hier fortmuss. Ich habe Angst und bin doch auch glücklich. Ich fühle mich befreit.

Das Navigationsgerät orderte: »Biegen Sie in zwei Kilometern rechts ab.«

Sam bog wie befohlen ab.

In der Holicer Lane standen nicht viele Häuser. Je weiter wir der Straße folgten, desto steiler wurde sie, wand sich nach rechts und links wie eine Schlange. Bäume ragten weit über den Asphalt und formten so einen Tunnel, der die Nacht noch dunkler erscheinen ließ. Das Licht der Frontscheinwerfer wurde von einem Aufkleber reflektiert, der sich am Briefkasten eines der Häuser befand. Er leuchtete metallisch gelb auf, bis der Lichtkegel ihn nicht mehr erreichte.

4344 stand darauf.

»Wenden Sie«, meldete sich das Navigationsgerät ein paar Minuten später. »Sie haben Ihr Ziel erreicht.«

Sam stoppte den Wagen mitten auf der Straße. Das Haus, nach dem wir gesucht hatten, lag im Dunkeln. Keines der Fenster war erleuchtet. Die Auffahrt war leer, das Garagentor geschlossen. Ein alter Jeep stand neben der Garage, das hohe Gras um seine Reifen deutete an, dass er schon eine Weile nicht mehr bewegt worden war.

Wir verharrten schweigend einen Moment, außer dem Motor war kein Geräusch zu hören.

»Und jetzt?«, fragte Trev.

Sam fuhr auf die kurze Auffahrt, ließ den Motor aber laufen. Sicher ist sicher. Er musste nichts sagen, ich wusste, was in ihm vorging. Vielleicht war dies ja doch kein Ort, an dem wir in Sicherheit waren. Vielleicht war er meinem Vater in die Falle gegangen.

»Ihr bleibt im Wagen«, sagte er.

»Da ist doch niemand«, erwiderte ich. »Das Haus ist leer.«

Er war schon halb aus der Tür, als er mir über die Schulter noch mal einen Blick zuwarf. »Woher weißt du das?«

Ich wusste es nicht. Ich wusste ja nicht mal, wieso ich überhaupt etwas gesagt hatte. Aber mein Instinkt sagte mir, dass es verlassen war. »Ich bleibe jedenfalls nicht hier im Auto, auf gar keinen Fall.«

Als wäre meine Sturheit sein Stichwort oder zumindest ein

passender Vorwand, sprang Cas aus dem Wagen. »Sie hat recht, Alter. Wir sitzen uns seit einer Ewigkeit den Hintern platt. Zeit, den Gluteus maximus mal wieder zu strecken.«

Sam stellte nun also doch den Motor ab und ging dann schnurstracks zur Rückseite des Hauses.

Die Jungs und ich folgten ihm.

Es war ein schlichtes, zweistöckiges Gebäude mit kaum Charakter und noch weniger Farbe. Sie blätterte großflächig von der hölzernen Außenverkleidung, nur an wenigen Stellen hafteten noch größere Schuppen, die tiefe Schatten warfen. Eine verbogene Fliegentür wurde von einer rostigen Milchkanne offen gehalten. Das Netz war an einer Ecke gerissen.

Sam testete, ob die Hintertür verschlossen war, sie ließ sich problemlos öffnen. Nacheinander betraten wir eine Waschküche. Der Geruch von Waschmittel hing in der Luft. Sam holte seine Waffe unter dem Flanellhemd hervor.

Meine Augen gewöhnten sich allmählich an die Dunkelheit. Im Esszimmer lag ein umgekippter Stuhl. Eine Schranktür stand offen, so als hätte jemand darin nach etwas gesucht und nicht mehr genug Zeit gehabt, die Tür wieder zu schließen. Meine Nackenhaare stellten sich langsam auf. Unter unseren Füßen knarrten die Dielen. Der Wasserhahn in der Küche tropfte und aus dem Flur kam das Ticken einer Standuhr.

Ich bog um eine Ecke und stand im Wohnzimmer. Sam lief den Flur hinunter. Cas blieb bei mir, während Nick und Trev im vorderen Teil des Hauses verschwanden.

»Was ist hier wohl passiert?«, fragte ich.

Eine halb volle Teetasse stand auf einem kleinen Tisch neben einem Lehnstuhl. Ein Zeitschriftenstapel war umgestoßen worden und lag nun aufgefächert wie ein Kartenspiel auf dem Couchtisch. Auf dem Boden befand sich eine noch ungelesen wirkende Zeitung. Ich hob sie auf und prüfte das Datum: gestern.

»Keine Ahnung«, sagte Cas. »Aber wenn dies hier mal eine sichere Adresse gewesen ist, hat sich das wohl geändert.«

Auf dem Beistelltisch klebte ein Haftzettel, direkt neben einem schnurlosen Telefon. Ich löste ihn von der gläsernen Oberfläche und erstarrte.

Diese Schrift. Kleine, schräge Buchstaben. Ich kannte diese Handschrift.

Um 18 Uhr bei P. sein.

Ich klebte den Zettel wieder auf den Tisch und atmete tief ein. Das konnte ja gar nicht sein. Das war unmöglich.

Ich machte mich auf den Weg in die Küche, doch blieb wie angewurzelt vor ein paar Bildern stehen, die über dem Sofa hingen. Ein Kribbeln überzog mich. Ganz rechts befand sich eine gerahmte Aquarellzeichnung, auf der die gleichen Birken zu sehen waren, die Sam auf den Rücken tätowiert hatte.

»Was ist los?«, fragte Cas.

»Das ist Sams Tätowierung«, sagte ich ein bisschen verwundert. Doch Cas hatte sie vermutlich nie gesehen, die Jungs durften ihre Zellen ja nicht verlassen.

Ich riss das Bild von der Wand und sah mir die Rückseite an. Der Rahmen war vollständig verklebt.

Cas deutete auf den gläsernen Beistelltisch. »Schlag die Scheibe ein.«

»Aber –« Ich war mir nicht ganz sicher, was mich zögern ließ. Es war ja niemand hier und dieses Bild definitiv ein Anhaltspunkt. Trotzdem fühlte es sich falsch an, etwas kaputt zu machen, das mir nicht gehörte.

»Also gut.« Cas schnappte es sich. »Dann übernehme ich das.«

Mit einer schnellen Bewegung ließ er den Rahmen gegen die Tischkante sausen, sofort zersplitterte das Glas. Die Zeichnung glitt heraus und mit ihr ein Zettel. Er schwebte Richtung Boden und ich griff ihn noch aus der Luft, bevor die anderen zu uns ins Wohnzimmer stürzten.

»Was ist passiert?«, fragte Trev. »Wir sollten lieber nichts anfassen. Sicher ist sicher.«

»Anna hat etwas gefunden.« Cas stupste mich an, als wären wir Mannschaftskameraden und hätten gerade zusammen ein Tor geschossen. »Und, was steht drauf?«

Ich überflog den Zettel und bekam erst mal keine Luft mehr.

9

Nur wenige Stunden zuvor war ich mit den Fingern über die vertrauten Wörter gefahren, die meine Mutter vor langer Zeit in ihr Tagebuch geschrieben hatte. Hier standen neue, unbekannte Wörter, die ich nicht auswendig konnte, die den vertrauten Wörtern aber auf gespenstische Weise extrem ähnelten. Die Schrift auf dem Zettel sah aus wie die Handschrift meiner Mutter.

»Anna?« Sam wusste, dass etwas nicht stimmte, ich erkannte es an seinem Gesichtsausdruck – hochgezogene Augenbraue und leicht gespitzte Lippen. Deshalb las ich die Botschaft einfach schnell laut vor, bevor er Fragen stellen konnte, die ich nicht beantworten wollte.

Sam, wenn du diese Zeilen liest, heißt das, dass ich nicht mehr hier bin, um dir das Folgende persönlich mitzuteilen. Dass ich nicht mehr hier bin, kann nur zwei Gründe haben: Entweder bin ich tot oder musste überstürzt untertauchen.
Trotzdem sollst du deinen Hinweis bekommen, ganz wie du es mir aufgetragen hast. Du brauchst Schwarzlicht. Eine entsprechende Lampe findest du in der Küche. Oberste Schublade von rechts.

Ich sah Sam in die Augen. »Das war's.«

Als er nach dem Zettel griff, bog ein Wagen in die Auffahrt, das Licht der Scheinwerfer drang durch die Vorhänge der Fenster, die zur Straße ausgerichtet waren. Für den Bruchteil einer Sekunde bewegte sich niemand. Und dann plötzlich alle außer mir.

Eine Autotür wurde zugeschlagen. »Mrs Tucker?«, rief jemand. »Sind Sie zu Hause?«

Ich folgte Sam, bemüht, kein Geräusch zu machen.

Es klopfte an der Tür. »Mrs Tucker? Chancy hat mir erzählt, dass Sie heute Abend nicht im Gemeindezentrum waren.«

Ich lugte in die Küche. Sam hatte sich in den Durchgang zur Waschküche gestellt, hielt einen der Esszimmerstühle mit beiden Händen an der Lehne umschlossen hoch über seinen Kopf. Blut rauschte mir in den Ohren, während die Hintertür quietschend aufging.

Aus dem Augenwinkel sah ich eine Bewegung im Badezimmer. Nick war dort in die Hocke gegangen, bereit zum Angriff. Mein Mund wurde trocken.

»Mrs Tucker? Sind Sie da?«, fragte der Mann, Nervosität lag in seiner Stimme. Er bewegte sich langsam durch die Waschküche, nahm die eine Stufe Richtung Küche und schrie: »Hände hoch!«

Sam wuchtete den Stuhl durch die Luft. Er zerbrach, als er auf den Mann traf, Splitter und Bruchstücke prasselten auf die Fliesen. Eine Waffe prallte gegen die Arbeitsfläche und fiel dann zu Boden. Es war nicht Sams Waffe, es war die Waffe des Mannes – die Waffe des *Polizisten*.

Der Polizist sank auf die Knie. Blut rann aus einer Fleischwunde an seiner Stirn. Er tastete nach seiner Pistole, die nun ungefähr einen Meter hinter ihm lag, als Nick mit einem Metallmülleimer bewaffnet aus dem Badezimmer stürmte. Er hielt ihn tief über den Boden wie einen Golfschläger und zielte auf den Kopf des Polizisten.

»Aufhören!«

Nick erstarrte mitten in der Bewegung und sah mich finster an.

»Er ist Polizist«, platzte ich heraus. Als würde das alles erklären.

»Und?«

Der Mann spuckte Blut auf den Boden und wischte sich dann mit dem Handrücken über den Mund.

»Er ist unschuldig.«

»Woher willst du das wissen?«, entgegnete Nick.

Cas erschien hinter mir. »Draußen ist die Luft rein«, sagte er und Sam nickte bestimmt. Wo steckte Trev?

»Traue niemandem«, setzte Nick erneut an und hielt den Abfalleimer nach wie vor drohend wie eine Waffe. Eine Locke fiel ihm in die Stirn.

Sam packte den Polizisten beim Kragen und zerrte ihn auf die Füße. Er rammte ihn gegen den Kühlschrank, klemmte ihn dort fest. Der Mann verzog das Gesicht.

»Was suchen Sie hier?«, presste Sam hervor.

»Ich wollte nach Mrs Tucker sehen.«

»Warum?«

»Sie ist heute nicht im Gemeindezentrum erschienen.« Er blickte von Sam zu mir und dann wieder zurück zu Sam. »Sie verpasst sonst kein Treffen, ohne sich vorher abzumelden.«

Wenn Mrs Tucker die Frau war, zu der Dad uns geschickt hatte, bedeutete ihr Verschwinden dann, dass Connor uns zuvorgekommen war? War sie auch irgendwie mit der Sektion verknüpft?

Trev erschien in der Tür. »Die Straße ist frei. Wir werden nicht beobachtet.« Schweiß glänzte auf seiner Stirn.

Nick ließ den Mülleimer fallen. »Lasst uns abhauen.«

»Ich bin ja selten einer Meinung mit unserem Herrn Miesepeter«, sagte Cas, »aber ich finde, das klingt nach einer guten Idee.«

Sam lockerte den Griff, mit dem er den Polizisten festhielt. »Einer von euch muss das Schwarzlicht suchen. Und dann schaut mal nach, ob ihr den Schlüssel für den Jeep findet.«

Cas ging zum Schlüsselbrett, das neben der Tür angebracht war. Trev schob sich an mir vorbei und zog die oberste Schublade auf, um nach der Lampe zu sehen. Er nahm eine kleine Schachtel heraus und überprüfte, was sich darin befand. »Gefunden.«

Cas klimperte mit einem Schlüsselbund. »Mal sehen, ob ich den Jeep zum Laufen kriege.« Er verschwand nach draußen.

Der Polizist ließ sich gegen den Kühlschrank sinken. Er war noch nicht sehr alt. Vielleicht Mitte zwanzig. Kurz geschorene Haare, ganz wie Sam, allerdings war er blond, gebräunt und schmal gebaut, während Sam groß und breitschultrig war.

»Wir kennen Mrs Tucker nicht«, sagte Sam, »und wir sind nicht hier, um Ärger zu machen. Wir werden jetzt ungehindert von hier verschwinden und Sie werden uns nicht folgen.«

Der Polizist bestätigte dies mit einem kurzen Nicken, woraufhin Sam ihn vollends losließ. Trev und Nick waren bereits auf dem Weg zur Tür, als Sam mir ein Zeichen gab, ihm zu folgen. Ich machte einen großen Schritt über den zerbrochenen Stuhl und wollte im leichten Bogen um den Polizisten herum. Auf seiner Höhe angekommen, griff er nach mir, aber Sam war schneller.

Er packte ihn am Handgelenk und boxte ihm in den Bauch. Der Mann stürzte schreiend zu Boden.

»Los«, rief Sam und schob mich vor sich her durch die Waschküche. Durch die Tür. Die Auffahrt hinunter. »Schnapp dir das Tagebuch von deiner Mutter.«

Ich fischte es schnell aus dem SUV, während Cas den Jeep wendete.

Sam öffnete die Motorhaube des Polizeiwagens und riss an ein paar Kabeln, woraufhin etwas anfing zu zischen. Nick rupfte den Computer aus der Armatur und zerschmetterte das Funkgerät.

Trev warf sich auf den Rücksitz des Jeeps, während Cas den Fahrersitz für Sam frei machte. Ich kletterte auf den Beifahrersitz.

Nur fünf Sekunden später saß Sam hinterm Steuer. Er trat das Gaspedal durch, sodass die durchdrehenden Reifen Grasbüschel hochschleuderten. Nachdem wir den Hügel und das Haus weit genug hinter uns gelassen hatten, bremste Sam plötzlich scharf.

Ich konnte mich gerade noch mit einer Hand am Armaturenbrett abstützen, Trev wurde mit einem *Uff* gegen meinen Sitz geschleudert. Eine Staubwolke trieb an uns vorbei und tanzte in den Lichtkegeln der Scheinwerfer.

»Was soll der Scheiß?«, fluchte Nick.

Sam fuhr rechts ran. Dann lehnte er sich zu mir herüber und ich hielt den Atem an. »Was verschweigst du mir? Was hat es mit dem Zettel auf sich?«

Mir blieb die Spucke weg. »Nichts.«

»Jetzt stell dich nicht dumm.«

Ich konnte es ihm nicht sagen. Ich konnte ihm nicht sagen, dass die Handschrift aussah wie die meiner Mutter. Ich war zu müde, zu angespannt. Ich bildete mir das doch nur ein.

»Ich stell mich überhaupt nicht dumm.«

Mit Mühe versuchte ich, meine Gefühle im Zaum zu halten, während Sam mich ganz genau betrachtete. Bevor ich wusste, was geschah, hatte er sich Moms Tagebuch geschnappt, es auf seinem Schoß aufgeschlagen, die Notiz daneben. Ich wollte es ihm abnehmen, doch er wehrte mich nur ab.

Jetzt würde er erkennen, dass ich verrückt war. Dass ich meine Mutter an Orten sah, an denen sie unmöglich sein konnte. Alles nichts als Wunschdenken.

Als sich einen Moment später unsere Blicke trafen, wurde ich ganz klein.

»Das ist die Handschrift deiner Mutter.«

»Alter Falter«, rief Cas.

Trev lehnte sich vor, um es mit eigenen Augen zu sehen.

»Super«, stöhnte Nick.

Ich schüttelte den Kopf. Meine Mutter war tot. Tot. Mein Vater würde mich doch bei einer so wichtigen Sache nicht belügen. Außerdem kannte Mrs Tucker, oder wie auch immer sie hieß, Sam. Meine Mutter konnte ihn unmöglich gekannt haben.

»Das ist nur Zufall«, sagte ich kleinlaut.

Trev räusperte sich. »Zufälle gibt es nur sehr selten. Meistens sind sie nichts als lahme Ausreden.«

Ich schickte einen finsteren Blick in seine Richtung. Wieso war er nicht auf meiner Seite? »Das ist aber keine Ausrede.« Er musste von allen Jungs doch am besten wissen, wie sehr ich mir wünschte, dass meine Mutter Teil meines Lebens war. Ich wollte jetzt nicht anfangen zu hoffen, denn dann würde es nur umso mehr wehtun, wenn es sich als falsch herausstellte. »Meine Mutter ist tot. Das ist eine Tatsache, keine Ausrede.«

Ich spürte, wie die Jungs mich in der Dunkelheit musterten.

Ich hatte weder die Kraft noch das Selbstvertrauen, mit ihnen zu diskutieren. Zweifel befielen mich. Es sah aus wie ihre Handschrift. Und wenn das jemand wusste, dann ich, schließlich hatte ich die letzten Jahre damit verbracht, ihr Tagebuch unermüdlich immer wieder zu lesen.

Wenn sie noch lebte …

Ich ging gedanklich zurück zu dem Haus. Die Küche. Die Farbe der Wände. Der Geruch im Wohnzimmer. Ich versuchte, mich an die Dinge zu erinnern, mit denen »Mrs Tucker« sich umgeben hatte, versuchte ein Gefühl dafür zu bekommen, ob ich darin meine Mutter erkannte.

Doch es war sinnlos. Ich hatte mich nicht genau genug umgesehen, bis ich den Klebezettel gefunden hatte, und da war es schon zu spät gewesen.

»Wir sollten weiterfahren«, sagte ich. »Der Polizist hat bestimmt schon jemanden verständigt und Verstärkung ist unterwegs.« Als sich niemand rührte, brüllte ich: »Sam! Fahr weiter!«

Endlich setzte er den Blinker und steuerte den Wagen Richtung Freeway.

10

Ein paar Monate zuvor hatte ich mich mit Trev über Mütter beziehungsweise ganz allgemein über Familie unterhalten.

»Die Familie ist wichtig«, hatte er gesagt. »Sie legt den Grundstein für das, was wir werden.«

Ich musste unweigerlich an meinen Vater denken. Wenn ich nach ihm kam, würde ich zu einem Workaholic ohne nennenswertes Privatleben außerhalb des Labors heranreifen. Manchmal fand ich den Gedanken gar nicht so schlimm, schließlich waren da ja auch Sam und die anderen.

»Fehlt dir deine Mutter?«, hatte Trev gefragt.

Ich hatte mich mit der Hüfte gegen die Scheibe gelehnt. »Mir fehlt es ganz allgemein, eine Mutter zu haben.«

»Du und ich, wir sind die Summe der Leere, die das Fehlen einer geliebten Person verursacht hat.«

»Ich habe keine Ahnung, was du da gerade gesagt hast.«

Er grinste. »Dass ich deinen Schmerz nachvollziehen kann.«

Wenn ich je davon ausgegangen wäre, nichts mit den Jungs gemein zu haben, bewies diese Unterhaltung mit Trev eindeutig das Gegenteil.

»Was würdest du sagen oder machen, wenn du deiner Mutter irgendwann mal gegenüberstehst?«, fragte ich.

Trev antwortete, ohne zu zögern. »Ich würde mir alles einprägen – ihr Aussehen, ihren Geruch –, damit sie, falls ich sie je wieder verlieren sollte, trotzdem immer bei mir bleiben würde.«

Es gab so vieles, das ich nicht von meiner Mutter wusste. Sie war ein ähnlich großes Mysterium für mich wie Sam. Auch wenn ich ihr Tagebuch besaß, war es kein Ersatz.

Ich wollte, dass es wahr war. Ich wollte, dass sie lebte. Ich wollte diese zweite Chance haben, die Chance, sie zu treffen. Sie in mein Gedächtnis zu zeichnen und mir für immer einzuprägen.

***

»Sollten wir uns nicht allmählich eine Bleibe für die Nacht suchen?«, fragte Trev, der sich gerade den letzten Twinkie mit Cas teilte.

»Erst muss noch ein bisschen mehr Abstand zwischen die Polizei und uns«, antwortete Sam. »Aber wir nehmen uns bald ein Zimmer.«

»Wie wäre es, wenn wir uns dann mal übers Essen unterhalten?«, sagte Cas. »Mir schwebt da etwas vor, das mit Eis anfängt und mit Creme aufhört.«

Uns kam ein Wagen entgegen, die Scheinwerfer beleuchteten Sams Gesicht. Kurz darauf passierten wir ein Schild, demzufolge wir uns auf dem Weg nach Brethington befanden.

Ich drehte mich so, dass ich Cas auf der Rückbank sehen konnte. »Denkst du je an etwas anderes als ans Essen?«

Er zuckte mit den Schultern. »Nein. Wieso?«

»›Den Körper gesund zu halten ist eine Pflicht –‹«, zitierte Trev einen seiner Sinnsprüche. »›Weil wir sonst nicht in der Lage sind, die Lampe der Weisheit zu schüren und unseren Geist stark und klar zu halten.‹«

Cas schnaufte abfällig. »Von wem ist das denn? Dem ollen Dalai Lama?«

»Buddha.«

»Aha. Und hat nicht George Washington gesagt: ›Sei vorsichtig mit medizinischen Ratgebern. Du könntest an einem Druckfehler sterben‹?«

»Oh, Respekt«, sagte ich.

Trev seufzte. »Das ist von Mark Twain.«

»Da lag ich doch fast richtig.« Cas verschränkte die Arme.

Ich tippte ihm ans Knie. »Was würden wir nur ohne dich machen?«

»Vor Langeweile sterben.«

»Oder die Stille genießen«, fügte Trev hinzu, der schon wieder aus dem Fenster schaute.

***

Es war bereits nach neun, als wir den Freeway verließen und ein kleines Dorf ansteuerten. Wir hielten beim erstbesten Hotel, einem einfachen Etablissement, das direkt an eine Einkaufsmeile anschloss. Trev und ich kümmerten uns ums Einchecken und bewiesen viel Fantasie bei der Namens- und Adressangabe. Das klappte bestens, weil wir dem Mitarbeiter an der Rezeption ein paar Extrascheinchen zugeschoben hatten.

Die anderen erwarteten uns am Seiteneingang. »Zimmer 220 und 222.« Trev hielt die Schlüsselkarten hoch. »Wie teilen wir uns auf?«

Sam nahm eine der Karten. »Anna und Cas kommen mit mir.«

Trev sah mir in die Augen. »Ist das in Ordnung für dich?«

»Ähm –«

»Anna kommt mit mir«, wiederholte Sam.

Trev hob die Hände. »Schon gut, beruhig dich.«

Die anderen betraten bereits das Treppenhaus. Ich schob mich an Sam vorbei, damit ich ihm in der Tür den Weg verstellen konnte. »Was sollte das denn? Trev war umsichtig genug, mich nach meiner Meinung zu fragen. Etwas, das dir ganz offensichtlich schwerfällt.«

Er beugte sich zu mir und senkte die Stimme. »Ich habe deinem Vater versprochen, auf dich aufzupassen. Das kann ich schlecht machen, wenn du nicht im gleichen Zimmer bist wie ich.«

Ich runzelte die Stirn. »Ich glaube nicht, dass Dad das so gemeint hat.«

»Wie denn dann?«

Wollte mein Vater, dass Sam mich vor allem beschützte? Selbst vor den anderen Jungs? »Ach, egal«, sagte ich. Ich war zu müde, darüber zu diskutieren, was mein Vater gemeint haben könnte. Mal ganz davon abgesehen, dass ich nicht mal sicher war, je zu erfahren, wieso er mich überhaupt fortgeschickt hatte.

Eine leise Stimme meldete sich in meinem Kopf und mutmaßte, er hatte vielleicht gewollt, dass ich meine Mutter treffe. Wahrscheinlich wusste er ziemlich genau, zu wem er uns geschickt hatte und warum. Doch wieso hätte er mich all die Jahre anlügen sollen? Aus welchem Grund hätte er mich von ihr fernhalten wollen?

Ich verbannte diesen Fragenwust aus meinem Kopf und zog die Eingangstür auf. Ein dunkelroter Teppich dämpfte unsere Schritte auf den Stufen nach oben. Nick und Trev waren bereits in ihrem Zimmer, als Sam und ich zu Cas stießen, der vor unserer Tür wartete.

Sam ließ mich vorgehen. In der einen Hand hielt ich Moms Tagebuch, mit der anderen suchte ich nach dem Lichtschalter. Es gab zwei Doppelbetten. Einen Tisch und Stühle. Einen Fernseher. Der dunkelrote Teppich aus dem Flur setzte sich im

Zimmer fort und endete erst vor der Tür zu dem kleinen Badezimmer, wo er von abgenutzten weißen Fliesen abgelöst wurde.

Cas drängte an mir vorbei und ließ sich auf das Bett fallen, es quietschte zur Antwort. »Meine Güte, bin ich kaputt.«

»Das liegt an der Überdosis Zucker«, sagte ich.

Er schüttelte das Kissen auf. »Wenn das so ist, dann war es das absolut wert.«

Sam hatte sich an den Tisch in der Ecke gesetzt und die Schachtel mit dem Schwarzlicht geöffnet. Ich sank auf den Stuhl, der gegenüber von ihm stand. »Hast du schon eine Idee, was es damit auf sich hat?«

»Nein.« Er schaltete es ein und die Birne leuchtete lila auf.

Hinter uns rumorte Cas durch die Schubladen seines Nachttischs. »Eine Bibel, zwei Telefonbücher und die Werbung von einem Lieferservice. Super.« Er pfefferte die Schubladen wieder zu.

Sam schraubte den Verschluss von der Lampe und legte ihn auf den Tisch. »Bist du jetzt bereit, über das zu reden, was wir im Haus gefunden haben?«

Ich rieb mir die Augen. »Da gibt es nichts zu bereden.«

Er nahm die Batterien aus der Lampe. »Das stimmt nicht und das weißt du so gut wie ich.«

»Anna ist einfach unverbesserlich naiv«, rief Cas dazwischen. »Erinnerst du dich noch an damals, als wir sie davon überzeugt haben, dass wir unsere eigene Sprache sprechen?« Er lachte laut los. »*Pavaloo dunkin roop*, und das heißt –«

»Ich hätte gern etwas Fleisch vom amazonischen Schwein«, beendete ich seinen Satz. »Daran erinnere ich mich auch noch. Du hast damals am stärksten versucht, mich zu überzeugen, Cas, und dir glaube ich selten ein Wort.«

»Sehr weise«, sagte Sam.

»Hey, Moment!« Cas sprang auf die Füße. »Im Mittelalter

wäre ich für meine Geschichten verehrt worden. Nach mir wären Schlösser benannt worden.«

»Das bezweifle ich.«

Kopfschüttelnd ging er ins Badezimmer. »Ich brauch mal ein bisschen Zeit für mich. Vielleicht nehme ich ein langes, warmes Bad. Mit viel Schaum.« Er machte die Tür hinter sich zu, vergaß aber, sie abzuschließen. Gutes Benehmen war ihm schon immer fremd gewesen.

Als Cas den Wasserhahn aufdrehte, rauschte Wasser durch die Leitungen. Es war das einzige Geräusch im Zimmer. Ich umklammerte Moms Tagebuch fester.

»Also?«, sagte Sam.

Alle Spannung wich aus mir. »Also gut. Ich gebe zu, dass die Handschrift aussieht wie die meiner Mutter, aber das heißt ja nicht –«

»Die Neigung des Buchstaben E ist in beiden Fällen identisch.« Er untersuchte die Birne des Schwarzlichts, während er sprach. »Die Ls und Ds sind überzeichnet. Das S ist sehr rund und verschnörkelt. Es ist die gleiche Handschrift.«

Er hielt die Birne gegen die Deckenbeleuchtung.

»Mein Vater würde mich doch in einem so wichtigen Punkt nicht belügen. Das wäre unverzeihlich. Mal ganz davon abgesehen, hast du doch gesagt, dass du ihm traust.«

»Ja, aber das heißt ja nicht, dass er immer ehrlich war. Nimm mal zum Beispiel die Amnesie. Ich kaufe ihm nicht eine Sekunde lang ab, dass sie eine Nebenwirkung der Behandlung ist.«

»Aber wie –« Ich unterbrach mich selbst, weil ich seinen Gedanken weiterdachte. »Du glaubst, dass absichtlich an deinem Gedächtnis rumgepfuscht wurde?« Ich lachte verächtlich. »Niemals. Erstens: Wie sollte das überhaupt gehen? Und zweitens: Dad würde so etwas nicht zulassen.«

Sam legte die Glühbirne auf den Tisch und sah mir in die Augen. Ich konnte die trüben, grünen Schlieren in seiner Iris erkennen. Nach der langen Zeit, in der sich immer eine Plexiglasscheibe zwischen uns befunden hatte, war es überwältigend, ihm nun ungehindert gegenüberzusitzen. Ich stellte mir vor, wie ich ihn zeichnen würde, jetzt, in diesem Augenblick, mit satten, klaren Farben. Die Striche, mit denen ich seinen starken Kiefer auf dem Papier wiedergeben würde, die pfeilähnliche Form seiner Nase. Den Bogen seiner Lippen.

»Wieso waren wir so lange eingesperrt?«, fragte er, sein Ton bestimmt, ruhig. »Hast du dich das je gefragt?«

»Ja, natürlich«, stammelte ich. Ich zupfte an meinem Ärmel. »Weil ihr Soldaten werden solltet.«

Er drückte die Birne zurück in die Fassung, löste seinen Blick nur eine Sekunde von mir. »Wenn du die ultimative Waffe entwickeln willst, sperrst du sie nicht fünf Jahre lang in einen Keller. Du schickst sie ins Gefecht, testest und verbesserst sie, bis sie perfekt ist.«

»Vielleicht haben sie ja genau das getan. Ihr habt doch die ganze Zeit über Präparate bekommen. Und die Protokolle … Wir haben eure Fortschritte dokumentiert …«

Sam hatte das letzte Teil zurück an seinen Platz geschraubt. »Die Erinnerung setzt bei jedem Einzelnen von uns zum exakt gleichen Zeitpunkt wieder ein. Wenn die Amnesie nur eine Nebenwirkung der Behandlung wäre, müsste es da doch Unterschiede geben. Für mich klingt das nach Gehirnwäsche.«

Gelöscht. Das Wort hatte ich doch gestern Abend in Sams Akte gelesen. Obwohl ich es nicht glauben wollte, ergab dies allmählich doch immer mehr Sinn.

»Aber was hat das mit mir und meiner Mutter zu tun?«

Er schaltete das Schwarzlicht wieder ein, das nun zwischen

uns strahlte. »Ich weiß es nicht. Aber wenn deine Mutter irgendwie mit der Sektion verknüpft war, dann gilt das Gleiche für dich. Und wir müssen den Grund dafür herausfinden.«

Ich seufzte und rieb mir mit den Handgelenken die Augen. Ich wollte nichts mehr hören, kein weiteres Wort. Darum murmelte ich, dass ich müde sei, und kroch ins Bett. Ich wollte allein sein, um wieder ein bisschen Ordnung in meine Gedanken zu bringen. Wobei das gar nicht möglich war. Sam hatte eine Menge guter Fragen aufgeworfen, denen ich mich einfach nicht stellen wollte. Und das alles war von einer nichtigen Kleinigkeit ausgelöst worden. Der Kleinigkeit, dass die Handschrift, mit der die Nachricht an Sam verfasst worden war, der Schrift meiner Mutter zum Verwechseln ähnelte. Aber vielleicht war es ja doch nur Zufall. Vielleicht sahen wir da einen Zusammenhang, den es gar nicht gab.

Ich brauchte Ruhe. Morgen früh würde ich wieder klarer sehen.

Doch so lange blieb mir nicht. Schon zwei Stunden später stupste Sam mich an. »Steh auf«, sagte er. »Ich habe etwas gefunden.«

11

Ich stützte mich auf einen Ellbogen. »Was ist los?«

Mondlicht fiel auf das Fußende meines Bettes. Es war die einzige Lichtquelle im Zimmer. Ich konnte Sams Gesicht über mir kaum ausmachen.

»Komm mit ins Bad.«

Ich kroch langsam unter der Decke hervor. Außer Sam und mir war niemand im Zimmer. »Wo ist Cas?«

»Der holt die anderen.«

Ich schlurfte hinter Sam her. Als wir beide im Bad waren, schloss er die Tür. In der absoluten Dunkelheit verlor ich jeden Orientierungssinn. Ich mochte kleine, dunkle Räume nicht, und das Bad war wenig größer als eine Kammer. Ich wankte rückwärts und rammte gegen den Handtuchhalter. »Was soll das?«

Das Schwarzlicht flackerte und beleuchtete dann schwach die scharfen Kanten von Sams Gesicht. »Ich tu dir nichts«, sagte er und klang fast beleidigt. Er drückte mir die Lampe in die Hand, zog sich das T-Shirt über den Kopf und warf es in das Waschbecken. »Leuchte damit mal auf meinen unteren Rücken.«

Ich stand dort eindeutig viel zu lange wie festgenagelt. Während ich von der Lampe in meiner Hand immer wieder zu Sams nacktem Rücken blickte, war ich davon überzeugt, in einer Traumwelt gelandet zu sein.

So nah war ich Sams Tätowierung noch nie gewesen. Von den Baumspitzen bis zu den Grasbüscheln erstreckte sich sein Tattoo über den Großteil seines Rückens und seiner Arme. Wer auch immer diese Arbeit ausgeführt hatte, er hatte alles perfekt schattiert und die feinen Details der sich stellenweise abschälenden Birkenrinde originalgetreu abgebildet. Ich konnte nur einen Fehler finden: Die langen Schatten, die die Bäume warfen, waren schlichtweg falsch. Größe und Form stimmten nicht mit den Bäumen überein, und die Schatten der beiden Birken links gingen ineinander über, während die zugehörigen Bäume sich nicht mal berührten.

Ich bewegte das Licht langsam über die Tätowierung, wie Sam verlangt hatte. »Wo soll denn hier was sein?«

»Such mal im Gras.«

Ich beugte mich ein bisschen vor. »Ich finde nichts –« Etwas leuchtete in dem fahlen Licht und ich atmete geräuschvoll ein. Die Schrift war winzig und schon sehr verblichen, doch sie leuchtete wie die fluoreszierenden Armbänder, die alle Kinder bei der Parade zum Unabhängigkeitstag tragen.

»Wie ist das denn möglich?«, staunte ich.

»Mit einer speziellen UV-Farbe. Die wurde nachträglich über die sichtbare Tätowierung gestochen. Lies mal vor«, sagte Sam. »Bitte.«

Die Striche waren über die Jahre undeutlich geworden, die Buchstaben verschmolzen, doch es gelang mir, das erste Wort zu entziffern. »Rose. Rose irgendwas.«

Ich hörte, wie sich die Zimmertür öffnete, und dann drangen Stimmen durch die Badezimmertür. »Wo ist er?«, fragte Trev.

»Wahrscheinlich im Bad, mit Anna«, antwortete Cas.

Es klopfte an der Tür. »Anna? Sam?«, rief Trev. »Alles in Ordnung?«

»Wir brauchen noch einen Moment«, antwortete ihm Sam. Zu mir sagte er: »Kannst du noch etwas erkennen?«

»Noch zwei Wörter.« Ich beugte mich weiter zu ihm, änderte den Winkel des Lichts. »Wie bist du darauf gekommen, danach zu suchen?«

»Die Narben haben mich auf die Idee gebracht. Mir muss klar gewesen sein, dass ich meine Erinnerungen verlieren würde, weshalb ich wohl alle Hinweise an dem einzigen Ort versteckt habe, den mir die Sektion nicht nehmen konnte. Als ich mit der Lampe über meinen Rücken leuchtete, hat etwas geschimmert, ich konnte aber nicht genau erkennen was.«

»Wieso hast du nicht Cas gebeten, dir zu helfen?«

Es dauerte eine Weile, bis er antwortete, und sein Schweigen machte mich nervös. Ich hatte das Gefühl, die Wände kamen auf mich zu. Gleichzeitig war mir Sam so nah, dass ich seine Körperwärme spüren konnte. Während ich einerseits nichts lieber wollte, als diesen engen Raum zu verlassen, hätte ich doch ewig so stehen bleiben können.

Irgendwann sagte er: »Ich hatte keine Lust auf Cas' blöde Scherze.« Er atmete hörbar aus. »Außerdem musste er die anderen holen gehen.«

»Ich glaube, das letzte Wort ist Ohio«, sagte ich und wünschte mir, das Kribbeln, das mir das Rückgrat hinaufkroch, würde verschwinden. »Und in der Mitte steht ...« Ich versuchte, es Buchstabe für Buchstabe zu entziffern, in der Hoffnung, so viel wie möglich herauszufinden. Wie bei einem Kreuzworträtsel. »C. E. M oder N vielleicht. Ein A? T. E. K ... Ach, nein. R. Y.« Ich ging sie noch einmal im Kopf durch, formte sie tonlos mit den Lippen und betrachtete noch einmal intensiv die Tätowierung. CEMATERY.

»Das A muss ein E sein«, sagte Sam.

»Cemetery. Rose Cemetery, Ohio. Ein Friedhof?«

Sam schnappte sich sein T-Shirt und stieß mit mir zusammen. Unsere Blicke trafen sich in dem schwachen Licht. »Entschuldige.«

Ich strich mir die Haare aus der Stirn. »Schon gut. Ist ja nichts passiert.«

»Danke dafür.« Er nahm mir die Lampe aus der Hand und schaltete sie aus, sofort umfing uns wieder Dunkelheit.

»Du kannst mich jederzeit um Hilfe bitten.« Sobald die Worte über meine Lippen waren, verzog ich das Gesicht. Wenn das nicht total lahm klang. *Bitte, bitte, brauch mich doch, Sam.*

Er setzte zu einer Antwort an, seine Stimme ein wenig belegt. »Was ich gestern vor der Drogerie gesagt habe –«

»Du musst mir nichts erklären.«

»Ich weiß, aber ich möchte, dass du –«

»Sam?«, unterbrach ihn diesmal Trev. Sam wandte sich ab, riss die Tür auf und direkt davor stand Trev. Jemand hatte die Lampe auf dem Tisch eingeschaltet, deren Licht in das Bad drang, wo es die Dunkelheit und die Vertrautheit, die sie geschaffen hatte, vertrieb.

»Hast du was gefunden?«, fragte Trev, sein Blick blieb an mir haften. Röte breitete sich über meinen Wangen aus.

Sam streifte sich das T-Shirt über. »Ja. Packt alles zusammen, wir müssen weiter.«

»Wohin denn jetzt schon wieder?«, maulte Nick. »Und wieso verdammt noch mal mitten in der Nacht?«

Sam zog das Flanellhemd über und rollte die Ärmel hinunter. »Ich werde sicher nicht bis zum Morgengrauen hier sitzen und Däumchen drehen, bis du ausgeschlafen hast. Ich warte schon viel zu lange. Jetzt hol deinen Kram, damit wir verschwinden können.«

Sam stieg zu uns in den Jeep, nachdem er die Schlüsselkarten zurückgebracht hatte. Er gab Cas zwei ramponierte Taschenlampen.

Cas knipste eine an und ein Lichtkreis erschien auf dem Armaturenbrett. »Wofür brauchen wird die?«

»Wir fahren zu einem Friedhof.« Sam lenkte den Wagen vom Parkplatz.

»Und wo liegt dieser Friedhof?«, fragte Cas.

»Rose Cemetery in Lancaster, Ohio. Der Typ an der Rezeption hat mir rausgesucht, wo genau das liegt.«

Die folgenden drei Stunden verbrachten wir schweigend im Wagen. Ich hatte den Kopf gegen das Fenster gelehnt, die Augen geschlossen und war bald eingeschlafen. Als wir anhielten, tat mir der Nacken weh. Abgesehen von den knapp zwei Stunden im Hotelbett, hatte ich fast einen ganzen Tag lang im Auto gesessen.

»Wonach suchen wir denn genau?«, fragte Trev.

Ich schaute durch das Seitenfenster über den Friedhof, hier und da ragten dunkle Silhouetten aus dem Boden.

»Keine Ahnung.« Sams Arme ruhten ausgestreckt auf dem Lenkrad. »Fangen wir einfach bei den Grabsteinen an.«

»Alter«, sagte Cas, »da sind wir ja Stunden beschäftigt.«

»Wenn wir uns aufteilen, dauert es sicher nur eine Stunde oder zwei.«

Die anderen klangen skeptisch, aber im Moment blieb uns nichts anderes übrig. Als Sam sich Jahre zuvor den Hinweis per UV-Farbe hatte eintätowieren lassen, musste er sich sicher gewesen sein, ihn enträtseln zu können. Wenn sich also die Antwort hier irgendwo versteckte, würden wir sie auch finden.

Wir verließen den Jeep und folgten dem unbefestigten Weg auf den Friedhof. Obwohl das nur an meiner Wahrnehmung liegen konnte, kam mir die Atmosphäre auf dem Friedhofsgelände schlagartig gruseliger vor. Sofort bekam ich eine Gänsehaut, die sich einfach nicht abschütteln lassen wollte.

»Nick, fang du hinten links an«, befahl Sam. »Trev, du rechts von ihm. Cas, du übernimmst die rechte Seite von hier vorn, ich die linke. Und Anna …«

»Ich kann hier in der Mitte suchen, wenn das in Ordnung ist.«

»Cas, gib Anna eine Taschenlampe.«

Die nahm ich dankbar an.

Schon stoben alle auseinander und ich verfluchte mich innerlich dafür, stark und nützlich erscheinen zu wollen. Es war vier Uhr nachts, und ich stand ganz allein mitten auf einem Friedhof.

Ich lief auf eine Reihe von Grabstätten zu. Marmorstatuen erhoben sich zwischen den versetzten Grabsteinen, ihre Form zeichnete sich hell vor dem dunklen Hintergrund ab. Ich kam an einem Engel vorbei, dessen lange, marmorne Haare bis zu seinen Schultern reichten. Seine Augen waren zwei dunkle Löcher und doch fühlte es sich so an, als würden sie mir folgen.

Ein Schauer lief mir über den Rücken und ich schlang die Arme um mich, um ihn zu unterdrücken. Dabei überflog ich die Namen und Inschriften der Grabsteine.

Beverly Brokle 1934–1994. Geliebte Ehefrau und Mutter.

Stuart Chimmer 1962–1999. Du wirst uns fehlen.

Dad hatte mir vor Jahren versprochen, wir würden nach Indiana zum Grab meiner Mutter fahren, sobald er mal Urlaub bekam. Doch ich hatte nicht geglaubt, dass wir je wirklich hinfahren würden. Dass Dad sich jemals die Zeit nehmen würde. Jetzt fragte ich mich, ob es überhaupt ein Grab gab.

Wieso hatte meine Mutter mich zurückgelassen, wenn sie noch lebte? Hatte sie mich nicht gewollt? Am liebsten hätte ich meinen Vater angerufen. Ich wollte Antworten.

Als ich am Ende der Grabreihe angelangt war, ging ich entlang der nächsten wieder zurück. Dabei ließ ich den Lichtkegel über alles gleiten, auf der Suche nach etwas, das nicht ganz passte. Ein paar der Inschriften waren eigenartig. Auf Michael Tenners Grabstein stand zum Beispiel: *Ich hab die Katze getötet. Tut mir leid, meine Liebe.* Und auf Laura Baskers: *Weint nicht um mich, im Himmel gibt es keine Wäsche!*

Ich konnte mir nicht vorstellen, dass Sams Hinweis sich um Wäsche drehte, aber ich prägte mir dennoch ein, wo die auffälligen Grabsteine standen. Als ich meinen Bereich abgesucht hatte, war mir nichts wirklich Hervorstechendes aufgefallen. Auf insgesamt acht Grabsteinen stand der Name Samuel.

Ich erblickte Cas rechts von mir. Er untersuchte mit gekrümmtem Rücken ein eindrucksvolles Monument, auf dessen Spitze ein imposantes Kreuz stand. Ich schaltete die Taschenlampe aus, steckte sie in die Hosentasche und schlenderte zu ihm hinüber.

»Hast du was gefunden?«

»Nix.« Er machte einen Schritt zurück und fuhr sich mit den Händen durch die blonden Haare, die danach wild in alle Richtungen standen. »Das ist doch ziemlich zwecklos, findest du nicht? Verrat Sammy nichts davon, aber ich halte das für eine Sackgasse.«

Ich grinste. »Na ja, es hat ja eine ganze Weile gedauert, herauszufinden, was es mit dem Schwarzlicht auf sich hatte. Da werden wir hier auch nicht gleich was auf Anhieb finden.«

Cas hob eine Augenbraue. »Du willst dich ernsthaft acht Stunden lang auf einem Friedhof herumtreiben? Also, ich nicht. Ich möchte lieber eine Pizza.«

»Interessiert es dich denn gar nicht, was das alles zu bedeuten hat?«

Er hob einen Zweig auf, der sich im Unkraut verfangen hatte, und fuchtelte damit herum. »Ach, keine Ahnung. Wen kümmert denn, wer ich mal war? Vielleicht so ein Sportsnob mit so was hier im Hintern.« Er hielt den Stock hoch.

Ich schnaufte. »Das bezweifle ich sehr. Aber Sam scheint das hier für wichtig zu halten.«

»Kann schon sein.« Cas schaute auf, weil sich Schritte durchs Laub näherten.

»Habt ihr was gefunden?«, fragte Nick.

»Einen Ast.«

»Mann, du Volltrottel, ich meinte etwas Wichtiges.«

Ein kurzes, schrilles Pfeifen hallte durch die Nacht.

Trev.

Wir rannten zum hinteren Teil des Friedhofs. Ich duckte mich unter einem keltischen Kreuz hindurch und blieb hinter den Jungs zurück. Über uns rieben sich knarrend die nackten Äste eines alten Baums im Wind aneinander. Er blies mir die Haare ins Gesicht, und als ich mich umdrehte, stand da Sam.

»Was hast du gefunden?«, fragte er, das Mondlicht spiegelte sich in den Schweißperlen auf seiner Stirn.

Trev deutete auf einen kleinen Grabstein aus Granit, dessen Vorderseite glänzte und glatt war. »Da fehlen die Daten.«

Ich las die Inschrift – *Samuel Cavar* – und keuchte. »Samuel Cavar ist einer deiner Decknamen«, sagte ich zu Sam. »Der stand in deiner Akte.«

»*Cavar* ist Spanisch«, erwiderte er, »und bedeutet graben.«

Cas schob die Ärmel hoch. »Also gut, *amigos*, dann heißt es wohl: *cavar*, was das Zeug hält.«

12

Sam war in einen Schuppen im hinteren Teil des Friedhofs eingebrochen, wo er zwei Schaufeln gefunden hatte. Cas, Trev und Nick wechselten sich an dem einen Spaten ab und schaufelten neben Sam, der sich bisher nicht hatte ablösen lassen. Sein T-Shirt war schweißdurchtränkt, seine Hose schmutzverkrustet. Wenn er vor Jahren wirklich etwas hier vergraben hatte, dann sehr tief. Nur noch sein Kopf und seine Schultern ragten über den Rand der Grube.

»Ihr buddelt da aber keine Leiche aus, oder?«, fragte ich und knipste die Taschenlampe aus. Der Himmel hatte einen kühlen Grauton angenommen und die Sonne drohte bald am Horizont zu erscheinen.

»Das bezweifle ich stark.« Er wuchtete weitere Erde auf den Haufen und rammte die Schaufel erneut in den Boden. Ein Geräusch erklang, als Metall auf Metall stieß. Cas warf seinen Spaten beiseite und ging auf die Knie. Er und Sam entfernten die feuchte Erde und zum Vorschein kam eine Kiste.

Ich lugte von oben in die Grube.

»Was ist das?«, fragte Trev und verlagerte das Gewicht von einem Fuß auf den anderen.

Sam legte beide Hände auf den Rand der Grube und drückte sich hoch. »Gib sie mal her«, sagte er zu Cas.

Cas nahm die Kiste und reichte sie ihm. Ich hockte mich

neben Sam, der mit ein bisschen Mühe den Deckel aufbekam. Die Scharniere waren rostig und voller Schlamm, doch als er sie erst mal gelockert hatte, gaben sie nach und den Inhalt frei. In der Kiste lagen ein Schlüssel und ein Stapel zweifach gefalteter Seiten, der mit einem Faden zusammengebunden war. Sam löste den Faden und blätterte durch die Dokumente, auf denen er schmierige Fingerabdrücke hinterließ.

Das Papier war alt und brüchig, doch die Schrift noch gut lesbar. Ich konnte mich nicht zurückhalten, über Sams Schulter mitzulesen. Adrenalin schoss nur so durch meine Adern. Das war es. Danach hatten wir seit gestern gesucht.

Wenn ich das richtig sah, war es ein Eigentumsnachweis über ein Haus, was auch den Schlüssel erklären würde. Ich überflog die weiteren Angaben. Die Adresse: Whittier, Michigan. Als Besitzer war ein Samuel Marshall eingetragen. Wahrscheinlich ein weiteres Pseudonym. Deshalb schoss mir plötzlich die Frage durch den Kopf: Wie war denn nun sein richtiger Name?

»Sagt dir das was?«, fragte ich.

»Nein.«

»Aber es bedeutet irgendetwas, oder? Ich meine, das ist unser nächster Schritt.«

Er nickte kaum merklich.

Hinter uns füllten die Jungs das Loch in einem Bruchteil der Zeit, die es gekostet hatte, es auszuheben. Cas und Trev klopften die Erde platt. Nick erschien neben Sam. »Und, was hast du gefunden?«

Sam hielt ihm das Papier hin. »Ist vielleicht ein sicherer Unterschlupf.«

»Ach, so wie der letzte?«

»Niemand zwingt dich, bei uns zu bleiben, Nick. Du kannst jederzeit verschwinden, wenn du willst.«

Nick lehnte sich gegen den Stamm eines nahe gelegenen Baums und verschränkte die Arme vor der Brust.

Während Trev sich darum bemühte, den fein ausgestochenen Rasen wieder über das nun zugeschüttete Loch zu legen, verschwand Cas mit den Worten: »Ich geh mal pinkeln.« Sam brachte die Spaten zurück in den Schuppen, weshalb ich mich plötzlich in der unschönen Lage befand, allein neben dem schmollenden Nick zu stehen.

»Ich glaube, er gibt sein Bestes.« Der Satz wurde von weißen Wölkchen begleitet, die mein Atem verursachte.

Nick schob die Hände in die Hosentaschen. Ihm musste kalt sein, so ohne Jacke. »Selbsterhaltung ist wichtiger als diesen beklopptten Hinweisen nachzujagen, als wäre das alles ein beschissenes Ratespiel.«

»Aber es ist schwierig, sich selbst zu schützen, wenn man nicht mal weiß, wer man ist, geschweige denn, wieso man überhaupt Teil dieses Projekts war.«

Nick stieß sich mit einem Fuß von dem Baum ab und fixierte mich mit seinen stahlblauen Augen. »Ich weiß vielleicht nicht mehr, wer ich früher war, aber ich wette, mir hat nicht immer die verdammte Sonne aus dem Arsch geschienen.«

Sein finsterer Blick hellte sich ein winziges bisschen auf. Diese seltene Gelegenheit nutzte ich. »Kann doch sein, dass es deine Eltern noch gibt und sie nach dir suchen.«

»Oder auch nicht. Kann doch sein, dass sie sich nie einen Scheiß gekümmert haben.« Er ging mit strammen Schritten davon. Während ich auf die anderen wartete, fragte ich mich, ob er vielleicht recht hatte. War die Wahrheit am Ende sogar schlimmer, als gar nichts zu wissen?

13

Nachdem wir Lancaster hinter uns gelassen hatten, blockierten dunkle Wolken jeden Sonnenstrahl und spuckten uns stattdessen dicke Regentropfen auf die Windschutzscheibe. Dad hatte die Angewohnheit, jeden Morgen die Wettervorhersage anzuschauen. Wenn ich früh genug wach war, machte ich mir einen Kaffee und leistete ihm Gesellschaft. Aber egal, ob ich die Vorhersage sah oder nicht, ich wusste immer, wie die Wetteraussichten waren. Denn Dad warnte mich stets ausdrücklich, wenn er es für wichtig hielt.

Es störte mich, dass ich mich auf dieses Wetter nicht hatte einstellen können, mal ganz abgesehen davon, dass wir uns ja nicht mal mehr in New York befanden. Ich war einfach daran gewöhnt, mich vorzubereiten. Informiert zu sein. Über das Wetter. Über den Stundenplan. Über meine Aufgaben im Labor. Jetzt gerade wusste ich nichts mehr. Nicht einmal, wann ich das nächste Mal etwas essen würde.

Mithilfe einer Karte, die Sam an einer Tankstelle gekauft hatte, fanden wir unseren Weg durch Whittier – eine Kleinstadt, deren ländlicher Charme perfekt für eine nostalgische Postkarte geeignet gewesen wäre. Ein großes Banner war über die Hauptstraße gespannt und kündigte das große Kürbisfest an, das am kommenden Wochenende stattfinden würde. Vogelscheuchen standen wie Wachpersonal vor den Geschäften.

Das kleine Stadtzentrum verschwand hinter uns, während wir weiter und weiter nach Norden fuhren. Als wir auf der Straße angelangten, die auf dem Eigentumsnachweis eingetragen war, griff Sam nach dem Lautstärkeregler und brachte den Popsong zum Verstummen, der gerade im Radio lief. Stille breitete sich mit solcher Wucht im Wagen aus wie ein sich selbst aufblasendes Rettungsboot. Ich spielte nervös mit den Fingern. Was würden wir machen, wenn sich das Haus als Sackgasse entpuppte?

Wir fuhren die lange Straße auf und ab, prüften die Hausnummern an den Briefkästen. Doch keine stimmte mit der auf dem Eigentumsnachweis überein. Irgendwann entdeckten wir einen grasüberwachsenen Weg, der in ein Waldstück führte. Er befand sich zwischen Nummer 2156 und 2223, also dort, wo die von uns gesuchte Hausnummer liegen musste.

Sam bog in die Zufahrt ein und schon überprüfte Nick die Patronen in einer der Waffen. Cas und Trev folgten seinem Beispiel, sie waren perfekt aufeinander abgestimmt.

Nach vielleicht anderthalb Kilometern erreichten wir eine Lichtung, in deren Mitte ein kleines Haus stand. Obwohl es auf den ersten Blick sehr baufällig wirkte und im Schatten der vielen Unwetterwolken lag, hatte das Häuschen etwas sehr Heimeliges an sich. Die Wände waren mit Schindeln versehen und zu einem perfekten Rotton verblichen. Ein paar verrostete Gartenstühle standen auf der schiefen Veranda, ein leerer Blumentopf verloren zwischen ihnen. Ein großer Ast hing von ihr hinunter auf die Erde, so als hätte ein Sturm ihn vor langer Zeit dorthin getragen und niemand sich die Mühe gemacht, ihn wegzuräumen.

Die Fenster waren von einer feinen Staub- und Schmutzschicht bedeckt, dahinter war es dunkel. Das einzige Auto in der Nähe war unseres. Das Haus sah nicht nur verlassen aus, es fühlte sich sogar verlassen an. Einsamkeit hing in der Luft wie alter Zigarettenqualm, der nur darauf wartete, vertrieben zu werden.

»Und jetzt?«, fragte ich. Es regnete unverändert, die Tropfen, die auf der Windschutzscheibe landeten, waren jedoch größer geworden und kamen in kürzeren Abständen.

»Nick und Cas, ihr übernehmt die Rückseite«, sagte Sam. »Ich geh vorne rein. Trev, du bleibst hier bei Anna.«

Ich wollte nicht untätig im Jeep sitzen, aber genauso wenig wollte ich das Haus durchsuchen. Weil ich befürchtete, dort mehr Hinweise auf meine Mutter zu finden.

Die Jungs verließen den Wagen mit einer Behändigkeit, die im krassen Gegensatz zu ihrer Größe stand. Nick und Cas rannten um das Haus, die Waffen gezückt, aber am langen Arm auf den Boden gerichtet. Sam lief nach rechts, auf die kleine Garage zu, die ein Stückchen abseits stand. Er warf einen kurzen Blick in das winzige Fenster, bevor er auf die Veranda sprang und sich an der Wand entlang zur Eingangstür presste.

Er holte den Schlüssel, den er auf dem Friedhof gefunden hatte, hervor und steckte ihn ins Loch. Er passte, die Tür öffnete sich und schon war Sam im Innern verschwunden.

»Was meinst du?«, flüsterte ich.

Trev stützte sich mit dem Ellbogen aufs Knie. »Sieht gut aus, sicher.«

»Zumindest sicherer als das Haus in Pennsylvania.«

»Absolut.« Ich spürte, wie er mich betrachtete. »Es ist keine Schande, zu hoffen.«

Ich drehte mich zu ihm. »Worauf?«

»Deine Mutter.«

Dazu fiel mir nichts ein. Jemand anderen von meiner Mutter sprechen zu hören, machte das alles nur noch realer, so als wäre es wirklich möglich, dass sie dort in dem Haus saß und auf mich wartete.

»Und wenn sie doch tot ist?« Ich ließ mich wieder in den Beifahrersitz sinken. »Wenn all dieses Wünschen umsonst ist?«

»›Wir hoffen immer und in allen Dingen ist hoffen besser als verzweifeln.‹«

»Von wem ist das?«

Trev grinste. Er liebte es, wenn ich um mehr Informationen bat und ihm so eine Möglichkeit gab, mit seinem Wissen aufzutrumpfen. »Johann Wolfgang von Goethe.«

»Wie war noch mal der Spruch von Aristoteles? Der, in dem es auch um Hoffnung geht?«

Er blickte ins Leere, während er sein Gedächtnis nach dem entsprechenden Zitat durchforstete. Der Moment, in dem es ihm wieder einfiel, stand ihm deutlich ins Gesicht geschrieben, das Funkeln war in seine Augen zurückgekehrt. Ich kannte niemanden außer Trev, dem so deutlich anzusehen war, wenn ihm ein Licht aufging.

»›Die Hoffnung ist der Traum des Wachenden.‹«

Ich ließ die Worte in meinem Kopf nachhallen. Das Zitat erinnerte mich an das Gefühl, das man beim Aufwachen aus einem Traum hat, den man lieber weiterträumen möchte. Dieser Druck in der Magengegend, als würde man einen wichtigen Teil von sich selbst verlieren, den man nie wiederbekommen konnte.

So war das auch mit der Hoffnung. Man klammerte sich an etwas, von dem man nicht wusste, ob man es jemals erreichen würde. Aber man musste sich trotzdem weiter daran festhalten, denn wo blieb sonst der Sinn?

Das passte perfekt zu meinem Leben, auf so vielen Ebenen. Gerade jetzt mehr denn je.

Sam erschien wieder auf der Veranda und machte uns ein Zeichen, dass die Luft rein war. Das allein sagte mir schon genug über das, was er gefunden hatte. Wenn meine Mutter sich in dem Haus aufhalten würde, wäre er bis zum Jeep gekommen, um mich vorzuwarnen. Also wartete sie dort nicht auf mich. Und obwohl ich mir das permanent einreden wollte, hatte ich wohl doch das Gegenteil gehofft. Meine Aufregung verpuffte.

Wir betraten das Wohnzimmer, in dem ein paar Sessel auf den Kamin ausgerichtet standen. Ein Sofa befand sich an der hinteren Wand. Spinnweben hingen wie Spanisches Moos von einer Messinglampe.

Eine große Küche erstreckte sich über den hinteren Teil des Hauses. Ein massiver, rechteckiger Tisch nahm den Platz rechts von der Eingangstür ein. Direkt gegenüber von mir lag eine Treppe, die in den ersten Stock führte.

Donner folgte einem Blitz, das dumpfe Grollen brachte die nackten Holzdielen zum Schwingen. Regentropfen schlugen gegen die Fensterscheiben und spülten den Schmutz fort. Ich wickelte mich enger in meine Jacke, weil der Wind stärker wurde und durch die Ritzen des Hauses pfiff.

»Sind wir hier sicher?«, fragte ich Sam, der an mir vorbeiging.

»Soweit ich das beurteilen kann, ja.«

Meine Schultern entspannten sich. Wir hatten erst gestern das Labor verlassen, aber es fühlte sich an, als wären wir schon ewig auf der Flucht. Jetzt waren wir endlich an einem einsamen Ort, irgendwo im Nirgendwo, endlich konnte ein Teil der aufgestauten Spannung von mir abfallen.

Ich ließ mich aufs Sofa sinken und wirbelte damit eine kleine Staubwolke auf. Ich hustete und wedelte mit der Hand in der Luft, um den Staub zu vertreiben. Hier musste mal wieder ordentlich geputzt werden. Mir juckte es geradezu in den Fingern, weil ich endlich mal wieder etwas Sinnvolles tun wollte. Zu Hause war ich für den Haushalt zuständig gewesen und fragte mich besorgt, in welchem Zustand die Farm sich wohl befand. Ich konnte mir nicht vorstellen, dass ohne mich alles reibungslos weiterlief. Oder besser gesagt, ich konnte mir nicht vorstellen, dass Dad allein zurechtkam.

Machte er sich genauso große Sorgen um mich wie ich mir um ihn?

Ich sprang auf, unruhig und rastlos, und gesellte mich zu Cas in die Küche. Er hatte Spinnweben im Haar. Ich fischte sie heraus und hielt sie ihm vor die Nase. »Du bist echt ein hoffnungsloser Fall.«

Er legte einen Arm um mich. »Deswegen hab ich ja dich. Du sorgst dafür, dass keiner von uns Blödsinn macht.«

»Und mit ›uns‹ meinst du vor allem dich selbst, nicht wahr?«

»Klar. Was weiß ich?« Er ließ mich stehen und testete, ob die Gasflamme am Herd funktionierte. Aber nichts passierte. »Verdammt. Ich verhungere gleich.«

»Der Satz läuft bei dir aber auch in Endlosschleife.«

»Ich bin drei volle Mahlzeiten pro Tag gewöhnt.«

»Wenn dieses Haus seit Jahren unbewohnt ist – und es sieht ziemlich danach aus –, bezweifle ich stark, dass du hier etwas Genießbares finden wirst.« Ich ging um die L-förmige Kücheneinheit herum zu dem Fenster, das zur Garage führte. »Hast du da schon einen Blick reingeworfen?«

»Nein, aber ich bin zu jeder Schandtat bereit. Und du?«

Ich grinste. »Bin dabei.«

Die anderen befassten sich im Wohnzimmer mit dem Kamin und dem zugehörigen Schornstein. Cas sagte Sam kurz Bescheid, wohin wir wollten, bevor wir durch die Tür und auf die hintere Veranda marschierten. Wir rannten das kurze Stück bis zur Garage. Der Regen liebkoste mein Gesicht, doch ich schirmte mit der Hand wenigstens meine Augen ab. Cas rammte mit der Schulter gegen die Tür, die sofort nachgab und über den Betonboden schabte. Es fiel nur wenig Licht durch die zwei winzigen Fenster, aber es reichte aus, damit wir uns umsehen konnten.

»Guck mal.« Ich ging schnurstracks in die hintere linke Ecke. »Ein Grill. Wir könnten grillen.«

Auf Cas' Gesicht lag pure Verzückung, als er über die kuppelförmige Abdeckung des Grills streichelte. »Kannst du dir vorstellen, wie lange es her ist, dass ich ein gegrilltes Steak gegessen habe? Oder eine Hähnchenkeule?«

Ich hob eine Augenbraue. »Hm … Sehr, sehr lange?«

Er ignorierte mich. »Die ganze Zeit nur diese verdammten Werbesendungen, in denen mir das praktisch immer wieder vor die Nase gehalten wurde.«

»Wieso weißt du überhaupt, wie das schmeckt? Es gab doch im Labor nie etwas vom Grill.«

»Ein Mann vergisst nie den Geschmack von Gegrilltem. Nie. Vermutlich bin ich in der Zeit *vor* dem Projekt mal in den Genuss gekommen.« Er öffnete den Deckel und schnupperte. »Oh Gott. Der riecht immer noch nach Kohle und brutzelndem Fleisch.«

»Irgendwie erstaunlich, dass du nicht mindestens hundertfünfzig Kilo wiegst.«

Er schob den Ärmel seines dreckigen, verschwitzten Hemds hoch und spannte seine Oberarmmuskeln an. »Das ganze Essen schenkte mir diesen grazilen Körper, wenn du es genau wissen willst.«

Ich betrachtete seine großen Muskeln und die breiten Schultern. »Grazil heißt eigentlich schmal.«

»Aber es heißt auch, dass ich feine Linien habe. Und die habe ich ganz offensichtlich.«

Dem konnte ich nichts entgegensetzen.

Ich ließ ihn weiter über den Grill sabbern und schaute derweil, ob es noch etwas anderes Nützliches gab. Ein paar Gartengeräte hingen ordentlich an gummierten Haken an der Wand. Bretter in verschiedenen Größen lagen darunter auf einem Stapel. Direkt gegenüber stand ein Verteilerkasten und ein unförmiger Apparat, der damit verbunden war. »Was ist das?«

»Das ist ein Stromaggregat.«

Als ich mich umdrehte, entdeckte ich Cas auf einer Art Dachboden, der am höchsten Punkt unter das Dach der Garage eingezogen worden war.

»Wie bist du da hochgekommen?«

Er nickte zu den Brettern. »Gesprungen.«

»Du bist echt ein Affe. Jetzt komm mal her und sieh dir das aus der Nähe an.«

Er hängte sich kopfüber von dem Zwischenboden hinunter, drehte sich in der Luft und baumelte dann noch einen Moment in einer Art Klimmzug. Die Muskeln seiner Unterarme spannten sich, bevor er losließ. »Ha, bin ich ein echter Kerl, oder was? Ich wusste nicht mal, dass ich das kann.«

Ich stand mit offenem Mund da. »Wieso hast du es dann ausprobiert? Du hättest dich verletzen können!«

»Mir war danach.« Er stieß mit dem Fuß gegen den Generator »Sieht so aus, als wäre er an den Verteilerkasten angeschlossen Gut zu wissen.« Er drehte den Verschluss auf. »Nicht mehr vie Saft drin, und wir sind auch ziemlich abgebrannt –«

»Dann muss es eben ohne gehen«, seufzte ich.

Er nickte, warf dann aber einen bedeutungsvollen Blick Richtung Grill. »Aber wenigstens haben wir das gute Stück.«

»Soll ich mit anpacken? Wir könnten ihn auf die hintere Veranda stellen.«

»Machst du Witze? Das schaff ich wohl allein.« Er griff mit beiden Händen unter den Grill und hob ihn ohne große Schwierigkeiten hoch. Noch ein Indiz dafür, dass er wesentlich stärker war, als ein Junge seines Alters und seiner Statur eigentlich hätte sein dürfen.

Die nächste Stunde verbrachten wir damit, den Grill mit einer alten Drahtbürste zu schrubben, die wir in der Küche gefunden hatten. Sam machte derweil ein Feuer im Kamin. Nick und Trev sammelten Holz im umliegenden Wald. Niemand erwähnte, wie lang wir bleiben würden, doch dem Feuerholz nach zu urteilen, das sich nun entlang der hinteren Veranda stapelte, konnten wir mindestens eine Woche verweilen, ohne frieren zu müssen. Beim Thema Essen wurde es schwieriger. Wir hatten weder Geld noch irgendwelche Vorräte.

Deshalb versammelten wir uns im Wohnzimmer, um zu besprechen, wie wir nach Einbruch der Dunkelheit vorgehen wollten.

Sam stand beim Kamin, die Arme vor der Brust verschränkt. Seine Kleidung war immer noch schmutzig von der Friedhofserde. Soweit ich das beurteilen konnte, gab es kein fließendes warmes Wasser, mit dem wir uns hätten waschen können.

Cas saß auf der Lehne eines Sessels, ein Fuß an der Stelle, auf die eigentlich sein Hintern gehört hätte. »Du hast nicht zufällig irgendwo Geld entdeckt, oder?«

Sam schüttelte den Kopf. »Wenn ich hier Geld versteckt habe, dann wird es nicht leicht zu finden sein. Wir werden ein Weilchen suchen müssen.«

»Ich würde sogar auf den Strich gehen, um mir ein Steak leisten zu können«, sagte Cas.

Darüber musste ich laut lachen. »Du weißt schon, dass du dich vor Anfragen nicht retten könntest, oder?«

Auf seinem Mund erschien ein lüsternes Grinsen. »Wenn du mitkommen würdest, wären wir morgen früh reich.«

»Sehr witzig.«

»Cas und ich fahren in die Stadt«, sagte Trev. »Mal sehen, was wir so auftreiben können.«

»Und was soll ich machen, Chef?« Anstatt sich zu uns zu setzen, war Nick im Türrahmen zwischen Wohn- und Esszimmer stehen geblieben.

»Du hältst Wache.«

Während Sam mit Cas und Trev die Einzelheiten durchging – was extrem nach »Klaut, was immer ihr zu fassen bekommt, ohne geschnappt zu werden« klang, aber natürlich nicht mit diesen Worten –, schaute ich mich in der Küche um.

Sam hatte erwähnt, dass es eine Speisekammer gab, die meisten Sachen jedoch abgelaufen waren. Ich wollte mir selbst ein Bild machen. Ich hatte schließlich nichts anderes zu tun.

Die Speisekammer befand sich unterhalb der Treppe und war so groß, dass man sie betreten konnte. Durch das Küchenfenster fiel genug Licht, ich brauchte also für meine Bestandsaufnahme keine Taschenlampe. Wasserkanister säumten die Wand unterhalb der untersten Regalbretter, auf denen sich Medikamente und allerhand Dinge für den Notfall befanden, wie Batterien, Streichhölzer und Wundbenzin.

Die anderen Regalfächer beinhalteten getrocknetes Getreide, Hülsenfrüchte und Nudeln. Es gab vakuumverpackte Behälter mit Salz, Zucker und gefriergetrocknete Mahlzeiten. Packungen mit Milchpulver, Tütensuppen und Müsli.

Ich überprüfte die jeweiligen Mindesthaltbarkeitsdaten. Müsli und Dosenvorräte waren seit geraumer Zeit abgelaufen, doch ich vermutete, dass die Tütensuppen und die Nudeln noch genießbar waren.

Sam hatte sich offensichtlich auf alle Eventualitäten vorbereitet. Hier ließe sich vermutlich sogar die Apokalypse überleben.

Jemand erschien im Türrahmen und verstellte mir das Licht. »Hast du was Essbares gefunden?«, fragte Sam.

Ich drehte mich um und lehnte mich mit dem Rücken gegen das Regal. »Ja.«

Er kam zu mir herein und plötzlich wirkte die Speisekammer viel kleiner als vorher. Während er nach einer Packung Haferflocken griff, streifte er meinen Arm. Wärme breitete sich von dort in meinem gesamten Körper aus.

Ich rückte ein wenig beiseite, auch wenn das meine gesamte Selbstbeherrschung erforderte. »Kannst du dich an etwas erinnern?«, fragte ich. »Kommt dir das Haus irgendwie bekannt vor?«

Er stellte die Haferflocken wieder hin. »Irgendwie fällt es mir schwer zu entscheiden, ob etwas eine Erinnerung ist oder nur ein Déjà-vu.«

»Trev würde jetzt sagen, es gibt keine Déjà-vus. Du musst dich also an etwas erinnern, das tatsächlich passiert ist.«

»Trev sieht in allem einen tieferen Sinn.«

»Stimmt.« Ich faltete die Hände hinter dem Rücken. »Was hat dein Déjà-vu ausgelöst?«

Er wandte sich mir zu und ich konnte wegen des schummrigen Lichts nur die Hälfte seines Gesichts erkennen. »In der Wand neben dem Kühlschrank ist eine Delle, die so aussieht, als wäre da etwas reingerammt worden.« Sorgenfalten zeigten sich auf seiner Stirn. »Ich habe das Gefühl, dass ich das war.«

Ich machte einen Schritt auf ihn zu. »Kannst du dich an noch mehr erinnern?«

Die Zeichen von Sorge wurden von einer anderen Gefühlsregung abgelöst. Unbehagen vielleicht. »Nein. Das war alles.« Er verließ die Speisekammer. »Falls du mich suchst, ich geh nach oben«, fügte er hinzu und war weg, bevor ich weitere Fragen stellen konnte.

Vielleicht konnte ich Sam nicht so gut lesen wie er mich, aber dieses Verhalten zeigte mir sehr deutlich, dass es da etwas gab, das er mir nicht sagen wollte. Und ich wiederum wollte nichts lieber als herausfinden, was es war.

14

Sam und ich sprachen nicht viel in den folgenden Tagen. Er war zu sehr damit beschäftigt, das Haus komplett auf den Kopf zu stellen auf seiner Suche nach weiteren Anhaltspunkten. Ich spielte oft ›Vier gewinnt‹ mit Cas, der das Spiel in einem der Küchenschränke gefunden hatte. Obwohl ich nicht genetisch in ein Genie verwandelt worden war, gewann ich erschreckenderweise jedes Mal. Natürlich konnte das daran liegen, dass Cas sich einfach nicht lange genug auf das Spiel konzentrieren konnte, um eine Strategie zu entwickeln. Dennoch tat es meinem Selbstbewusstsein gut.

Irgendwann durchstöberten Trev und ich ein paar der Schränke im Erdgeschoss und stießen dabei auf ein kleines Arsenal staubiger Bücher und mottenzerfressener Decken. Von Nick sah ich wenig. Wenn er sich nicht um das Feuer kümmerte oder Holz holte, half er Sam. Obwohl die beiden nicht gerade oft einer Meinung waren, arbeiteten sie sehr gut zusammen, weil sie keine Zeit mit müßigem Quasseln vergeudeten.

Unseren dritten Tag in Sams Haus verbrachte ich mit Trev in einem der oberen Zimmer. Ich lag auf dem Bauch und Trev las mir aus *Die missliche Lage des Herzogs* vor. Er saß am Kopfende des Bettes, das Buch in seiner linken Hand. Auf dem Buchdeckel war ein Mädchen in einem geblümten Kleid zu sehen, das der langhaarige und grüblerische Herzog in den Armen hielt.

Trev pfiff durch die Zähne. »Das wird dir gefallen.«

»Dann lass mal hören.«

Er leckte sich die Lippen. »›Er gab sich die größte Mühe, Margaret mit einem Ausdruck gröbster Missachtung zu bedenken. Sie erschien ihm jedoch so verletzlich und traurig, dass er sofort zu ihr schritt. Sie umarmten sich, ihr Busen bebte an seiner Brust.‹«

Ich rollte mich auf den Rücken und lachte. »Oh Gott, hör auf. Mehr ertrage ich nicht.«

Er schlug das Buch zu. Einen kurzen Moment später war Trev neben mich gerutscht. Gemeinsam starrten wir an die breite Holzdecke. Unten knisterte und knackte das Feuer, weil jemand darin herumstocherte. Vermutlich Cas. Nick und Sam waren in der Garage und durchsuchten dort den kleinen Dachboden, soweit ich wusste.

»Hast du je daran geglaubt, dem Labor irgendwann zu entkommen?«, fragte ich.

Trev faltete die Hände auf seinem Bauch. »Ja. Manchmal habe ich mir ausgemalt, dass du uns einfach laufen lässt. Und ich konnte mich nie entscheiden, ob ich das gut oder schlecht finden würde. Für dich hätte es natürlich keine guten Folgen gehabt.«

Zitronenfarbiges Sonnenlicht drang durch das Fenster und lag auf seinem Gesicht. Seine Augen wirkten, als würden sie glühen. »Wenn es dich irgendwie tröstet, das hatte ich sogar vor. Ich habe ständig darüber nachgedacht.«

»Ich weiß.«

Ich stützte mich auf meinen Ellbogen. »Ach ja?«

»Ja. Weil Sam sich langsam in dein Unterbewusstsein vorgearbeitet hat. Vielleicht hast du das gemerkt, vielleicht auch nicht. Vielleicht hat er das mit Absicht gemacht oder auch nicht. Also selbst wenn er die Flucht nicht geplant hätte, hättest du uns eines Tages einfach laufen lassen. Seinetwegen.«

Ein paar meiner Haarsträhnen kitzelten meinen Arm. Ich legte den Kopf in den Nacken. »Auch deinetwegen. Wegen jedem Einzelnen von euch.«

Ein Lächeln umspielte seinen Mund, als er mich ansah, doch seine Augen lächelten nicht mit. »Das ist lieb gemeint, aber das glaube ich dir nicht. Du lügst.«

»Überhaupt nicht.« Ich zog an einem losen Faden, der aus der Bettdecke lugte. »Was hast du vor, wenn das alles hier vorbei ist?«

»Wenn ich eine Wahl habe, meinst du?«

»Ja, wenn du machen kannst, was du willst.«

Er dachte über die Frage nach. »Ich würde gern nach New York City ziehen und Literatur studieren. Obwohl das vermutlich schwierig wird, so ganz ohne Zeugnisse und Ausweis.«

Ich war so auf Sam fixiert gewesen und auf den Gedanken, wie mein Leben ohne ihn aussehen würde, dass ich gar nicht darüber nachgedacht hatte, wie es wohl wäre, auch Trev zu verlieren. Der Schmerz kam sofort und mit Nachdruck. »Du wirst mir fehlen.«

Er winkte ab. »Ich gehe ja nicht weg. Ganz egal, wie gerne ich das auch tun würde.«

»Na, komm schon. Irgendwann bist du frei. Versprichst du mir, dass du mich dann nicht vergisst?«

Eine lange Pause entstand und ich rechnete schon gar nicht mehr mit einer Antwort. Seine Augen glänzten, als hätte ein unerwarteter Gedanke vergessene Gefühle heraufbeschworen. Doch er blinzelte, bevor ich ihn danach fragen konnte, und schon war verschwunden, was immer sich da gezeigt hatte. »Ich versprech's.«

Ich ließ mich wieder auf den Rücken sinken. »Ich schätze, so würde sich das anfühlen, wenn wir normale Teenager wären, die zusammen auf der Schule waren und jetzt auf unterschiedliche Unis gehen.«

»Vermutlich.«

»Fällt dir dazu ein Zitat ein?«

Er seufzte und schloss die Augen. »Nein, leider nicht.«

***

Am Morgen des vierten Tages nahm Sam mich mit nach draußen und gab mir eine der Glocks, die er den Agenten abgenommen hatte. Er wollte mir beibringen, wie man sie benutzte, für den Fall, dass wir getrennt wurden.

Darüber hatte ich noch nicht nachgedacht, und ehrlich gesagt, wollte ich darüber auch lieber gar nicht nachdenken. Wenn Connor mich erwischen und dann versuchen würde, Informationen aus mir herauszuquetschen, würde es sicher nicht lange dauern, bis ich einbrach und plauderte. Prinzipiell war es bestimmt gut zu wissen, wie man mit einer Waffe umging, aber würde ich je den Mut aufbringen, sie auch wirklich zu benutzen? Ganz egal wie wenig ich Connor leiden konnte, umbringen könnte ich ihn sicher nicht. Wenn ich darüber nachdachte, konnte ich eigentlich niemanden umbringen. Noch immer nagten Schuldgefühle an mir, weil ich Sam dabei geholfen hatte, den Mann im Garten hinter dem Farmhaus zu töten.

»Hast du je eine Pistole benutzt?«, fragte Sam. Er trug den alten Mantel, den er am Vortag in einem der Schränke gefunden hatte. Er passte ihm wie angegossen und hatte die Farbe von rindenlosem Holz. Je länger wir uns außerhalb des Labors befanden, desto mehr sah er aus wie ein normaler Mensch. Ich dachte nur noch selten daran, dass er mal Teil eines Experiments gewesen war. Noch dazu stand er unheimlich nah bei mir – so nah, dass es nach jedem seiner Atemzüge überall bei mir kribbelte.

»Das ist das erste Mal, dass ich so ein Ding in der Hand halte«, antwortete ich. Sie war gar nicht so schwer, wie ich gedacht hatte.

»Hier.« Er nahm mir die Waffe wieder ab und zeigte auf einen Knopf an der Seite. »Mit diesem Knopf entriegelst du das Magazin.« Er machte es vor und schon rutschte das Magazin aus dem Griff. »Das hier ist der Schlitten«, fuhr er fort und deutete auf den oberen Teil der Waffe. »Wenn du ihn zurückziehst, kannst du prüfen, ob die Pistole wirklich leer ist, oder die erste Patrone in den Lauf befördern. Weil es eine halbautomatische Waffe ist, musst du das aber nur einmal machen. Verstanden?«

Nein. Aber das wollte ich natürlich nicht zugeben.

Die Sonne strahlte über die Baumkronen und ich musste blinzeln, weil es so hell war. Ich stellte mich anders hin, sobald ich die Waffe und ein volles Magazin in den Händen hielt.

»Steck das Magazin in die Waffe«, wies Sam mich an.

Ich schob es in den Griff, bis ich ein Klicken hörte. Erst fummelte ich ein wenig unbeholfen an dem Schlitten, bekam es dann aber doch hin und eine Patrone landete im Lauf.

»Und jetzt schieß.« Die Worte blieben in der spannungsgeladenen Luft hängen.

Ich hielt die Pistole vor mich und drückte, ohne zu zögern, den Abzug. Ich wollte nicht so wirken, als hätte ich Angst davor. Der Rückstoß fuhr mir durch die Arme und brachte mich aus dem Gleichgewicht. Ich stellte mich gleich darauf aufrechter hin, um diesmal auf den Rückstoß vorbereitet zu sein, und feuerte noch einmal. Und noch einmal. Ich traf nichts, aber das war egal. Ich zielte ja auch auf nichts. Noch nicht.

Ich schoss so lange weiter, bis das Magazin leer war.

»Gut.« Sam bedeutete mir, ihm die Waffe zu geben. Ich hätte gern noch Zielen geübt, aber ich wusste ja, dass unser Munitionsvorrat begrenzt war. Also reichte ich sie ihm.

»Wieso kennst du dich so gut mit Waffen aus?«, wollte ich wissen und wiederholte damit die Frage, die er mir ein paar Tage zuvor nicht beantwortet hatte.

Er holte eine Handvoll Patronen aus der Manteltasche. »An ein paar Dinge von früher kann ich mich erinnern. Hauptsächlich an motorische Abläufe. Zum Beispiel eben, wie man eine Pistole bedient. Oder wie man ein Auto fährt.« Er ersetzte die Patronen, die ich verbraucht hatte. »Ähnlich ist es mit den Fremdsprachen. Aber ich weiß auch noch, wie man komplizierte Gleichungen löst, wie man sich Fluchtwege einprägt, wie man Menschen liest.«

Ich folgte ihm über die Stufen der hinteren Veranda. Er hielt mir die Tür auf, und als ich drinnen war, atmete ich erleichtert auf, der Kälte wieder entkommen zu sein. Nick hatte sich schon früh um das Feuer im Kamin gekümmert, im Haus war es also angenehm warm.

»Was kannst du sonst noch?«, fragte ich.

Sam legte die Glock auf die Anrichte neben eine Tüte Oreos, die Cas vor ein paar Tagen auf einem nächtlichen Ausflug mit Trev im Dorf gemopst hatte.

Trev saß am Tisch und las einen Western, den wir neben *Die missliche Lage des Herzogs* im Schrank gefunden hatten. Das Buch war völlig zerfleddert, die Seiten hielten nur noch mit Müh und Not an der Bindung. Entweder erhoffte er sich, darin auf weitere Hinweise zu stoßen, oder ihm war unglaublich langweilig. Als wir hereinkamen, schaute er auf.

»Erzählst du ihr von unseren Tests?«, fragte er.

Ich setzte mich zu ihm und rieb meine Hände aneinander, um das taube Gefühl zu vertreiben. »Was denn für Tests?«

Sam hatte sich gegen die Anrichte gelehnt, die das Esszimmer von der Küche trennte. »Wir haben uns gegenseitig getestet, um herauszufinden, was wir können. Trev war fürs Protokollieren zuständig.«

»Aber … Dad hat eure Zimmer doch alle paar Monate durchsucht. Hätte er eure Protokolle da nicht gefunden?«

Trev grinste. »Mensch, Anna. Du vergisst, mit wem du hier sprichst.«

Ich legte die Stirn in Falten, weil ich nicht verstand, worauf er anspielte. »Du hast dir alles gemerkt?«, fragte ich dann verblüfft. Er nickte. Ich wusste ja, dass Trev gut darin war, Zitate und Gedichte zu behalten, aber Testergebnisse auswendig lernen? Das war um einiges beeindruckender.

»Und, was habt ihr herausgefunden?«

Ein Holzscheit knackte laut im Kamin. Jemand stocherte mit dem Schürhaken im Feuer. Nick. Höchstwahrscheinlich lauschte er.

Sam und Trev tauschten fast unmerklich einen Blick, bevor Trev antwortete. »Sam ist der Stärkste von uns allen. Cas hat die besten motorischen Fähigkeiten und das schlechteste Gedächtnis. Nick hat eine sehr gute Ausdauer, ist aber nicht im Geringsten so schnell wie Sam –«

Der Schürhaken wurde in seine Halterung gepfeffert. Nick hörte definitiv zu. Ich fragte mich, wo Cas steckte. Dann fiel mir wieder ein, dass er in die Garage gegangen war, um dort noch ein wenig herumzuschnüffeln.

»Es scheint so, als hätte ich ein fotografisches Gedächtnis«, fuhr Trev fort. »Insgesamt haben wir alle gute Memofähigkeiten. Wir alle wissen noch, wie man ein Auto fährt, schießt und eine ganze Reihe von Geräten bedient. Manchmal tauchen Bruchstücke von anderen Erinnerungen auf, aber nie etwas Aussagekräftiges.«

Ich beobachtete Sams Reaktion. Er hatte sich doch letztens an etwas erinnert. Das war also nicht das erste Mal gewesen? Abgesehen von der Bemerkung, dass er Wasser mochte, hatte er nie über seine Erinnerungen gesprochen. Keiner von ihnen, um genau zu sein.

»Sam hat die schlimmsten Flashbacks«, fuhr Trev fort. »Deshalb schläft er kaum.«

»Das hast du mir gegenüber nie erwähnt –« Ich setzte mich auf. All die Male, die ich mich nachts ins Labor geschlichen hatte, war Sam immer wach gewesen. »Wieso hast du nie was gesagt?«

Sam zog eine Schulter hoch. »Was hätte ich denn sagen sollen?«

»Wenn du dich an Einzelheiten erinnern kannst, heißt das vielleicht, dass dein Gedächtnis zurückkommt. Ich hätte dir helfen können. Oder mein Vater –«

»Es sei denn, unsere Erinnerungen wurden absichtlich ausgelöscht«, fiel er mir ins Wort und sprach damit erneut seinen Verdacht an. »Dann hätten meine Flashbacks das Projekt gefährdet und die Sektion hätte das Problem beseitigt.«

Und mit Problem meinte er sich selbst.

»An was erinnerst du dich? Was ist so schlimm daran? An was erinnern sich die anderen?«

Nick erschien in der Tür. Alle Jungs hatten Klamotten in den Schränken gefunden und angezogen, was ihnen passte. Während Sam wirklich alles tragen konnte, war Nick das blaue Hemd ein bisschen zu klein. Seine Schultern waren breiter als die von Sam, außerdem war er drei oder vier Zentimeter größer.

Sie tauschten einen vielsagenden Blick. Sam fuhr sich mit der

Hand über die dunklen Bartstoppeln und wandte sich dann ab. »Ich geh laufen.«

Ich sprang auf die Füße. »Ausgerechnet jetzt? Aber –«

»Bin nachher wieder da«, sagte er.

Die Tür fiel hinter ihm ins Schloss und seine Schritte entfernten sich auf der Treppe. Ich fuhr zu Nick herum. »Was sollte das?«

Er knackte mit den Fingern. »Glaubst du wirklich, du hast ein Recht darauf, etwas über meine Erinnerungen zu erfahren? Über meine Vergangenheit? Vergiss es.«

Hinter mir war Trev aufgestanden. »Anna, lass gut sein.«

»Wieso tust du immer so, als wäre ich der Feind? Als könnte man mir nicht trauen?«

Nick machte nur *tse*. Sein Gesicht wurde hart. »Vielleicht, weil man dir nicht trauen kann? Du bist die *Tochter* unseres *Gegners*. Wir hätten dich gar nicht erst mitnehmen dürfen.«

Ich ging auf ihn los, ohne überhaupt eine Ahnung zu haben, was ich als Nächstes tun wollte. Ihn schlagen? Ihm die Augen eindrücken? Beherzt mit den Daumen zudrücken und nicht nachlassen, selbst wenn dir dabei schlecht wird. Das hatte mein Kampflehrer immer gesagt.

Glücklicherweise kam es nicht dazu. Trev hatte sich zwischen uns geworfen. *Hör auf*, stand auf seinem Gesicht. *Du machst dich lächerlich.*

Ich schnaubte resigniert, während Nick seine Finger erneut knacken ließ. Die Luft war zum Schneiden dick. Ich war mir sicher, wenn Trev nicht da gewesen wäre, hätte Nick sich mit mir geprügelt.

Und das wäre ein Kampf geworden, den ich niemals hätte gewinnen können.

15

Am Abend zog ich mich sofort nach dem Essen mit einem Bleistift, den ich in einer der Schubladen aufgestöbert hatte, in eins der oberen Zimmer zurück. Es war nach Osten ausgerichtet und hatte eine breite Fensterbank, die mit einem karierten Sitzkissen versehen war. Mehr brauchte ich nicht.

Dort ließ ich mich nieder und breitete noch eine Wolldecke über meine Beine. Im ersten Stock war es wärmer als im Erdgeschoss, aber direkt am Fenster zog es. Ich schlug eine freie Seite in Moms Tagebuch auf.

Zu Hause in dem alten Farmhaus hatte ich mich oft gefragt, wie es wohl an anderen Orten der Welt aussah und wie es sein würde, sie zu zeichnen. Sich von Fotos im Reisemagazin inspirieren zu lassen, war einfach nicht das Gleiche, wie etwas mit eigenen Augen zu sehen. Jeder Ort hatte seine ganz eigene Energie. Die Landschaft atmete. Die Bäume flüsterten.

Manchmal hatte ich meine Gedanken schweifen lassen und mir überlegt, wie es wäre, eines Tages das kleine Dorf hinter mir zu lassen. Doch solche Gedanken brachen immer abrupt ab und rissen mich zurück in die Realität – zurück zu Sam. Es wäre nicht dasselbe ohne ihn. Wenn ich außerhalb des Farmhauses unterwegs war, spürte ich jedes Mal, dass etwas fehlte. So, als wären auch Teile von mir im Labor eingesperrt, an Sam und die anderen geknüpft.

Jetzt war ich endlich draußen in der weiten Welt und wollte nichts lieber als meine Eindrücke mit dem Stift festhalten. Ich fing damit an, die umwerfend schöne Landschaft von Michigan zu zeichnen, doch nach wenigen Minuten musste ich feststellen, dass meine Hand andere Pläne hatte. Die Zeichnung nahm mehr und mehr die Form meiner Mutter an. Ich hatte nur ein Foto von ihr besessen und selbst das hatte ich aus dem Arbeitszimmer meines Vaters entwenden müssen. Mittlerweile hatte ich das Motiv jedoch in tausend Zeichnungen wiederverwertet.

Auf dem Bild saß sie am Ufer eines Sees, eine Decke unter sich ausgebreitet. Ein dunkelvioletter Schal war um ihren Hals gewunden und ihre Haare waren zu einem Dutt zusammengefasst.

Ich hatte das Foto so oft betrachtet, dass ich selbst das kleinste Detail auswendig konnte. Bis zum Winkel, in dem die Blätter an den Bäumen hingen, und der Neigung der Schatten. Auf einer meiner liebsten Zeichnungen hatte ich das Bild haargenau kopiert und mich neben sie gezeichnet.

Weil wir so überstürzt aufgebrochen waren, hatte ich vergessen, diese Zeichnung einzustecken. Hätte ich doch nur daran gedacht.

Jetzt zeichnete ich meine Mutter, wie sie auf dem Feld hinter dem Farmhaus stand, der Wind spielte mit ihren Haaren und teilte das hohe Gras um sie herum. Sie rannte fort. Fort von mir.

Wieso hat sie mich verlassen?

»Anna?«

Ich zuckte beim Klang von Sams Stimme zusammen. Ich hatte nicht mal gehört, dass er hereingekommen war. Manchmal schaltete das Zeichnen alle meine Sinne aus. Es war, als würde meine Hand von selbst malen.

»Hey.« Ich winkelte meine Beine an und setzte mich darauf. »Was gibt's?«

Während ich gezeichnet hatte, war die Sonne untergegangen und hatte den Wald hinter dem Haus in den verschiedensten Grautönen hinterlassen. Meine Hände waren ganz steif geworden, die Fingerspitzen taub von der Kälte, die sich durchs Fenster stahl.

Sam setzte sich zu mir auf die Fensterbank, den Blick ins Zimmer gerichtet, seine Hände auf die Kante gestützt. Weil er erst mal nichts weiter sagte, versuchte ich zu erraten, wieso er hergekommen war.

»Die ganze Nick-Sache von heute Morgen tut mir leid«, sagte ich. »Ich hätte ihn nicht anschreien sollen –«

»Ich bin nicht hier, um über Nick zu sprechen.«

Ich drückte mit dem Daumen auf den Radiergummi am Ende des Bleistifts. »Nein? Worüber dann?«

»Weißt du, welche Medikamente dein Vater uns gegeben hat? Mit was wir behandelt worden sind? Dosierungen?«

Ich schüttelte den Kopf. »Zu den Informationen hatte ich keinen Zugang. Ich war ja nur für die Tests und Protokolle zuständig. Warum?«

Er seufzte und rieb sich die Augen. »Ach, kein bestimmter Grund. Es hätte mich einfach interessiert.«

Er stand auf und ging. Ich ließ Moms Tagebuch fallen, rannte ihm nach und konnte ihn noch an der Tür einholen. »Sag es mir, Sam. Bitte.«

Ich sah ihn aufmerksam an und bemerkte die dunklen Ringe unter seinen Augen, den leichten Schweißfilm auf seiner Stirn. »Du hast Entzugserscheinungen, oder?« Ich hob meine Hand und redete mir ein, dass ich nur fühlen wollte, ob er Fieber hatte, dabei wusste ich allzu gut, dass ich ihn berühren wollte, jetzt, da die Scheibe endlich weg war.

Er erstarrte. Ich erstarrte.

Nur weil ich ihn jetzt berühren konnte, hieß das ja noch lange nicht, dass es auch richtig war. Ich zog meine Hand zurück.

»Wie geht's den anderen?«, fragte ich.

»Kopfschmerzen. Kurze Flashbacks. Ich vermute, bei ihnen sind sie nicht so extrem wie bei mir. Noch nicht.«

»Woran erinnern sie sich? Sind es Erinnerungen an die Sektion? Oder an die Zeit davor?«

»Nein, nichts dergleichen.«

Ich wollte nachfragen, woran denn dann? Doch Nicks Warnung, dass ich kein Recht darauf hatte, mehr zu erfahren, ließ mich innehalten. Es ging mich nichts an, und wenn mich die Jungs einweihen wollten, würden sie es tun, sobald sie von selbst dazu bereit waren.

Ich stemmte die Hände in die Hüften, während ich laut überlegte. »Dass die Entzugserscheinungen bei dir schlimmer sind, kann eine Reihe von Gründen haben. Vielleicht hast du andere Mittel bekommen oder in höherer Dosierung. Vielleicht wirst du schon länger damit behandelt als die anderen.«

Er nickte. »Mir würde es ja schon helfen, wenn ich wüsste, was die Medikamente bewirken sollten. Ich glaube nicht, dass sie unsere Leistungsfähigkeit steigern sollten, also unsere Stärke, Selbstheilungskräfte oder Sinne. Wir haben jeden Tag unsere eigenen Tests durchgeführt. All unsere besonderen Fähigkeiten hatten wir vom ersten Tag an und sie haben sich nicht verändert.«

Etwas schepperte in der Küche. Einen Moment später rief Cas: »Alles in Ordnung! Nichts passiert!«

»Du meinst also, ihr seid nur einmal genetisch verändert worden. Bevor ihr ins Farmhaus umgesiedelt wurdet«, sagte ich. »Weshalb die weitere Behandlung etwas anderes bewirkt haben muss?«

In der ersten Nacht nach der Flucht aus dem Labor hatte er etwas ganz Ähnliches gesagt: *Wenn du die ultimative Waffe entwickeln willst, sperrst du sie nicht fünf Jahre lang in einen Keller.*

Ein neuerliches Scheppern. Nun brüllte Nick: »Was ist denn da los, verdammt?«

Sam ging an mir vorbei. »Ich sollte mal nach Cas sehen.«

»Sagst du mir Bescheid, wenn du noch etwas entdeckst? Oder wenn sich noch weitere Symptome zeigen?«

»Sicher«, rief er, während er schon die Treppe hinuntereilte.

Ich krabbelte wieder unter die Wolldecke auf dem Fensterbrett und wünschte insgeheim, ich hätte mehr Informationen gesammelt, als das noch möglich war. Hätte ich mehr über die Behandlung gewusst, hätte ich ihm jetzt Antworten bieten können. Ach, hätte ich doch nur jede Akte gelesen, als ich noch Zugang dazu hatte.

Dann würden wir jetzt vielleicht nicht in diesem Schlamassel stecken.

16

In der Nacht weckte mich ein polterndes Geräusch. Sofort saß ich kerzengerade im Bett und entdeckte Sam, der am anderen Ende des Zimmers in einem der Einbauschränke herumkramte. Ich hatte keinen blassen Schimmer, wie spät es war, doch der Dunkelheit nach zu urteilen war es noch mitten in der Nacht.

»Was machst du da?«

Nun zuckte Sam zusammen. Ich hatte ihn erschreckt. Das passierte nicht oft; Sam war immer in Alarmbereitschaft.

»Ich bin aufgewacht und –« Er verstummte, seine Hände ruhten auf einem der Regalböden. »Ich weiß es nicht … Irgendwas …«

Ich ging zu ihm. »Eine Erinnerung?«

»Vielleicht.«

Sam hatte die Decken und Laken aus dem Schrank geholt und auf dem Boden davor gestapelt, daneben befand sich ein Haufen Frauenkleidung. Ich zog ein Oberteil hervor. Das kohlengraue Material fühlte sich an wie Seide. Eine elegante Rüsche zierte den Kragen. Außerdem lagen da eine Jeans und ein paar körperbetonte T-Shirts. Ich hatte mir nicht die Mühe gemacht, einen Blick in den Schrank zu werfen, als ich dieses Zimmer in Beschlag nahm. Ich war einfach davon ausgegangen, dass die Jungs schon alles Interessante gefunden hatten. Aber Frauenkleidung hatte keiner von ihnen erwähnt. Nicht, dass mir irgendwas davon passen würde. Die Sachen waren viel zu klein.

»Von wem sind die?«

Sam warf einen Blick über die Schulter. »Keine Ahnung.«

»Ist das nicht irgendwie merkwürdig? Ich meine –« Ich dachte über alle möglichen Gründe dafür nach, wieso sich in Sams Schrank trendige Frauenkleidung befinden konnte. Vom Stil her passte sie nicht zu meiner Mutter, so viel wusste ich dann doch über sie. Es war die Kleidung einer jungen Frau. Vielleicht in meinem Alter.

Ich legte das Oberteil wieder zurück, mein Herz schwer vor Eifersucht, obwohl ich nicht mal wusste, gegen wen sie sich richtete.

Sams gesamter Oberkörper verschwand im Schrank, er rüttelte an der Rückwand. Ein Paneel löste sich. Verdutzt hielt Sam es in den Händen, wir beide starrten darauf. Er lehnte es an die Wand und tastete weiter. Als Nächstes holte er eine feuerfeste Kiste hervor. Sie ähnelte der Kiste, die er auf dem Friedhof ausgegraben hatte. Sofort ging er zur Treppe.

Cas stieß auf dem Treppenabsatz zu uns. »Was ist los?«

»Sam hat etwas gefunden«, sagte ich.

Nick war bereits von seinem Nachtlager auf dem Sofa aufgesprungen, als ich im Erdgeschoss ankam. Er betrat direkt hinter mir die Küche, weshalb sich meine Nackenhaare aufstellten. Kaum standen wir alle um den Esstisch, hatte Sam auch schon das Schloss aufgebrochen.

»Und? Was ist drin?« Cas zappelte ungeduldig von einem Fuß auf den anderen. »Jetzt sag schon! Die Spannung bringt mich um!«

Sam drehte die Kiste so, dass wir den Inhalt sehen konnten. Sie enthielt verschiedene Dinge, doch das Erste, was mir ins Auge sprang, war eine Menge Geld. Zwanzig- und Fünfzigdollarscheine, zu Bündeln à fünfhundert Dollar zusammengefasst, wie die Papierbanderolen verrieten. Das waren mindestens sechstausend Dollar.

»Alter Falter«, sagte Cas und pfiff durch die Zähne. »Jetzt können wir endlich was zu essen kaufen. Und Unterwäsche.«

Sam leerte nach und nach die Kiste. Zum Vorschein kamen Pässe, Führerscheine. Sie gehörten alle Sam, waren jedoch in verschiedenen Bundesstaaten ausgestellt und mit unterschiedlichen Namen versehen. Ganz unten lag ein Umschlag. Sam nahm ihn heraus, öffnete die Lasche und zog einen Zettel und ein Foto heraus.

Auf dem Zettel standen eine Menge Buchstaben, die aber keine zusammenhängenden Wörter bildeten. Sam legte ihn beiseite und sah sich das Foto genauer an. Die Farben waren über die Jahre verblasst. Ich beugte mich ein wenig vor.

Auf dem Bild waren zwei Menschen zu sehen, die vor einem Birkenwäldchen standen. Das Mädchen war vermutlich in meinem Alter, sein Haar hatte die Farbe von Kastanien. Es fiel ihr in großen Wellen über die Schultern. Sie schmiegte sich an den Jungen, der neben ihr stand, ihr Blick fest auf ihn geheftet.

Der Junge auf dem Foto war Sam.

***

»Mensch, Sammy«, sagte Cas. »Krasse Frisur.« Cas gab das Foto an Trev weiter. Wir waren ins Wohnzimmer umgesiedelt, die einzige Lichtquelle hier war der bernsteinfarbene Feuerschein. Sam hatte uns den Rücken zugewandt, starrte aus dem Fenster.

Ich kuschelte mich in die eine Ecke des Sofas, versuchte, das Mädchen auf dem Foto zu vergessen, und konnte doch an nichts anderes denken. Wer immer sie war, sie hatte Zeit mit

Sam verbracht, hier in diesem Haus. Die Klamotten oben gehörten höchstwahrscheinlich auch ihr. Was hatte sie sonst noch hinterlassen? Tauchte sie in Sams Flashbacks auf?

Neid verankerte sich in meiner Brust, den ich nicht abschütteln konnte. Sie hatte Sam gekannt. Den *echten* Sam.

Schon das Profil von ihr verriet, wie schön sie war. Sommersprossen übersäten ihre Wangen. Neben Sam wirkte sie wie eine schmale Ballerina, die er ohne Probleme in die Luft heben konnte.

Und auf der Aufnahme lächelte Sam. Sam lächelte sonst fast nie.

»Was bedeutet das alles?«, fragte Trev.

Sam hielt den Zettel hoch und schaute prüfend darauf. »Ich vermute, das ist irgendein Geheimcode. Wird eine Weile dauern, den zu entschlüsseln. Und was das Foto angeht … Ich habe keine Ahnung.«

Nick warf nur einen kurzen Blick auf das Bild, ehe er es Trev rüberreichte, der es dann an mich zurückgab. Das Mädchen trug eine Röhrenjeans und hohe, braune Lederstiefel. Ihr lilafarbener Pulli ließ sie noch dünner erscheinen. Sam hatte eine Jeans und ein graues Hemd mit Knöpfen an, aus schwerem Flanell, wie typische Arbeitskleidung. Die »Frisur« war nichts weiter als ein wildes, dunkles Büschel.

Ein alter Traktor stand hinten links im Bild und noch weiter im Hintergrund konnte man schwarz-weiße Kühe beim Grasen auf einer Weide erkennen. Abgesehen von ein paar oberflächlichen Kleinigkeiten wie den Haaren oder dem Bart sah Sam genauso aus wie heute. Er war seitdem nicht viel älter geworden, was nur bedeuten konnte, dass er kurz darauf zu dem Projekt gestoßen sein musste.

Irgendetwas auf dem Foto kam mir wahnsinnig bekannt vor,

aber ich wusste nicht, was. Hätte ich Sams Birkentätowierung nicht so gut gekannt, hätte ich behauptet, sie wäre identisch mit der auf dem Bild, doch die Anordnung der Bäume auf der Fotografie entsprach nicht der Anordnung auf seinem Rücken.

»Dann verbuchen wir diesen Fund als weitere Spur auf unserer schier endlosen Suche«, murmelte Nick, während er ein Holzscheit nachlegte.

»Ich glaube, wir kommen der Lösung näher«, sagte Trev.

Da war ich ganz seiner Meinung. Doch was, wenn uns am Ende das Mädchen erwartete? Würde Sam sich an sie erinnern, wenn er ihr gegenüberstand? Und wenn er in sie verliebt gewesen war, würde er sich dann nicht wieder in sie verlieben?

Ich wedelte mit dem Bild in der Luft. »Hast du irgendeine Ahnung, wer das sein könnte?«

Sam wandte sich vom Fenster ab. »Nein.«

Meine Sorgen lösten sich auf. Vielleicht war das Foto nichts weiter als ein Andenken. Vielleicht waren die beiden gar nicht mehr zusammen gewesen, als Sam zur Sektion gekommen war.

Vielleicht.

Vielleicht aber auch nicht und sie suchte seit Jahren rastlos nach ihm.

17

Obwohl ich befürchtet hatte, mich nicht wieder genug runterschrauben zu können, um noch einmal einzuschlafen, gelang es mir dennoch für ein paar Stündchen. Als ich wieder aufstand, huschte ich schnell ins Bad, bevor ich mich auf den Weg nach unten machte. Ich sehnte mich nach einer Dusche, nach der Möglichkeit, mich mal wieder richtig zu waschen, statt nur mit einem Schwamm abzureiben. Vielleicht konnten wir jetzt Benzin für das Stromaggregat kaufen, schließlich hatten wir endlich wieder Geld. Dann könnte ich sogar mal wieder etwas Richtiges kochen.

Einer der Jungs hatte eine Kerze auf das Waschbecken gestellt. Ich zündete sie an, die Flamme flackerte wild. Ich schaute in mein Spiegelbild, das hinter einer feinen Staubschicht verborgen lag, und zuckte zusammen. Die Haut unter meinen braunen Augen hatte die Farbe von nasser Holzkohle, und die paar Sommersprossen, die sich auf meiner Nase befanden, sahen aus wie Schlammspritzer. In den paar Tagen hatte sich mein Gesicht von okay zum blanken Horror gewandelt. Und das nur, weil ich ohne meine Pflegeprodukte losgezogen war, meine Haut bedankte sich schon jetzt.

Zwar hatte ich das Badezimmer bereits direkt nach unserer Ankunft auf den Kopf gestellt, aber ich suchte noch einmal, vielleicht hatte ich ja doch etwas übersehen. Außerdem würde ich mittlerweile mit allem vorliebnehmen. In der obersten Schublade fand ich eine alte Zahnbürste. Na, vielleicht doch nicht mit allem. In der nächsten Schublade lagen eine Haarbürste und mehrere Zopfgummis. Von denen hatte ich mir schon mal ein paar genommen, doch jetzt... jetzt wusste ich endlich, wieso sie wirklich hier warteten.

Ich durchwühlte den Haufen und fand ganz unten ein Gummi, in dem ein langes Haar hing. Es musste sich mit dem Haargummi verknotet haben, als seine Besitzerin ihren Pferdeschwanz gelöst hatte. Noch ein Beweis dafür, dass hier ein Mädchen gewohnt hatte. Ich warf das Haargummi in den Mülleimer und suchte mir ein anderes.

Ich versuchte, mir eine anständige Frisur zu machen, und gab mir Mühe, dabei nicht an sie zu denken, während ich die geheimnisvolle Haarbürste benutzte. Im Erdgeschoss traf ich auf Sam und Cas, die in der Küche saßen und sich eine Packung Cheerios teilten.

Die Jungs hörten auf zu essen und starrten mich an.

»Was ist?«, fragte ich.

Cas prustete los. »Nichts. Du... Du siehst einfach fürchterlich aus.«

Ich merkte, wie ich rot anlief.

»Wir gehen heute einkaufen«, sagte Sam und reichte Cas die Packung. »Wir holen Benzin für das Stromaggregat und was zum Anziehen, das besser passt. Außerdem möchte ich ein paar Handys haben.«

»Super.« Cas hielt die Packung über seinen Kopf und ließ die Cheerios direkt in den geöffneten Mund rieseln. Mit vollem Mund sprach er weiter. »Ich hätte gern neue Schuhe. Von Nike. Die neonfarbenen. Die habe ich ständig im Fernsehen gesehen und will endlich selbst welche haben.«

»Die werden dich auch nicht cooler machen, falls du darauf hoffst«, sagte ich. Ein kläglicher Versuch, meine Würde wiederherzustellen. Noch dazu ziemlich geschmacklos.

»Ooooh.« Cas verzog das Gesicht in gespielter Betroffenheit. »Wie gemein.«

Ich nahm mir eine Handvoll Cheerios aus der Box, während Sam an mir vorbeirauschte. Ich sah ihm nach.

»Trev?«, rief er. »Sammle die Waffen zusammen und steck sie alle in eine Tasche. Wir fahren gleich los.«

»Wieso nehmen wir die Waffen mit?«, meldete sich Nick aus dem Wohnzimmer.

»Für den Fall, dass wir nicht zurückkommen können.« Sam kam noch einmal in die Küche und schnappte sich seinen Mantel vom Haken. »Wir sollten alles mitnehmen, was wir brauchen, aber ich will trotzdem nicht, dass jeder Einzelne von uns bewaffnet ist.«

Zehn Minuten später waren wir unterwegs, Moms Tagebuch steckte im Seitenfach neben mir. Wir fuhren ungefähr eine Stunde bis zur nächstgrößeren Stadt. Sam parkte vor einer Restaurantkette, die für ihr Buffet bekannt war. Die Idee kam natürlich von Cas, aber ich konnte es auch kaum erwarten. Meine letzte richtige Mahlzeit lag schon so lange zurück, dass ich mich niemals für nur ein Gericht hätte entscheiden können.

Drinnen roch es nach allen Köstlichkeiten. Nach Pizza, Brathähnchen, Schokoladenkuchen. Ich wusste gar nicht, wo ich anfangen sollte.

In den ersten zehn Minuten sprach keiner von uns auch nur ein Wort. Wir hatten uns von abgelaufenem Tütenessen ernährt, es war unbeschreiblich, mal wieder etwas Anständiges zu essen.

Als die Jungs zur zweiten Runde am warmen Buffet aufbrachen, ging ich schnurstracks zum Nachtisch. Mir gingen fast die Augen über, so viel Schokoladenhaltiges wartete dort. Ich schnappte mir einen Brownie und schlenderte zurück an unseren Tisch, der seitlich in einer Nische lag.

Sam hatte auf Nachschlag verzichtet. Statt zu essen, hielt er den Zettel, den er in der brandsicheren Kiste gefunden hatte, in der Hand und starrte darauf.

Als er mich herankommen sah, stand er auf, um mich durchrutschen zu lassen. »Hast du die Nachricht schon entschlüsselt?«, fragte ich.

Die Kellnerin tauchte auf, um das benutzte Geschirr abzuräumen, und er schob ihr seinen leeren Teller hin. Sie war eine kleine Person, ihr zimtbraunes Haar steckte in einem ordentlichen Pferdeschwanz. Sie musterte Sam mit einem abschätzigen und gleichzeitig lüsternen Blick. Ich rutschte näher zu ihm und tat so, als würde auch ich auf den Zettel schauen, mein Brownie wie vergessen vor mir.

Sam bedankte sich bei ihr und schon eilte sie davon. Ich rückte nicht wieder weg, auch wenn das vielleicht besser gewesen wäre. Wir saßen nun näher beieinander als nötig.

Sein Bein stieß gegen meins und sendete einen wohligen Schauer den ganzen Weg hinauf bis zu meinem Kopf. Er roch nach Lagerfeuer und Seife. Ich war ihm so nah und wäre am liebsten noch näher an ihn herangerückt.

»Kartoffelpüree!«, rief Cas und ließ sich auf die Sitzbank gegenüber fallen. »Schmorbraten. Brot. Das Paradies.«

Ich rutschte nun doch ein Stück von Sam weg und fing einen vielsagenden Blick von Trev auf, während der sich neben Cas setzte.

»Und, schon eine Idee, was da steht?«, fragte Trev und teilte das Hühnchen auf seinem Teller in mundgerechte Stückchen.

Sam stürzte den Rest seines Eiswassers hinunter. »Ich versuche gerade herauszufinden, ob das ein Einfacher Caesar ist.«

»Was ist denn ein Einfacher Caesar?«

»Das ist eine Verschlüsselungsmethode«, erklärte Trev. »Julius Caesar hat damit die Nachrichten an seine Generäle verschlüsselt. Dabei wird jeder Buchstabe des Alphabets um drei Buchstaben verrückt. Aus A wird D, B wird zu E und so weiter.«

»Funktioniert das in diesem Fall?«

Sam schüttelte den Kopf.

Cas, dessen Teller schon wieder halb leer war, schaute für den Bruchteil einer Sekunde auf. »Sammy würde niemals etwas so Offensichtliches benutzen.«

»Wir kriegen das schon noch raus«, sagte Trev.

Dann stieß auch Nick endlich mit einem Teller voller Gemüse zu uns. »Wieso müssen wir das überhaupt entschlüsseln? Ich wäre damit zufrieden, einfach in dem Haus zu bleiben.« Sam warf einen Blick zu Nick, der sich daraufhin versteifte. »Was denn?«, sagte er und lehnte sich vor. »Diesen ganzen Mist wieder auszubuddeln wird es nicht besser machen. Und das weißt du.«

Sam erwiderte darauf nichts.

»Meinst du, die Nachricht hängt mit euren Buchstaben zusammen?«, fragte ich, um die Situation ein wenig zu entschärfen.

»Hab ich schon durchgespielt«, sagte Sam kopfschüttelnd, als er und Nick sich endlich genug angefunkelt hatten.

Irgendwann verließen wir das Restaurant und liefen quer über den Parkplatz zu der riesigen Cook Towne Mall. Unser erster Anlaufpunkt war ein Handyladen, wo Sam zwei Telefone mit Prepaidkarten kaufte. Trev bekam eins der Handys, Sam behielt das andere. Dann trennten wir uns. Cas und Trev machten sich auf den Weg zu einem Sportgeschäft, Nick verschwand in einem Buchladen mit Café und murmelte dabei, dass er Koffein dringender brauche als eine neue Hose.

Sam und ich gingen in einen der trendigeren Klamottenläden, der sich zwischen dem Buchladen und einem edlen Kerzengeschäft befand.

»Nach was darf ich mich denn umsehen?«, fragte ich.

Zum ersten Mal, seit er das Labor verlassen hatte, wirkte Sam extrem angespannt. Seine Hände hingen zu losen Fäusten gekrümmt neben seinem Körper, so als wäre er unsicher, was er mit sich anfangen sollte. Sein Blick flog hin und her, er prägte sich die Ausgänge ein, wobei ich mich fragte, ob er einen Angriff oder nur die Anprobe fürchtete.

»Nach allem, was du willst«, sagte er und verschwand hinter einem Kleiderständer mit T-Shirts.

Ich ging zur Jeansabteilung und wühlte mich durch die verschiedenen Größen, bis ich ein paar Schnitte gefunden hatte, die mir gefielen. Dann kam ich an einer Kollektion von Herbströcken und Pulloverkleidern vorbei und blieb vor einem Ständer mit Fleeceschals stehen. Ein Schal in kräftigem Lila hatte meine Aufmerksamkeit auf sich gezogen, weil er mich sofort an das Bild meiner Mutter erinnerte. Sie trug darauf einen Schal, der diesem hier sehr ähnlich war. Ihrer war sicher nicht aus Fleece gewesen, zumindest konnte ich mir das nicht vorstellen, weil er glänzte und in großen Wellen um ihren Hals lag.

Urplötzlich überfiel mich grenzenloses Heimweh. Ich ließ das Material des Schals durch die Finger gleiten und dachte an all die Dinge, die mein früheres Leben ausgemacht hatten. Ich fragte mich, wie viel davon wahr war. Meine Mutter. Mein Vater. Mein Zuhause. Das Labor.

Und wenn am Ende dieser Irrfahrt wirklich meine Mutter wartete, was dann? Ich fürchtete mich vor dem, was dieses Wiedersehen in mir auslösen würde. Ich fürchtete mich vor dem Moment, in dem ich mir eingestehen musste, dass mein Vater mich wirklich angelogen hatte.

Ich schnappte mir ein paar langärmlige Hemden und spontan gleich noch den Schal. Auf dem Weg zur Anprobe traf ich auf Sam. Er hatte seinen Mantel ausgezogen und probierte einen neuen an. Der neue war aus dickem schwarzem Segeltuch gemacht, hatte einen Reißverschluss und zusätzlich eine Knopfleiste. Dieser Mantel passte besser zu ihm als alles andere, was ich bisher an ihm gesehen hatte. Die Grundausstattung im Labor, graue Hose und weißes T-Shirt, war ihm nie gerecht geworden.

»Nimmst du den?«, fragte ich.

Er klappte den Kragen hoch. »Keine Ahnung. Ich habe ja einen Mantel, aber dieser ist viel praktischer. Dick, aber leicht. Lässt sich gut drin laufen.«

»Und er sieht toll aus.«

Sein Blick schoss hoch und traf mich wie ein Blitz. Eine Frage hing unausgesprochen zwischen uns. Was soll das, Anna? Ich war kurz davor, eine Grenze zu übertreten, der ich mich besser nicht einmal genähert hätte. Eine Grenze, die Sam mit Ziegelsteinen und Zement verstärkt und zusätzlich mit »Betreten verboten«-Schildern versehen hatte.

Rückzug!, schrie die Stimme in meinem Kopf. *So schnell wie möglich.*

Ich wuchtete die ausgewählten Klamotten über den Arm. »Ich geh das mal anprobieren«, sagte ich und hastete zu den Umkleidekabinen.

Dort angekommen, hängte ich die Sachen an die Haken an der Wand und richtete mahnende Worte an mein Spiegelbild.

Meine Wangen waren noch rot vor Verlegenheit. *Schluss mit der Flirterei,* sagte ich mir selbst. *Und hör auf, Sam anzuschmachten! Verstanden?*

Ich zog meine Jeans aus und probierte eine von den neuen an. Die Beine der Schlaghose waren viel zu lang, deshalb nahm ich als Nächstes ein Bootcutmodell. Die saß perfekt. Ich überprüfte sie nach Sams Vorgaben. Leicht. Robust. Lässt sich gut drin laufen, falls nötig.

Ich starrte mein Spiegelbild an und fragte mich, wer dieses Mädchen war, das eine Jeans danach beurteilte, wie man sich darin bewegen konnte. Mein Leben hatte sich in wenigen Tagen radikal verändert.

Die Hose behielt ich gleich an, in der Hoffnung, dass die Kassiererin sich mit dem Preisschild begnügen würde. Als ich gerade mein Hemd ausgezogen hatte, hörte ich, wie der Mitarbeiter am Eingang zur Umkleide einen neuen Kunden begrüßte. »Hallo, wie viele Teile … Hey, Sie können nicht –«

»Nehmen Sie das«, sagte Sam. »Wenn hier ein Typ auftaucht, der nach einem Jungen und einem Mädchen fragt, dann haben Sie uns nie gesehen.«

»Hören Sie, ich weiß nicht …«, setzte der Mitarbeiter an.

»Anna?«, rief Sam. »Mach die Tür auf.«

»Was?« Ich trug doch kein Hemd, nur eine Hose und einen verwaschenen grünen BH.

»Anna, sofort.«

Ich ließ ihn herein. Er schloss die Tür hinter sich und schob mich in die hinterste Ecke der Kabine. Er legte einen Finger an meine Lippen und machte: »Psst.«

Mehr als ein Nicken brachte ich nicht zustande, da fiel sein Blick auf meine Brust, die ja nur von einem BH verdeckt wurde. Wild gewordene Schmetterlinge stoben durch meinen Bauch.

Mein Herz schlug laut bis in meinen Kopf und ich fragte mich, ob Sam das Klopfen auch hören konnte. Sein Blick wanderte wieder zu meinem Mund. Sein Finger war fort, nichts trennte uns mehr. Ich schluckte. Mein nächster Atemzug war nicht mehr als ein leichtes Beben.

»Kann ich Ihnen behilflich sein?«, drangen die Worte des Mitarbeiters bis zu uns in die Kabine.

Eine tiefe Stimme, die ich nicht kannte, antwortete: »Ich suche einen jungen Mann und eine junge Frau. So sehen sie aus.«

Sam rückte noch ein Stück näher zu mir, der Geruch des neuen Mantels umfing mich. Sein Atem streifte meinen Halsansatz und jagte mir einen Schauer über den Rücken.

»Warten Sie«, sagte der Mitarbeiter, »ich glaube, die habe ich gesehen.«

»Wo?«

»Hm –« Der Mitarbeiter schien ein wenig mit den Füßen zu scharren. »Hier. So vor ungefähr fünfzehn Minuten.«

»Wenn sie noch einmal hier auftauchen«, sagte der Mann, »melden Sie sich umgehend unter dieser Nummer.«

»Mach ich.«

Schuhe quietschten auf dem polierten Boden, während der Mann sich entfernte. Sam wich von mir zurück und hinterließ eine schmerzhaft kalte Lücke. Ich schnappte mir ein Hemd und streifte es mir über, ich wollte fort von hier, ehe der Agent zurückkam.

»Hallo«, rief der Mitarbeiter durch die Tür, »er ist weg.«

Mit steifen Schultern wich Sam meinen Blicken aus und fragte: »Sind die Sachen in Ordnung?«

Im Spiegel sah ich dabei zu, wie meine Wangen dunkelrot anliefen. Wenn Sam bisher noch nicht gewusst hatte, was ich für ihn empfand, so wusste er es spätestens jetzt. Ich war dumm genug zuzulassen, dass er mich so aus der Fassung brachte. Dumm genug zu hoffen, das wäre gerade noch weitergegangen.

»Was? Ja, in Ordnung.«

»Dann müssen wir jetzt weiter.«

Meine Hände zitterten, während ich meine Schuhe anzog. Sam öffnete die Tür. Davor wartete der Mitarbeiter, die Augen aufgerissen, Schweiß auf der Stirn. »Mensch, das war heftig. Und das hier kann ich nicht annehmen.« Er hielt Sam ein paar Zwanzigdollarscheine hin.

»Behalten Sie es. Und wir nehmen diese Jeans, das T-Shirt und diesen Mantel. Ich schätze, das reicht.« Er reichte ihm einen kleinen Stapel Banknoten.

»Nein, nein. Das ist viel zu viel –«

»Behalten Sie den Rest.«

Sam lugte um die Ecke und suchte das Geschäft ab. Dann nahm er meine Hand, faltete unsere Finger ineinander. »Wir gehen schnell, aber laufen nur, wenn irgendwo einer von ihnen auftaucht. Jetzt auf direktem Weg zum Ausgang dieses Ladens und draußen sofort nach rechts.«

»Alles klar«, sagte ich, während er mich aus unserem Versteck mitzog.

Als wir in der Haupthalle des Einkaufszentrums angelangt waren, wurde mein Mund ganz trocken. Jeder hier konnte ein Sektionsmitarbeiter sein. Jedes Handy sah aus wie der Griff einer Waffe. Ich blinzelte, weil mir allmählich alles vor den Augen verschwamm.

Sam rief Trev an. »Komm zum Food Court. Sie sind hier.« Er legte auf und schob das Handy mit einer schnellen Handbewegung wieder in die Manteltasche.

Wir wurden schnell von der Masse mitgerissen. Je näher wir dem Food Court kamen, desto größer wurde meine Hoffnung, den Agenten entkommen zu sein. Wenn sie nur zu zweit oder dritt waren, hatten wir gute Chancen.

Doch kaum waren wir in die Kinderspielecke abgebogen, ließ mich der Anblick eines bekannten Gesichts wie angewurzelt stehen bleiben. Seine Züge waren hart und er trug einen gebügelten marineblauen Anzug.

»Sam.« Ich hielt ihn zurück.

Der Mann schaute auf und unsere Blicke trafen sich.

Riley hatte uns gefunden.

18

»Halten Sie die beiden auf!«, schrie Riley.

Sein Befehl hatte die gegenteilige Wirkung. Die Menschenmenge teilte sich. Die Leute pressten sich gegen Schaufenster und Wände, als hätten wir eine ansteckende Krankheit. Schreie und Rufe wurden ausgestoßen. Ein weiterer Agent rannte auf uns zu, die Waffe gezückt.

Sam bog nach links ab. Schaulustige standen in der Mitte der Mall und filmten unsere Flucht mit ihren Handys. Die Tür von einem Kerzenladen wurde zugeschlagen. Die Menschenmasse stob auseinander.

Wir rasten in ein Kleidungsgeschäft. Ich blieb an einem der Warentische hängen und rammte ihn um. Trägerhemden flogen durch die Gegend. Das bremste mich aus. Der Agent, ein Mann, den ich nicht kannte, zielte mit seiner Waffe auf mich. Die Zähne zusammengebissen, die Lippen gespitzt, legte er den Finger an den Abzug.

Sams Hand schloss sich um meinen Unterarm und riss mich mit. Wir rannten. Links. Rechts. Um Warentische und Passanten herum, keuchend, kreischend.

Meine Beine wurden taub; einzig das Adrenalin in meinem Blut schien mich noch voranzutreiben.

Sam lotste uns in eins der Hinterzimmer und rammte die Tür zum Notausgang auf. Ein schriller Alarm ging los. Das

Tageslicht blendete mich für einen kurzen Augenblick. Dann erschien ein schmaler Hinterhof vor meinen Augen, in dem Müllcontainer standen und jede Menge kaputte Waren verstreut lagen.

Wir waren gerade Richtung Parkplatz losgerannt, als wir hörten, wie eine Waffe entsichert wurde und Riley uns den Weg abschnitt.

»Ihr habt euch ganz schön Ärger eingehandelt«, schnaufte er atemlos, während einer seiner Agenten hinter uns durch den Notausgang gestürzt kam.

Sam trug zwar eine Waffe unter seiner Jacke, doch hatte noch nicht danach gegriffen. Ich fragte mich, ob er mit dem Gedanken spielte, Riley mit bloßen Händen zu erwürgen.

»Hände hinter den Rücken«, befahl Riley und zielte mit seiner Waffe auf mich, »sonst erschieße ich sie.«

Sam schob mich hinter sich. »Da musst du erst mal an mir vorbei.«

Ich schnappte wie wild nach Luft, bemüht, meine brennende Lunge zu beruhigen und die Anspannung loszuwerden.

»Okay«, sagte Riley und zielte stattdessen auf Sam. Sam warf sich in Rileys Richtung und trat nach seinem Bein, das in einem unnatürlichen Winkel abknickte. Ein lautes Knacken war zu hören. Riley brüllte, während Sam mit einer Hand nach dessen Waffe, mit der anderen nach dem Handgelenk griff.

Gleichzeitig kam der Agent auf mich zu.

Blitzschnell sah ich mich nach etwas um, mit dem ich mich verteidigen konnte. Kartons lagen gefaltet und gestapelt hinter einem der Geschäfte. Plastikkisten türmten sich neben einem der Container auf. Zerbrochene Gartenvasen lagen hinter dem Heimwerkermarkt. Damit würde ich mich zumindest irgendwie wehren können.

Ich rannte los, wurde aber zu schnell, sodass ich auf dem unebenen Beton ins Straucheln kam, als ich wieder abbremste. Ich stürzte und rutschte mit einem Knie über den Boden. Kleine Steinchen bohrten sich durch meine Jeans, dabei griff ich nach einem großen Vasenstück.

Der Agent erwischte mich am Knöchel und riss mich herum. Riley stöhnte voller Schmerz und Wut irgendwo hinter uns. Ich ließ mich auf eine Hand fallen und trat schwungvoll mit meinem freien Bein nach dem Mann, traf ihn seitlich in der Nierengegend. Er krümmte sich. Ich sprang auf, holte aus und schwang das Vasenstück auf seinen Hinterkopf. Die Haut platzte auf und Blut sprudelte aus der Wunde, während der Mann auf den Boden sackte.

Sam verpasste Riley einen Kinnhaken. Der taumelte rückwärts in einen Müllcontainer. Sofort war Sam wieder bei ihm, griff mit der Linken in Rileys Haare und boxte ihn mit der Rechten.

Rileys Körper erschlaffte. Sam zielte mit der Pistole auf ihn.

»Nein! Bitte, tu's nicht!«

Sam sah über die Schulter zu mir. »Anna«, sagte er, mein Name klang wie ein verzweifeltes Seufzen.

»Bitte.«

»Wieso nicht?«

»Keine Ahnung.« Ich kannte Riley persönlich, und obwohl er ja offensichtlich dazu bereit war, *meinem* Leben ein Ende zu setzen, war ich mir nicht so sicher, dass ich diesen Weg wirklich einschlagen wollte. »Bitte«, wiederholte ich, »tu's nicht.«

Sam ließ die Waffe sinken. »Durchsuch ihn.« Er nickte zu dem Mann hinter mir. »Ausweis. Schlüssel. Waffen.«

Ich durchwühlte seine Taschen und beobachtete dabei, wie sich sein Brustkorb hob und senkte. Ich fand ein Portemonnaie, ein paar Kabelbinder und ein Schlüsselbund. All das reichte ich

Sam. Er warf alles, zusammen mit den Sachen, die er Riley abgenommen hatte, in einen der Müllcontainer.

Wir verließen die Gasse und im Laufen rief Sam die anderen an. »Bei euch alles klar? Wir mussten den Rückzug antreten.« Er machte eine Pause. »Kommt zum Wagen.«

An mich gerichtet, fragte er: »Alles in Ordnung? Kannst du laufen?«

Ich nickte, obwohl Laufen das Letzte war, was ich tun wollte. Ich war nicht so cool und abgebrüht wie Sam. Ich konnte nicht gegen Menschen kämpfen, gegen Menschen, die ich kannte, denen ich vertraut hatte, und dann einfach weitermachen, als wäre nichts passiert. Riley hatte seine Waffe auf mich gerichtet. Hätte Connor das auch getan? Und Dad? Was hätte er gemacht, wenn er hier gewesen wäre?

»Alles in Ordnung«, sagte ich dennoch. Ich wollte Sam beweisen, dass ich neben ihm bestehen konnte, selbst wenn die Lage ernst war. Also liefen wir weiter.

Auf der Höhe des Buchladens bemerkten wir einen grauen Wagen, der mit quietschenden Reifen auf den Parkplatz bog. Gummi rieb sich am Asphalt ab und schon steuerte das Auto auf uns zu.

»Ist das –«

»Lauf!« Sam schob mich Richtung Jeep.

Die graue Limousine wich nach links aus und sauste über den Parkplatz, parallel zu uns. Die anderen Jungs stürzten aus dem Sportgeschäft rechts von mir. Sie stürmten zu uns, schnell war Cas vor, Trev neben und Nick hinter mir. Ich versuchte, gezielt zu atmen, weil sich meine Lunge schon verkrampfte.

Gerade als wir einen weiteren Parkstreifen kreuzten, bog der graue Wagen in diesen ein. Unser Jeep war noch drei Reihen entfernt. Das würden wir nie schaffen.

Hinter uns quietschten Bremsen. Ich wollte mich umdrehen, doch Nick drängte mich weiter. Schritte näherten sich uns. Cas war als Erster beim Jeep. Sam warf ihm den Schlüssel zu, den Cas aus der Luft fing, bevor er hinters Steuer rutschte. Trev riss eine der hinteren Türen auf, Nick steuerte den Beifahrersitz an.

»Schnappt euch zuerst das Mädchen!«, brüllte jemand.

Mein Hals zog sich zusammen. Die Schritte kamen immer näher. Sam rannte um den Wagen herum, ich kletterte hinein, Trev folgte mir. Da griff auch schon eine Hand nach mir. Ich kreischte, weil einer der Agenten mich an den Haaren gepackt hatte und versuchte, mich daran aus dem Jeep zu zerren. Sam legte mir einen Arm um die Taille.

»Fahr los!«, schrie Nick.

Cas riss den Hebel auf D.

Es fühlte sich an, als würde meine Kopfhaut in Flammen stehen.

Trev schnappte sich die Tasche mit den Pistolen aus dem Fußraum und rammte sie gegen den Agenten. Als die Tasche ihn traf, verlor er den Halt und ließ meine Haare los, stolperte rückwärts. Cas trat aufs Gaspedal und sofort schossen wir davon. Trev gelang es noch, die Tür zu schließen.

»Du Idiot!«, schrie Nick. »Jetzt haben wir keine Waffen mehr!«

»Die hatten Anna!«, schrie Trev zurück. »Was anderes war nicht da.«

Ich versuchte, die Diskussion auszublenden, und Sam zog mich nah zu sich. Die Angst überlagerte meine Schmerzen im Knie und am Kopf.

Nur fünf Minuten zuvor hatte Sam mich gefragt, ob mit mir alles in Ordnung war. Da wäre die ehrliche Antwort eigentlich Nein gewesen. Doch nun waren wir nur knapp den Agenten

entwischt, was sich in diesem neuen Leben wie ein Erfolg anfühlte.

War ich in Ordnung? Nun, es ging mir so gut, wie es unter diesen Umständen möglich war. Und gerade war ich Sam so nah, dass ich spürte, wie sich sein Brustkorb hob und senkte. Gerade fühlte ich mich sicher. Und wie unendlich dankbar und erleichtert ich war, hier bei ihm und nicht bei Connors Männern auf dem Parkplatz zu sein. Sie gehörten nicht zu den Guten, wie Dad mir hatte weismachen wollen. Connor, Riley, die Sektion. Wieso war ich so dumm gewesen, ihnen zu trauen?

»Danke«, murmelte ich in Sams und Trevs Richtung, das Wort klang dumpf und klein.

»Wir hätten dich niemals zurückgelassen«, sagte Sam.

Und ich glaubte ihm.

19

Während der gesamten Stunde, die wir bis zum Haus brauchten, rückte Sam kein Stück von mir ab. Ich lehnte mich an ihn, kuschelte mich unter seinen Arm. Ich betrachtete seine rechte Hand, die auf seinem Bein ruhte, die Krümmung seiner langen Finger, seine eckigen Knöchel und fragte mich, wie es wohl wäre, seine Hand zu halten. Ich wollte, dass er mich in der Welt verankerte. Ich fühlte mich von allem losgelöst.

Die Worte *Passiert das hier gerade wirklich?* schwirrten in Endlosschleife durch meinen Kopf.

Zu Hause hatte ich ein sicheres Leben gehabt, in dem Sams Rolle klar definiert gewesen war. Und auch wenn ich ihn jeden Tag angeschmachtet und mir nichts sehnlicher gewünscht hatte als seine Aufmerksamkeit und Zuneigung, war mir doch bewusst gewesen, dass diese Glaswand uns immer trennen würde.

Und nun saß ich hier, gegen ihn gepresst, und wusste nicht mehr, wie ich den Sam der Vergangenheit und den Sam der Gegenwart miteinander in Einklang bringen sollte. Es war natürlich ein und dieselbe Person, aber den Sam von damals zu mögen, war eine sichere Angelegenheit gewesen. Den Sam von heute nicht.

Er konnte aus einer verschlossenen Zelle mit nichts weiter als Strohhalmen und Klebeband fliehen. Er hatte direkt vor meinen Augen Menschen getötet. Wie konnte ich denn für so

jemanden etwas empfinden? Und was sagte es über mich aus, dass es so war?

Cas parkte den Wagen vor der Garage. Sam öffnete die Tür und stieg aus. Sofort fehlte er mir. Nick folgte ihm dicht auf den Fersen.

»Was haben die vor?«, fragte ich.

Cas trommelte mit den Fingern auf das Lenkrad. »Überprüfen, ob die Luft rein ist.«

Stimmt, daran hatte ich ja gar nicht gedacht. Wenn Riley uns im Einkaufszentrum aufgespürt hatte, wie lange würde es dauern, bis er auch das Haus fand?

Ich beobachtete, wie Sam rechts von der Zufahrt im Wald verschwand. Im einen Augenblick war er noch zwischen den Bäumen zu erkennen, im nächsten war er fort. Ich hielt den Atem an, gefühlt die ganze Zeit. Als wenig später Trevs Handy zu klingeln begann, schreckte ich hoch.

»Alles sauber?«, fragte Trev. »Verstanden.« Er schob das Handy wieder in die Tasche. »Wir sind in Sicherheit.«

Ich atmete erleichtert auf.

Dank Nick prasselte schon ein Feuer im Kamin, als wir ins Haus kamen. Ich kroch auf einen der Sessel, zog die Beine unter mich. Die Wärme tat gut, obwohl mein aufgeschürftes Knie dadurch nur noch mehr brannte. Die Schürfwunde war nicht tief, aber trotzdem lästig. Außerdem war meine nagelneue Hose schon kaputt.

»Sprechen wir über die Pistolen«, sagte Nick, sobald alle im Wohnzimmer waren.

Sofort herrschte Grabesstille. Ich hatte das starke Bedürfnis, mich in die hinterste Ecke zurückzuziehen. Schließlich lag es mit an mir, dass die Waffen verloren gegangen waren.

Sam lehnte mit einer Schulter an der Wand zwischen den

Fenstern, den Blick auf den Boden gerichtet. »Unbewaffnet können wir unmöglich weitermachen. Ich weiß, dass du Anna nur beschützen wolltest«, sagte er an Trev gerichtet, »aber dadurch können wir uns jetzt nicht mehr verteidigen.«

Trev kratzte sich am Hinterkopf. »Es tut mir leid. Aber die Tasche war das Erste und Einzige, das mir in den Sinn kam.«

Nick stand auf, streckte sich zu seiner vollen Körpergröße von 1,85 Metern. »Und auf die Idee, die Tasche aufzumachen und eine der Waffen zu benutzen, bist du nicht gekommen?«

»Hey, ist gut jetzt.« Cas stellte sich mit ausgestreckten Armen zwischen die beiden, als wollte er Nick bremsen, obwohl er sicher zehn Zentimeter kleiner war. »Wir können uns schließlich neue Waffen besorgen, nicht wahr, Sammy?«

Alle wandten sich Sam zu, der die Schultern hängen ließ. »Ja, natürlich. Aber die sind nicht im Budget vorgesehen. Noch dazu erregen wir nur unnötig Aufmerksamkeit, wenn wir rumrennen und uns nach Waffen erkundigen.«

»Es gibt ein Budget?«, fragte ich. Die Jungs ignorierten mich.

Cas richtete seine nächste Frage an Sam. »Wie viel Schuss hast du noch?«

Sam war der Einzige, der noch eine Waffe besaß. Er fischte sie unter seinem neuen Mantel hervor und löste das Magazin heraus. »Genau zehn.«

»Damit kommen wir nicht weit«, stellte Nick fest. Ein paar vereinzelte Locken lugten hinter seinen Ohren hervor. Es war echt ungerecht, dass er immer noch so gut aussah, obwohl er auch schon ewig nicht mehr geduscht hatte. Er hatte einfach die perfekten Haare, gewellt, fast lockig, die selbst ungewaschen vorzeigbar waren. Insgeheim fragte ich mich, ob der Verzicht auf sein spezielles Bioshampoo ihm nicht zu schaffen machte. Ein bisschen wünschte ich mir, dass es so war.

Trev fuhr sich mit den Händen übers Gesicht. »Das mit den Pistolen tut mir sehr leid, aber die sind doch eh nichts als eine Belastung. Wir kommen auch ohne klar.«

»Du bist doch ein Vollidiot.« Nick stützte sich mit einer Hand auf das Kaminsims. »Wir können ohne Waffe keinen Schritt wagen. Keinen einzigen.«

»Und was jetzt?«, fragte Cas.

Sam drückte sich von der Wand ab. »Jetzt machen wir uns auf die Suche nach was zum Schießen.«

***

Wir fuhren auf Nebenstraßen in eine heruntergekommenere Gegend von Whittier, damit wir Riley oder Connor nicht in die Finger gerieten. Es war gewagt, in der Nähe der Stadt zu bleiben, in der sie uns gefunden hatten. Früher oder später würden wir weiterziehen müssen, und der Gedanke gefiel mir gar nicht. Ich mochte Sams Haus.

Sam parkte vor einem verlassenen Blumenladen und stieg aus. Alle außer mir folgten ihm. Sie sammelten sich vor der Motorhaube, die Stimmen gesenkt. Ein paar Minuten später stoben sie auseinander und Sam kam zu mir auf die Beifahrerseite. Ich öffnete die Tür.

»Also, wohin gehen wir?«

»Wir gehen nirgendwohin. Du bleibst bei Cas.«

Cas legte den Kopf schief und sah mich unschuldig an. »Die anderen haben entschieden, dass du bei mir bleiben musst. Als mein Babysitter. Tut mir leid.«

Ich schnaufte, weil ich wusste, dass es natürlich andersrum war. Aber er war mir immer noch lieber als Nick.

Nachdem die anderen in eine Richtung aufgebrochen waren, aus der dröhnende Rockmusik schallte, wandte Cas sich mir zu.

»Du hast sechzig lange Minuten mit mir. Was hältst du davon, wenn wir die Zeit nutzen, um uns ein bisschen besser kennenzulernen?«

Ich verzog den Mund. »Sehr witzig.«

»Schon gut, schon gut.« Er lachte, was mich an so viele schöne Stunden im Labor erinnerte. Wie oft hatte er mich damals aufgezogen. Er war eine ziemliche Nervensäge, aber gleichzeitig so erfrischend unbeschwert.

»Um ehrlich zu sein, habe ich wahnsinnigen Kohldampf.«

Er kramte in seiner Hosentasche. »Ich habe … sieben Dollar. Wollen wir mal schauen, ob wir hier in der Nähe was finden?«

»Gerne.«

»Auf geht's.«

Wir spazierten los und stießen nur ein paar Blocks weiter auf eine Tankstelle. Das Summen der Neonröhren hatte eine sonderbar beruhigende Wirkung, so als wäre ich aus einer fremden Welt in eine getreten, die mir sehr bekannt war. Wir schnappten uns jeder eine Cola und entschieden, uns ein Eiersalatsandwich zu teilen.

Zwei Blocks weiter befand sich ein kleiner Hafen an einem großen See, der sich in der Dunkelheit verlor. Da ja schon Mitte Oktober war, lagen die meisten Anleger verlassen vor uns, dennoch leuchtete grünes Licht am Ende eines jeden Stegs

»Wenn ich was gegessen habe, geht es mir immer besser«, sagte ich und leckte den letzten Rest Ei von meinem Finger. »Danke, Cas.«

»Keine Ursache. Ich weiß ja, wie unser Sammy tickt. Der nimmt sich nie Zeit für die schönen Dinge des Lebens. Aber keine Sorge – ich halt dir den Rücken frei.«

Ich lächelte. »Wie war Sam denn, als ihr noch im Labor wart? Ich meine, wie ist der echte Sam?«

Cas steckte sich den letzten Bissen in den Mund und sprang von der Bank. »Sammy ist irgendwie schwer zu fassen.« Er schlenderte zu einem Ahorn, der zwischen den Bänken stand. Er kletterte hinauf, während er fortfuhr. »Ich sag es mal so: Er hat die Intensität eines Rottweilers und die Sturheit eines Esels.« Er grunzte, dann hatte er sich bis zur Mitte des Baums vorgekämpft. »Erwartet von jedem, genau das zu tun, was er sagt, wenn er es sagt. Außer –« Er verstummte. Sein Schweigen machte mich neugieriger, als seine Worte es vermocht hatten.

Ich stellte mich an den Fuß des Baums. »Außer was?«

»Äh –« Cas stützte sich in eine Astgabel und sah zu mir hinunter. »Versuchst du gerade, mir etwas Klatsch und Tratsch zu entlocken? Irgendwie wirkt das so auf mich.«

Mir wurde warm. »Was? Nein!«

»Ach, komm schon. Du bist in ihn verliebt, oder?«

Ich konnte in der Dunkelheit sein Gesicht kaum erkennen, aber sein verschmitztes Grinsen hörte ich trotzdem in seinen Worten.

Wenn Cas über meine Gefühle für Sam Bescheid wusste, kannte Sam sie dann auch? Natürlich. Ich machte ja nicht gerade ein Geheimnis daraus. Aber es aus dem Mund von jemand anderem zu hören, änderte alles. Mir war plötzlich schlecht.

Ich versteckte mein Gesicht in den Händen. »Oh, mein Gott.«

Zwischen den Ästen raschelte es. Cas landete neben mir und klopfte mir auf den Kopf. »Schon gut. Und jetzt gestehst du bitte, dass du auch in mich verliebt bist. Dann ist das auch endlich raus und wir können wieder zur Tagesordnung übergehen.«

Ich schlug nach ihm, aber er wich mir aus. »Damit machst du es nicht besser.«

»Das versuch ich doch gar nicht. Fakt eins: Sam ist ein Großkotz. Fakt zwei: Ich bin ziemlich normal. Fakt drei: Obwohl

ich normal bin und definitiv auf Frauen stehe, lieb ich den Kerl irgendwie. Ich kann dich also gut verstehen.«

Ein Lächeln deutete sich auf meinen Lippen an. »Okay. Vielleicht macht es das ein bisschen besser.«

Er nahm mich in den Schwitzkasten und zerwuschelte mir die Haare. »Du bist so süß, wenn du dich ärgerst.« Erst als ich kreischte, ließ er mich los.

»Mein Gott. Du bist so nervtötend!«, rief ich, von einem Lachanfall geschüttelt.

»Aber charmant.« Wir gingen nebeneinanderher. »Ich möchte dir hiermit mitteilen, falls du jemals jemanden zum Rummachen brauchst, stehe ich dir immer dienstags abends zur Verfügung.«

»Nur dienstags?«

»Unter Umständen auch donnerstags.«

»Aha, gut zu wissen«, sagte ich mit einer gesunden Portion Sarkasmus. »Ich melde mich dann gegebenenfalls bei dir.«

»Komm.« Er schlug den Rückweg zum Jeep ein. »Wir sollten wieder zurückgehen.«

Beim Überqueren der Straße fragte ich: »Eins noch.«

»Ja?«

Alles in mir krampfte sich bei dem Gedanken zusammen, Cas wirklich diese Frage zu stellen, aber ich konnte nicht anders. Er kannte Sam besser als Nick oder Trev. Sie waren sich näher. Wenn also jemand die Antwort auf meine Frage wusste, dann Cas.

»Weißt du … äh … ob Sam –« Die Worte wollten mir einfach nicht über die Lippen.

»Ob er dich auch mag?«, beendete Cas die Frage.

Ich erschauderte ein bisschen, weil das so beschämend war.

Im Schein der Straßenlaterne wurde Cas' Gesicht ausdrucks-

los. Er legte den Kopf schief. »Willst du das wirklich wissen? Ausgerechnet jetzt?«

Wollte ich? Wenn das hier vorbei war, würde ich ja doch nicht bei Sam bleiben können. Er würde ein neues Leben anfangen, irgendwo, und ich würde zu meinem alten zurückkehren. Wir würden nie so zusammen sein, wie ich mir das wünschte. Und das machte mich fertig.

»Ich sag es mal mit den Worten des unfehlbaren Magic 8 Balls«, fuhr Cas fort, der Wind blies ihm die Haare flach gegen die Stirn. »›Ask again later.‹«

Aber das würde ich nicht tun. Ich konnte nicht. Wenn Sam wirklich nichts für mich empfand, wollte ich das lieber gar nicht wissen.

20

»Ich habe einen Namen«, sagte Nick, als wir wieder alle beim Jeep zusammengekommen waren. »Und eine Adresse.«

»Wo?« Selbst in dem Dämmerlicht war zu erkennen, wie unruhig Sam war. So als wären wir für seine Begriffe schon viel zu lange am gleichen Ort.

Nick schob die Hände in die Taschen seiner schwarzen Fleecejacke, die er sich im Einkaufszentrum entweder gekauft oder geklaut hatte. Eine Kleidungswahl, die mich überraschte. Aber auf der anderen Seite legte er keinen großen Wert auf das, was er trug, solang es zweckmäßig war. Er hatte bei ein paar speziellen Dingen sehr konkrete Vorstellungen, aber Kleidung gehörte ganz offensichtlich nicht dazu.

»Circa sechzehn Kilometer östlich von hier, eine unbefestigte Straße: 2757 Ax Lane«, sagte Nick.

Cas schnaufte. »Klingt ja einladend.«

Sam bewegte sich, das Licht der Straßenlaterne betonte seine Konturen. »Wie heißt der Kontaktmann?«

»Tommy. Mehr weiß ich nicht. Keinen Nachnamen.«

»Tommy klingt für meine Ohren nach einem passenden Namen für einen illegalen Waffenhändler«, sagte Trev.

»Absolut.« Cas nickte.

Meine Zähne klapperten, als wir uns wieder in den Jeep setzten. Nachdem Sam den Wagen gestartet hatte, hielt ich meine

Hände vor die Lüftung und wünschte insgeheim, ich hätte im Einkaufszentrum ein paar Handschuhe erstanden. Und den Schal hätte ich auch gern gehabt. Irgendwie hätte ich mich meiner Mutter dadurch näher gefühlt.

Aber vielleicht war dazu ja gar kein Schal nötig. Vielleicht kam ich auch auf anderem Wege zu ihr.

Ich nahm ihr Tagebuch aus dem Seitenfach und schlug ihr Rezept für Kartoffelpüree mit Knoblauch auf. Mit rotem Stift hatte sie ein Herz oben auf die Seite gemalt und eine kleine Notiz daruntergekritzelt. *Arthurs Leibgericht*, stand dort. Mittlerweile betrachtete ich jeden Eintrag mit neuen Augen und suchte nach versteckten Hinweisen.

Ich wollte Antworten finden. Wieso sie gegangen war. Ob sie noch an mich dachte.

Wenn sie überhaupt noch lebt, mahnte ich mich selbst.

Wie immer fuhr Sam, aber Nick behielt die Route im Blick. Der Jeep holperte, als wir vom Highway kommend in die Ax Lane einbogen und der Asphalt abrupt in Schotter überging. Ein entgegenkommender LKW schleuderte im Vorbeifahren Steinchen gegen die Fahrertür.

»Verdammte Hinterwäldler«, entfuhr es Nick von der Rückbank.

»So was behältst du besser für dich, wenn wir da sind«, sagte Sam und brachte Nick damit zum Verstummen.

Hinter Nummer 2757 verbarg sich ein Wohnwagen, die weiße Außenverkleidung stand an einigen Stellen ab wie geöffnete Fensterläden. Mehrere Autos und Trucks parkten davor. Auf dem hinteren Teil des Geländes befand sich eine Garage, die doppelt so groß wie der Wohnwagen war und fast das gesamte Grundstück einnahm. Rauch kam durch den Schornstein, der aus dem Dach ragte.

Sam parkte neben einem schwarzen Truck.

»Gehen wir alle rein?«, fragte Trev mit einem Seitenblick zu mir. Auch wenn er es gut meinte, ich würde sicher nicht einfach im Wagen bleiben. Nicht mitten im Nirgendwo.

»Wir wissen nicht, womit wir es hier zu tun haben«, sagte Sam, »daher halte ich es für besser, wenn wir zusammenbleiben.«

Der Wohnwagen lag in völliger Dunkelheit, doch aus der Garage dröhnte Musik, weshalb wir sofort Letztere ansteuerten. Sam klopfte an die Metalltür. Ich zählte die Sekunden, die es dauerte, bis jemand öffnete, und hoffte dabei, dass die laute Rockmusik das Klopfen vielleicht einfach übertönt hatte. Ich wurde unruhig.

Sam wollte gerade ein weiteres Mal klopfen, als sich die Tür öffnete. Ein Endvierziger sah uns prüfend an, ein zotteliger, grauer Pferdeschwanz hing ihm über die Schulter. Seine blutunterlaufenen Augen verweilten viel zu lange auf mir. Früher hätte mich so ein Blick total nervös gemacht, jetzt machte er mich nur wütend. Ich nahm eine sehr aufrechte Haltung ein und schob das Kinn hoch.

Du musst selbstbewusst wirken. Das hatte mein Kampflehrer immer gesagt. *Die Starken machen immer Jagd auf die Schwachen.*

»Ja?«, rotzte der Typ. »Was wollt ihr?«

»Bist du Tommy?«, fragte Sam.

Die Augenbrauen des Mannes zogen sich misstrauisch zusammen. »Vielleicht. Wieso?«

»Wir brauchen Waffen.«

Er lachte. »Pass mal auf, mein Junge. Hier gibt's keine Waffen. Jetzt lauf schnell nach Haus zu Mami.« Der Mann, offenbar wirklich Tommy, wollte die Tür schließen, doch Sam stellte seinen Fuß in den Rahmen.

Ich machte mich auf eine Schlägerei gefasst.

»Was soll der Scheiß –«

»Siehst du den Jeep da?«, fragte Sam.

Tommy reckte den Hals. »Ja, wieso?«

»Der ist geklaut.« Sam zog das Handy aus der Brusttasche seines Mantels. »Und weißt du was? Ich glaube, du bist ein illegaler Waffenhändler. Noch dazu verkaufst du Drogen. Ich rieche hier doch Gras, oder?« Sam schnupperte demonstrativ. »Wenn ich der Polizei melde, dass hier ein gestohlenes Fahrzeug steht, was werden die wohl noch so bei euch finden?«

Tommy stieß mit dem Finger nach Sam. »Jetzt hör mal zu, du kleiner Mistkerl –«

»Wir brauchen nur ein paar Pistolen.«

So wie der Wohnwagen aussah, konnte Tommy sicher Geld brauchen. Und ganz sicher wollte er nicht, dass hier Polizisten rumschnüffelten. Er öffnete die Tür ein wenig weiter. »Hast du Bargeld dabei?«

Sam zog ein ganzes Bündel aus seiner Tasche und hielt es hoch.

Tommy schnaubte. »Na los, aber kommt bloß nicht auf dumme Gedanken.«

Also betraten wir nacheinander die Doppelgarage. Darin waren zehn Leute, Tommy eingerechnet. Ein paar Kerle standen um einen Computer und schauten sich Videos im Internet an. Eine kleine Gruppe pokerte an einem Klapptisch. Zwei davon waren Frauen, vielleicht Mitte dreißig. Die linke von ihnen saß so weit nach vorn gebeugt, dass man ihr noch tiefer in den sowieso schon extremen Ausschnitt sehen konnte. Die andere schleuderte ihre gelockten, braunen Haare über die Schulter, ein paar Strähnen verfingen sich in der großen Creole, die ihr Ohr zierte.

Sie musterten die Jungs – *meine Jungs* – ganz genau. Dann richteten sie ihre Aufmerksamkeit auf mich.

»Tommy!«, schrie einer der Typen vor dem Computer. »Beeil dich, das musst du dir ansehen.«

»Später«, antwortete Tommy.

Der Typ drehte sich um. »Oh«, sagte er, als er uns alle sah. »Ich wusste nicht, dass wir Gesellschaft haben. Brauchst du mich?«

»Ja, schwing deinen Hintern her.«

Tommys Kumpel stieß zu uns, während wir auf eine Tür am anderen Ende der Garage zusteuerten. Sein Blick blieb an mir hängen. »Und wie heißt du?«

»Anna.«

»Ich bin Pitch. Eine große Freude, dich kennenzulernen.«

Pitch war sicher zehn Jahre jünger als Tommy, hatte die gleiche lange, dünne Nase und das gleiche vorstehende Kinn, doch seine Haarfarbe lag irgendwo zwischen Braun und Rot, die Haare kurz und unordentlich geschnitten.

Unter anderen Umständen hätte man Pitch vielleicht sogar hübsch finden können, doch in dieser Garage wirkte er einfach nur so schäbig, dass sich in mir alles zusammenzog. Sams Anweisung noch im Ohr, hielt ich mich dicht bei ihm und tat so, als fühlte ich mich von Pitch geschmeichelt, um kein böses Blut aufkommen zu lassen.

Tommy schloss die Tür mit einem Schlüsselbund auf, das an seiner Gürtellasche befestigt war, und schaltete das Licht an. Das Zimmer wirkte auf den ersten Blick wie eine Bücherei. Das war so unerwartet und deplatziert, dass es sich nur um eine Tarnung handeln konnte. Drei Regale zierten die Wände, in denen sich hauptsächlich Handbücher für Autos befanden.

Tommy schob ein Handbuch über Ford Mustangs beiseite und brachte so ein silbernes Schloss zum Vorschein, das in die

Rückwand des Regals eingelassen worden war. Er nahm dasselbe Schlüsselbund zur Hand, entriegelte das Schloss und zog das Regal vor.

Dahinter hing eine beeindruckende Sammlung verschiedener Waffen an kleinen Haken an der Wand. Handfeuerwaffen, Jagdgewehre, Messer, Schlagringe.

»Womit kann ich euch Jungs eine Freude machen?«, fragte Tommy und machte eine Bewegung wie ein Straßenhändler, der seinen Mantel öffnet, um die Uhren zu präsentieren, die er mit Sicherheitsnadeln dort befestigt hatte.

»Browning Hi-Power«, sagte Sam.

Tommy nahm eine glatte, schwarze Pistole von zwei Haken und reichte sie Sam. »Was hältst du davon?«

Sam deutete auf einen kleinen Klapptisch, der an der hinteren Wand stand. »Darf ich?«

Tommy zuckte mit den Schultern. »Nur zu.«

Sam löste das Magazin heraus und legte es auf den Tisch. Als Nächstes zog er den Schlitten zurück und sicherte ihn, schaute, ob noch Munition im Lauf war. Er ruckelte an etwas und ein Teil fiel heraus.

Obwohl er ja erwähnt hatte, dass er sich an die Handhabung von Waffen erinnerte, verblüffte es mich dennoch, ihm dabei zuzusehen, wie er diese Pistole zerlegte, als könnte er das im Schlaf.

Er zog eine Feder heraus, dann den Lauf und betrachtete die Einzelteile mit der Aufmerksamkeit von jemandem, der weiß, was er tut.

»Die ist schon lange nicht mehr gereinigt worden«, stellte Sam fest.

Tommy schnaufte erneut. »Sehe ich etwa aus wie die olle Martha Stewart?«

»Jeder Waffenbesitzer weiß, dass regelmäßiges Reinigen die Treffgenauigkeit der Waffe erhält und ihre Lebensdauer verlängert.«

Pitch meldete sich zu Wort. »Schätzchen, willst du sie oder nicht?«

Die Jungs und ich rückten näher zu Sam. »Wie viel?«

»Neunhundert.«

Sam baute die Pistole wieder zusammen und feuerte einen Trockenschuss ab, zielte dabei aber auf den Boden. »Für eintausend bekomme ich eine fabrikneue.«

»Dann kauf dir eine fabrikneue.« Tommy zog seine Hose hoch. »Aber irgendetwas sagt mir, dass du die Waffe heute noch brauchst oder dass bei der Prüfung deines Strafregisters was auffliegt. Aus welchem Grund auch immer, jedenfalls bekommst du keine fabrikneue, stimmt's?«

»Vierhundert«, sagte Sam, ohne auf die Stichelei einzugehen.

»Sieben«, hielt Tommy dagegen.

»Fünf pro Browning. Ich nehme vier.«

»Ich habe keine vier Brownings, aber ich kann dir ein paar ähnliche anbieten. Für zwei, zwei. Deal?«

Zweitausendzweihundert Dollar für Pistolen?

»Inklusive Munition?«, fragte Sam.

Tommy zuckte mit den Schultern. »Na schön.«

»Deal.« Sam reichte ihm das Geld.

Pitch suchte drei weitere Waffen heraus und mehrere Schachteln mit Munition. Er reichte jeweils eine Pistole an Trev, Cas und Nick weiter.

»Es war mir ein Vergnügen, Geschäfte mit euch zu machen, Jungs«, sagte Tommy.

Ich atmete erleichtert auf, als das Regal wieder an seinem Platz stand und die Pistolen verstaut waren. Ich wollte nur noch weg.

Irgendwie war mir hier nicht wohl, ein ungutes Gefühl kroch mir wie eine feingliedrige Spinne den Rücken hinauf.

Wir gingen an Tommy vorbei, wobei Cas unsere kleine Truppe anführte. Ich hielt mich hinten, in Sams Nähe, doch durch die Tür mussten wir einzeln. In diesem Moment holte Pitch mich ein und legte mir seinen Arm um die Schultern.

»Na, Anna … Wohnt ihr hier irgendwo in der Nähe? Gibst du mir deine Telefonnummer?«

Ich fuhr wegen der unvermittelten Berührung zusammen, außerdem verschlugen mir sein billiges Rasierwasser und der Geruch nach abgestandenem Rauch den Atem. Sein Flanellhemd kratzte mich im Nacken und ich versuchte, mich von ihm zu befreien.

»Pitch!«, schrie eine der Frauen. »Behalt deine verdammten Flossen bei dir und vergiss nicht, mit wem du verlobt bist.«

Die unechte Blondine war aufgesprungen und stand nun neben dem improvisierten Pokertisch. Der Rauch ihrer Zigarette kräuselte sich um ihren Kopf, ihr Mund war vor Wut verzogen. Meine Hände fingen an zu schwitzen.

»Halt die Klappe, Debbie!«, schrie Pitch zurück.

Sam war stehen geblieben. »Anna.«

Pitch sah ihn fragend an. »Bist du mit ihr zusammen oder was? Dein Name steht nirgends auf ihr drauf.«

»Pitch«, sagte Tommy, es lag eine Warnung darin, die nicht zu überhören war.

»Pitch, verdammt noch mal!«, schrie Debbie.

»Du hast dich letzte Nacht von mir getrennt«, rief Pitch zurück. »So wie ich das sehe, bin ich ein freier Mann.«

Debbie schubste ihren Klappstuhl unter den Tisch, warf ihre Zigarette auf den Boden, trat mit der Stiefelspitze darauf und rannte dann auf uns zu.

»Du alter Scheißkerl«, rief sie und boxte Pitch, der rückwärtstaumelte. Dann drehte sie sich zu mir.

»Bring deine Leute unter Kontrolle«, sagte Sam zu Tommy.

»Ich lass mir doch von dir nicht sagen, was ich zu tun habe, du Vogel.« Tommy schleuderte sich den Pferdeschwanz über die Schulter. »Wenn deine Freundin keine Hure wäre –«

Mit einer einzigen schnellen Bewegung hatte Sam ihn zu Boden geworfen und einen ersten Schlag platziert, noch bevor einer seiner Kumpel dazwischengehen konnte.

Ich ruderte zurück und hob beide Hände. »Ich werde dir deinen Freund nicht ausspannen.«

»Da hast du verdammt noch mal recht!« Debbie schlug mir ins Gesicht. Zuerst spürte ich den Schock, dann kroch brennende Hitze in meine Wange und ich blieb einfach reglos stehen.

Nick griff nach mir, doch ein kräftiger blonder Kerl fasste ihn am Unterarm und schleuderte ihn herum. Pitch stürmte an uns vorbei zu Sam. Die zwei verbleibenden Kumpel von Tommy kamen angerast. Sie bedrängten Cas in der Nähe des Pokertischs und schleuderten Trev gegen einen herumstehenden Werkzeugkasten.

Debbie stellte mir ein Bein und schubste mich, sodass ich auf den Boden knallte. Mir blieb für einen Moment die Luft weg.

»Anna!«, rief Sam.

Debbie warf sich auf mich und hielt mich fest. Ihre Augen waren blutunterlaufen, so als wäre sie betrunken oder bekifft oder beides. Luft drang langsam wieder in meine Lunge. Ich biss die Zähne aufeinander. Das wollte ich nicht auf mir sitzen lassen. Diese schmierige Tussi sollte mal sehen, mit wem sie es zu tun hatte.

Ich bäumte mich auf, sie rutschte von mir runter und ich kam auf die Füße. Debbie umklammerte meine Beine und warf

mich erneut um, diesmal knallte ich auf die Knie. Ich wuchtete meinen Ellbogen nach hinten und traf ihr Brustbein. Schnell stand ich wieder auf, griff nach ihren kräuseligen Haaren, holte Schwung und rammte ihr Gesicht gegen mein Knie. Etwas knackte. Debbie kreischte, Blut schoss aus ihrer Nase.

»Ich will deinen bescheuerten Freund nicht!«, schrie ich.

»Anna?«

Ich fuhr herum.

Tommy, Pitch und all die anderen lagen kreuz und quer im Raum verstreut, alle bewusstlos. Die Jungs waren verletzt und bluteten, sahen aber trotzdem so aus, als wäre alles in Ordnung.

»Das war ziemlich heiß«, sagte Cas. »Ich wusste gar nicht, dass du so was draufhast, Anna.«

Ich schaute zu Debbie, die zusammengerollt wie ein Embryo auf dem Boden kauerte, ihre Freundin an ihrer Seite.

Ich hatte auch nicht gewusst, dass ich so was draufhatte. Ich wusste zwar, wie ich mich bewegen musste, um mich zu verteidigen, aber ich hatte keine Ahnung gehabt, dass es so guttun konnte.

Sam starrte mich an, als ich mich zu ihm umdrehte. Da lag eine Frage in seinen grünen Augen, auf seinem Gesicht. Als hätte er Schwierigkeiten, mich einzuschätzen. Die kleine Anna, immer vorhersehbar. Bis jetzt.

»Es wäre sicher gut zu verschwinden, bevor sie wieder zu sich kommen«, sagte Trev.

Ich wischte mir mit meiner Jacke das Blut aus dem Gesicht und ging voran zur Tür.

21

Nach allem, was vorgefallen war, hielt es Sam für das Klügste, den Jeep abzustoßen und uns was anderes zu suchen. Cas war der Profi, wenn es darum ging, Autos kurzzuschließen – oder was auch immer man machen musste, um einen Wagen ohne Schlüssel zu zünden. Aber die Jungs setzten Sam und mich zunächst beim Haus ab.

Ich hatte protestiert, gesagt, dass es mir gut gehe und die anderen nicht extra meinetwegen einen Umweg machen müssten, doch ein einziger Blick von Sam hatte mich zum Schweigen gebracht. Er sah das offensichtlich anders. Und Cas fügte hinzu: »Wir fahren doch nicht deinetwegen erst nach Hause, Banana. Ich will das Stromaggregat zum Laufen bringen, jetzt, wo wir endlich Benzin dafür haben. Damit der Boiler angeht und das Wasser schon mal vorheizen kann.«

Als wir hineingegangen waren, zündete Sam eine Kerze an und stellte sie auf die Anrichte in der Küche. Sie erfüllte den Raum mit pulsierendem Licht.

Sam zog seinen Mantel aus, zuckte dabei kurz vor Schmerz zusammen und deutete dann zum Tisch. »Setz dich.«

Ich ließ mich auf einen der Stühle sinken. Ich war viel zu erschöpft, um zu widersprechen. Kämpfen war allem Anschein nach extrem anstrengend. Sam setzte sich neben mich und drehte seinen Stuhl so, dass wir uns direkt gegenübersaßen. Er

griff nach meinem Stuhl und zog mich näher an sich. So nah, dass ich praktisch zwischen seinen Beinen klemmte.

Ein Schauer durchfuhr mich und es gelang mir nur mit großer Mühe, ihn zumindest so weit zu unterdrücken, dass Sam ihn nicht wahrnahm. Ich wollte nicht zeigen, was seine Nähe bei mir auslöste, obwohl er das höchstwahrscheinlich längst wusste. Und irgendwo tief in mir wünschte ich mir das vielleicht sogar.

Er fuhr vorsichtig und trotzdem schnell mit den Fingern über meinen Kiefer und meine Stirn. Ich hatte noch keine Gelegenheit gehabt, selbst zu untersuchen, was genau Debbie angerichtet hatte, aber mein Gesicht tat so ziemlich überall weh. Ich musste fürchterlich aussehen.

»Hast du Schmerzen im Auge?«, fragte er.

»Im linken? Ja, das pocht ganz ordentlich.«

»Mach's mal zu.«

Ich schloss beide Augen und atmete tief ein, als seine Finger langsam meine linke Gesichtshälfte abtasteten, dabei meinen Kopf auch in alle möglichen Richtungen drehten. So war ich noch nie untersucht worden.

»Warte hier«, sagte er.

Er lief aus der Küche. Mir fiel auf, dass er leicht humpelte und im Rücken recht steif war.

Kurz darauf tauchte er mit einem feuchten Waschlappen wieder vor mir auf.

Ich zuckte zusammen, als er ihn an mein Gesicht hielt. Nicht nur, weil es wehtat, sondern weil der Lappen eiskalt war. Ohne einen Nick, der sich um das Feuer kümmerte, war es im Haus während unserer Abwesenheit richtig kühl geworden. Und Sam verbrauchte ungern unnütz Energie, mal abgesehen vom fernen Brummen des Stromaggregats.

»Du hast ein paar blaue Flecken und eine kleine Platzwunde.«

»Das heißt, ich werde überleben?«

»Natürlich.« Er nahm den Lappen wieder von meinem Gesicht. »Es tut mir leid, dass es so gekommen ist. Das war mein Fehler. Ich hätte dich mit einem von den anderen im Wagen lassen sollen.«

Ich schnalzte mit der Zunge. »Nein, es war Debbies Fehler. Und Pitchs. Du musst dir nicht selbst die Schuld geben. Mal im Ernst, guck dich doch mal an. Du hast mehr abbekommen als ich. Du hast ein blaues Auge, eine Platzwunde an der Lippe und du hängst so komisch da, als würden dir die Rippen wehtun. Wie geht es dir?«

Er stand auf, den feuchten Lappen noch immer in der Hand. »Das ist jetzt unwichtig. Im Gegensatz zu deinem Verhalten dort. Was hast du dir dabei gedacht?«

»Was meinst du? Wieso ich mich gewehrt habe?« Er antwortete nicht, doch ich brauchte auch keine Antwort. Der Blick, den er mir zugeworfen hatte, als ich mit der zusammengekauerten Debbie zu meinen Füßen dagestanden hatte, fiel mir wieder ein. Als hätte ich mich vor seinen Augen in jemand anderes verwandelt.

Ich stand ebenfalls auf, stemmte die Hände in die Hüften. »Ist es so verwunderlich, dass ich mich wehre, wenn ich mich wehren muss? Dafür lasse ich mich von dir nicht verurteilen. Mir hat es gutgetan. Ich habe mich stark gefühlt. Das kannst du mir nicht wegnehmen. Endlich haben sich die vielen Kampfstunden bezahlt gemacht.«

»Anna, was ich da gesehen habe, war mehr als normales Kämpfen.« Er stellte sich ganz gerade hin, zeigte auf seine Brust. »Du hast es genau hier gespürt, oder? Irgendwas, das tiefer geht als ein Instinkt.«

Ich hatte nicht die Zeit gehabt, mir Gedanken zu machen, wo das Gefühl hergekommen war, aber er hatte recht.

»Das beunruhigt mich«, sagte er, weil er meine Antwort schon kannte, bevor ich sie überhaupt hatte aussprechen können. »Weil das bei mir genauso ist.«

»Wie bitte?« Ich versuchte zu verstehen, was er da gerade gesagt hatte. »Und die anderen –«

Er nickte.

»Aber –«

Er warf den Lappen in einen Abfalleimer in der Nähe der Tür und fing an, unruhig auf und ab zu laufen. »Hast du Riley oder Connor je außerhalb des Labors getroffen?«

Ich legte die Stirn in Falten. »Was willst du denn damit sagen? Nein. Nie.«

Er seufzte, wieder zeigte sich ein Riss in seiner sonst so harten Schale, ein winziger und kaum wahrnehmbarer Hinweis auf seine Gefühle. »Gab es je etwas, das sie mit dir besprochen haben, was nicht mit dem Labor zu tun hatte?«

»Nein.«

»Anna, denk nach.«

Ich führte mir all die Besuche von Riley und Connor vor Augen, die sie unserem Farmhaus abgestattet hatten. Riley kam vielleicht zehnmal pro Jahr vorbei, Connor noch seltener. Normalerweise hielten sie sich nicht mit mir auf, sondern steuerten gleich das Labor an, um ihre Jungs zu begutachten – oder, so wie sie sie immer genannt hatten, die »Einheiten«.

Doch, ein einziges Mal war ich mit einem von ihnen allein …

»Warte mal«, sagte ich.

Sam blieb stehen.

»Drei Tage nachdem ich euch im Keller entdeckt hatte, tauchte Connor unangemeldet auf. Da war Dad gerade beim Einkau-

fen. Er setzte sich mit mir an den Esstisch und erklärte mir, dass ich mich erst im Labor aufhalten durfte, wenn ihr bereit wäre.« Immer mehr Fetzen tauchten in meiner Erinnerung auf. »Ein paar Jahre später war er zu einem seiner regulären Besuche da. Ich erinnere mich daran, dass er mit meinem Vater vor dem Haus stand. Sie flüsterten zwar, aber es war offensichtlich, dass sie sich stritten. Und Connor hat definitiv meinen Namen gesagt.«

»Was noch?«

»Das weiß ich nicht, dafür stand ich nicht nah genug bei ihnen. Aber noch am gleichen Abend bat Dad mich darum, ihn im Labor zu unterstützen.«

Sam dachte einen Augenblick lang nach. »Vielleicht hat Connor deinem Vater befohlen, dich dort zu beschäftigen.«

»Aber warum?«

»Keine Ahnung.«

Ein Wagen näherte sich dem Haus. Sam huschte zum Fenster. »Das ist Cas«, sagte er erleichtert.

Als Cas einen Moment später das Wohnzimmer betrat, erschrak ich, weil er so schlimm aussah. In der einen Stunde, die sie unterwegs gewesen waren, hatte sich ein dunkler Ring um sein linkes Auge gebildet und ein großer blauer Fleck prangte auf seiner rechten Wange.

Nick und Trev war es besser ergangen, was aber auch nicht weiter verwunderlich war. Cas gehörte zu der Sorte Mensch, die sich mitten ins Getümmel warfen, ohne vorher groß nachzudenken. Deshalb überraschte es nicht, dass er mehr Schläge eingesteckt hatte als die anderen.

»Ich hoffe ja mal, dass da noch Wasser im Warmwasserspeicher ist«, sagte er. »Ich will duschen, mir tut einfach alles weh.«

»Lass Anna den Vortritt«, sagte Sam.

Trev warf mir sofort einen Blick zu. »Alles in Ordnung?«

Ich nickte, dabei stimmte das ganz und gar nicht. Sam hatte offensichtlich eine Vermutung und versuchte, die Puzzleteile zu einer Theorie zusammenzufügen. Deshalb hatte er mich nach Connor und Riley gefragt.

Wenn ich nur wüsste, in welche Richtung seine Gedanken gingen.

»Na schön«, maulte Cas. »Dann werde ich stattdessen halt was essen.«

Jede Zelle meines Körpers tat weh und ich wollte nichts lieber, als Debbie, Pitch und die Ereignisse in der Garage von mir abspülen. Doch die Art, wie Sam meinem Blick auswich, verriet mir nur zu deutlich, weshalb er mich zuerst duschen schickte. Er wollte mit den anderen über mich sprechen.

***

Das Wasser war richtig schön heiß, doch anstatt unter die Brause zu steigen, blieb ich an der Badezimmertür stehen, ein Ohr an das Holz gepresst. Ich konnte kaum verstehen, was die Jungs sagten. Ich biss mir auf die Lippe, während ich den Türknauf Millimeter für Millimeter drehte, bis die Tür sich endlich öffnen ließ. Ich wartete, lauschte. Die Jungs sprachen weiter, weshalb ich die Tür gerade so weit öffnete, dass ich hindurchschlüpfen konnte. Auf Zehenspitzen lief ich zum Treppenabsatz.

Ich wollte etwas von dem mitbekommen, was dort über mich gesprochen wurde.

»Schlag Connor einen Handel vor«, sagte Nick. »Je eher wir sie los sind, desto besser. Sie macht mehr Ärger, als sie nutzt. Keiner von uns hätte heute Abend kämpfen müssen, wenn sie nicht dabei gewesen wäre.«

Ich schlich noch ein paar Stufen hinunter, gerade so weit, wie ich mich traute.

»Alter«, warf Cas ein, »du kannst doch Anna nicht für das verantwortlich machen, was dieser Idiot getan hat.«

»Von dem Typen, der uns provoziert hat, spreche ich doch gar nicht«, sagte Nick. »Überlegt mal, wieso wir gekämpft haben. Ich hatte das Gefühl, sie verteidigen zu müssen, obwohl ich es nicht mal ertragen kann, sie nur anzusehen. Sie erinnert mich an das Labor, an die vielen beschissenen Jahre, die wir in kleinen gläsernen Schaukästen verbracht haben, in denen sie ein und aus gehen konnte. Schaltet doch mal endlich euren Verstand ein! Woher kommt dieser Drang, sie beschützen zu müssen?«

»Sie gehört zur Familie«, sagte Trev ganz ernst.

»Daran liegt es nicht und das weißt du genauso gut wie ich«, blaffte Nick zurück. »Der Agent auf dem Parkplatz hat gerufen, dass sie sich Anna zuerst schnappen sollen. Wieso denn bitte?«

Ich hatte in dem ganzen Chaos völlig vergessen, was der Agent gesagt hatte. In dem Moment hatte ich den Befehl eigenartig gefunden, jetzt klang er auch für mich verdächtig.

Stille senkte sich über die Küche.

»Hört auf, in ihr ein unschuldiges, wehrloses Mädchen zu sehen«, fuhr Nick fort, »und erkennt endlich, was für eine Last sie ist.«

Ich sauste die wenigen verbliebenen Stufen hinunter, Wut stieg in mir auf. Ich betrat die Küche, die Hände noch an meinen Seiten zu Fäusten geballt. Sam sah zu mir, unsere Blicke trafen sich. Ich spürte, wie sich die Stimmung im Raum wandelte. Würden sie sich wirklich gegen mich stellen? Selbst Sam?

Nie war ich mir meiner Verletzlichkeit so bewusst gewesen wie in diesem Moment. Ich befand mich mitten in Michigan,

ohne jedes Mitspracherecht. Mein Leben lag in den Händen von vier Jungs, die mich mit einem Zahnstocher umbringen konnten, wenn sie wollten.

Und sie starrten mich an, als würden sie mich nicht kennen.

»Ich bin keine Last«, sagte ich. »Ich bin eure Freundin.«

Sams Mund zog sich zusammen.

Nick ignorierte mich. »Wir könnten sie in der nächsten Stadt aussetzen.«

Er konnte extrem überzeugend sein, wenn er wollte. Beim Gedanken, von ihnen in einer Stadt zurückgelassen zu werden, die ich nicht kannte, verkrampfte sich alles in mir. Ich sprang auf ihn zu, Angst, Wut und eine Million andere Dinge trieben mich an. Damit hatte er nicht gerechnet, er taumelte einen Schritt zurück, doch hatte sogleich sein Gleichgewicht wiedererlangt. Er griff nach meinen Armen, riss mich herum und rammte mich gegen die Wand.

Die anderen sprangen sofort auf.

»Nicholas!«, knurrte Sam.

Nick und ich sahen uns in die Augen, die Luft flimmerte zwischen uns, doch nicht wegen der Hitze, sondern voller Hass.

»Verdammt noch mal«, rief Trev.

»Du greifst mich an und trotzdem kann ich dir nicht wehtun.« Nicks Stimme klang anklagend. »Logisch wäre es, mich selbst zu schützen; stattdessen beschütze ich *dich.* Sag mir, dass das keine Last ist, Anna. Sag mir, dass das normal ist.«

»Lass sie los, Nick«, sagte Sam.

Ausnahmsweise ignorierte Nick einen von Sams Befehlen. Ich umfasste mit beiden Händen seine Unterarme, damit ich irgendwie gewappnet war, sollte ich kämpfen müssen. »Lass mich los.« Ich sprach jedes dieser Worte mit so viel Nachdruck aus, wie ich konnte.

Nicks Kiefermuskeln spielten, doch er gab mich frei, und ich rutschte ein paar Zentimeter die Wand hinunter. »Ich bin nicht das, wofür du mich hältst.« Ich schaute von ihm zu den anderen, die auf wenige Meter herangekommen waren. Auf all ihren Gesichtern spiegelte sich die gleiche Unsicherheit.

»Geht es etwa jedem von euch so? Habt ihr alle ein unerklärliches Bedürfnis, mich zu beschützen?« Niemand antwortete. »Wollt ihr mich veräppeln? Wieso habt ihr mir das bisher nicht gesagt?«

»Wir waren uns nicht sicher«, erklärte Sam.

»Mein Gott.« Die ganze Anspannung fiel mit einem Mal von mir ab.

»Hey.« Schon war Trev an meiner Seite und nahm meine Hand, während ich mir einen Stuhl suchte. »Das muss ja nicht zwangsläufig irgendwas bedeuten. Und wir setzen dich auf keinen Fall irgendwo aus.«

Ich wünschte mir sehnlichst, dass Sam und Cas irgendwie zustimmen würden. Doch das taten sie nicht. Sie sagten kein Wort.

Hielt auch Sam mich für ein Instrument der Sektion? *War* ich ein Instrument von ihnen? Aber wie? Und warum? Das ergab doch alles keinen Sinn. Nichts davon ergab einen Sinn.

Sams Blick ruhte auf meiner Hand, die in Trevs lag. Er schloss kurz die Augen. »Wie wäre es, wenn du jetzt duschen gehst?«

Angestrengt unterdrückte ich ein Schluchzen. Er traute mir nicht.

Trev begleitete mich bis zur Treppe. »Ich komm kurz mit.«

Das heiße Wasser lief noch immer und hatte das kleine Bad mit Dampf gefüllt.

»Nimm dir das nicht so zu Herzen. Wir sind alle ein bisschen überspannt.«

Ich senkte den Kopf. Wie sollte ich mir das denn *nicht* zu Herzen nehmen? Keiner von uns verstand doch, was hier vor sich ging. Als wir noch im Labor waren, hatte ich das Gefühl gehabt, etwas Gutes zu tun. Als würde ich dabei helfen, die Welt zu verbessern. Doch nun regten sich in mir nur noch Scham und Schuld. Die Jungs hatten jedes Recht, mir zu misstrauen. Nichts war, wie es schien. Vielleicht war jedes noch so kleine Detail meines Lebens eine Lüge. Vielleicht sogar alles, was ich über das Programm zu wissen glaubte.

»Anna?« Trev fuhr mit seinen Fingern über meine Wange, schob mir seinen Daumen unters Kinn und hob meinen Kopf an. »Die klammern sich an Strohhalme.«

Ich warf mich praktisch an ihn, schlang ihm die Arme um den Hals. Er zögerte kein bisschen, sondern erwiderte meine Umarmung sofort. Was würde ich nur ohne Trev machen? Er war mein bester Freund. Loyal. Zuverlässig. Er holte mich immer wieder auf den Boden der Tatsachen zurück. Und das hatte ich gerade nötiger als alles andere.

»Fällt dir gerade ein Spruch ein, der mich aufbauen könnte?«, fragte ich, während ich mich von ihm löste. »Deine Zitate helfen immer.«

Er lachte und fuhr sich beim Nachdenken mit dem Finger über die Lippen. Sein Gesicht verriet wie immer, wann ihm das Licht aufging. »›Vertrauen in sich selbst zu haben, ist der beste und sicherste Kurs.‹ Michelangelo.« Er sah zu mir hinunter, seine braunen Augen schwer vor Erschöpfung und trotzdem ganz bei der Sache, ganz bei mir.

»Danke«, sagte ich.

»Keine Ursache. Und lass dir Zeit. Du hast ja eh nur so lang, bis das warme Wasser ausgeht. Ich warte hier draußen auf dich.«

Mit diesen Worten ließ er mich allein. Auf dem Weg in die Dusche erhaschte ich einen kurzen Blick auf mein beschlagenes Spiegelbild. Ein blauer Fleck schillerte unter meinem linken Auge. Eine tiefe Schramme zog sich über mein Schlüsselbein. Meine Lippe war an zwei Stellen aufgeplatzt und ein Kratzer befand sich an meiner rechten Schläfe, wo Blut meine blonden Haare dunkel verfärbt hatte.

Ich war ganz schön zugerichtet. Und ich wollte einfach alles Geschehene vergessen. Ich stellte mich unter den Duschkopf und das Trommeln des Wasserstrahls auf meinem Kopf übertönte irgendwann meine Gedanken.

22

Später am gleichen Abend lag ich im Bett und analysierte bis ins letzte Detail, wie das Licht des Mondes auf die Bäume vorm Fenster fiel, in der Hoffnung, dass dieses Malen in Gedanken alles andere vertreiben würde, was mir sonst noch im Kopf herumspukte. Doch es gelang nicht.

Jetzt war mir klar, warum Sam wissen wollte, ob ich Connor mal außerhalb des Labors getroffen hatte. Er fragte sich, wieso einer der Agenten auf dem Parkplatz beim Einkaufszentrum gefordert hatte, mich als Erste zu schnappen. Wieso ich für die Sektion eine so große Rolle spielte. Nick war nicht der Einzige, der mir misstraute. Aber wie sollte ich den Jungs klarmachen, dass ich nicht zu den Bösen gehörte? Dass sie mir so nah waren wie Familienmitglieder?

Der Wind fuhr durch die Bäume und verwischte so die Zeichnung, die in meinem Kopf entstehen wollte.

Eine Diele knarrte und sofort schnellte ich hoch. Sam stand in der Tür, halb im Schatten verborgen. Er trug eine Jeans, ein T-Shirt und Stiefel. Seit wir uns in diesem Haus aufhielten, war er stets voll bekleidet gewesen. Für den Fall, dass wir überstürzt fliehen mussten. Ich schlief in einem übergroßen T-Shirt, das ich von Trev stibitzt hatte. Darunter trug ich nur einen BH und eine Unterhose. Und wenn Connor jetzt, in diesem Moment, in das Haus stürmen würde?

Ich zog die Decke enger um mich, während Sam über die Schwelle trat.

»Ich wollte dich nicht erschrecken.«

»Hast du auch nicht«, log ich. In Wahrheit war ich hochgradig angespannt. Ich wusste, wozu er fähig war, und fragte mich, ob ich mittlerweile als Feind galt.

Er ließ sich auf die breite Fensterbank fallen, stützte die Ellbogen auf seine Knie. »Wie geht es dir?«

»Ganz okay.«

»Hast du Schmerzen?«

»Ein bisschen.«

»Brauchst du irgendwas?«

Ich schluckte. »Wieso bist du hier, Sam?«

Er fuhr sich mit dem rechten Daumen über die Fingerknöchel der linken Hand. Mondlicht sammelte sich auf seinem Rücken. »Kannst du dich noch daran erinnern, wie du mal mit einem blauen Auge von deinem Kampftraining nach Hause gekommen bist?«

Natürlich konnte ich mich daran erinnern. Das gehörte zu den Dingen, die ich niemals vergessen würde. Obwohl es mich furchtbar wütend gemacht hatte, von meinem Gegner überwältigt worden zu sein, hatte ich mich wahnsinnig stark gefühlt. Stark wie eine Kriegerin. Ich trug das blaue Auge wie ein Abzeichen und stolzierte ins Labor, kaum dass mein Vater eingeschlafen war, um damit zu prahlen.

Doch Sams Reaktion war ganz anders ausgefallen, als ich gehofft hatte. Ich wollte, dass er beeindruckt war, dass er so etwas wie Ehrfurcht zeigte.

Stattdessen verhörte er mich regelrecht, wie es passiert war, wer mich getroffen hatte, ob mein Gegner größer, stärker oder schneller gewesen war. Junge oder Mädchen. Arrogant oder

nett. Damals sah ich zum ersten Mal seinen Beschützerinstinkt aufblitzen und dachte bei mir, na gut, soll mir auch recht sein.

Als ich in jener Nacht das Labor verließ, hatte ich das Gefühl, endlich ein wenig mit Sam vorangekommen zu sein, etwas von ihm bekommen zu haben, wenngleich nicht das, was ich mir erhofft hatte.

»Ja, ich erinnere mich«, sagte ich nun.

Er faltete die Hände. »Da habe ich zum ersten Mal gemerkt, dass uns mehr verbindet, als ich gedacht hatte.« Er lehnte sich zurück, sein Gesicht versank im Schatten. »Seit dem ersten Morgen, an dem ich in diesem verflixten Labor wieder zu mir gekommen bin, hat mich nichts mehr so extrem frustriert wie dieses Veilchen. Weil ich dich nicht so beschützen konnte, wie ich muss.«

Muss. Als wäre das etwas, das er nicht kontrollieren konnte. Ich wagte es nicht, mich zu bewegen. Ich hätte es nicht ertragen, wenn er aufgehört hätte zu reden.

»Ich wusste, dass diese Reaktion merkwürdig war, schließlich hast du auf die andere Seite der Scheibe gehört. Aber ich habe mich nie gefragt, welche Rolle du bei dem Projekt spielst. Du hast unser Leben dort erträglich gemacht. Und das werde ich dir nicht vergessen. Egal, was passiert.«

Meine Augen brannten. In meiner Kehle saß ein dicker Kloß.

»Was auch immer uns noch bevorsteht, ich werde dafür sorgen, dass du in Sicherheit bist. Ich lass dich nirgendwo zurück. Und ich werde Connor keinen Handel vorschlagen. Es ist mir egal, was Nick davon hält.«

Ich presste die Lippen aufeinander, ich durfte nicht weinen. Nicht jetzt.

»Ich wollte nur, dass du das weißt«, sagte er. Obwohl ich ihn nicht sehen konnte, spürte ich, dass er mich ansah.

»Danke.« Meine Stimme war nicht mehr als ein Flüstern.

Er stand auf und entfernte sich. Alles in mir drin schrie: *Geh nicht. Bleib. Bleib.* Dabei war es mir ganz egal, ob wir noch weitersprechen würden oder nicht. Seine bloße Anwesenheit reichte mir.

An der Tür blieb er noch einmal stehen.

»Welche Farbe würdest du nehmen?«

Ich runzelte die Stirn. »Was?«

»Als ich reingekommen bin, hast du aus dem Fenster geguckt.«

Und gezeichnet, war das, was er nicht sagte. *Du hast ausgesehen, als würdest du zeichnen.*

Das mittlerweile gewohnte Brennen kehrte zurück und ließ die Welt vor meinen Augen verschwimmen. Es schien eine Ewigkeit her zu sein, dass wir uns über das Wetter und die Welt außerhalb des Labors unterhalten hatten, und darüber, wie ich sie zeichnen würde. Es fehlte mir. Es fehlte mir so sehr. »Lavendelgrau.«

Er nickte und wandte sich dann wirklich zum Gehen. »Gute Nacht, Anna.«

»Gute Nacht.« Ich atmete erleichtert auf, als sich seine Schritte entfernten und er die Treppe hinunterlief. Mir war bis zu diesem Moment nicht bewusst gewesen, wie sehr ich mir wünschte, dass er mir traute. Nach allem, was wir durchgemacht hatten, stand ich noch immer auf seiner Seite. Und dort würde ich auch immer bleiben. Selbst wenn es mich das Leben kostete.

***

Am nächsten Morgen war es im Haus ungewöhnlich still. Ich schirmte mit einer Hand das Sonnenlicht ab, das nur so durchs Fenster knallte. Mein Kopf dröhnte. Der Weg in die Küche

schien endlos; jeder Schritt war eine absolute Tortur. Meine Gelenke ächzten gequält, so als hätte ich eine Woche lang nichts als Kampftraining gemacht.

Entfernt nahm ich wahr, dass Trev am Esstisch saß, als ich mich zur Küchenanrichte schleppte. Ich zog eine der Schubladen auf, holte die Ibuprofenschachtel heraus und spülte erst mal mit einem Schluck Wasser zwei Tabletten hinunter.

Kaum drehte ich mich um, stand Trev schon hinter mir. »Alles in Ordnung?«

»Nein, ich fühle mich furchtbar.«

»Du siehst auch furchtbar aus.«

Mir gelang es, die Augen gerade weit genug zu öffnen, um ihn böse anzublitzen. »Na, herzlichen Dank.« Ich wollte um ihn herumgehen, doch er hielt mich am Handgelenk fest.

»Komm mal her.« Er schloss mich in die Arme und ich schmolz sofort dahin. Er roch nach Tee und Fichte, wahrscheinlich hatte er schon Holz gesammelt. Ich rührte mich einen Augenblick lang nicht, genoss es, wie vertraut und angenehm sich das anfühlte.

»Wo sind die anderen?«, fragte ich, meine Stimme von seinem Pullover gedämpft.

»Sam joggt, Cas und Nick sind in der Garage und kümmern sich um das Stromaggregat. Irgendwo gab's gestern 'nen Kurzschluss.«

Ich löste mich von ihm. »Und du? Was machst du?«

Eine schwarze Locke fiel ihm in die Stirn. »Ich? Ich kümmere mich um dich.«

Ich seufzte. »Das ist nicht nötig.« Dann erst entdeckte ich, dass der Esstisch unter unzähligen Zetteln begraben war. »Was ist denn das alles?«

»Damit hat Sam sich die Nacht vertrieben.«

Ich ließ mich auf einen Stuhl sinken und schnappte mir einen der Zettel. Sam hatte das ganze Blatt mit seiner unlesbaren Sauklaue vollgekritzelt. Nichts, was da stand, ergab einen Sinn.

Trev rumorte in der Küche und stand schon kurz darauf mit einer dampfenden Tasse vor mir. »Hier.«

»Danke.« Ich nahm einen vorsichtigen Schluck, es war frischer grüner Tee. Ich trank selten Tee, eigentlich nur, wenn ich krank war. Dann hatte Dad losen Tee in einem kleinen Teeei für mich aufgebrüht.

»Deine Mutter hat das auch immer auf diese altmodische Art gemacht«, sagte Dad dann.

Trev setzte sich neben mich. »Ich habe den Wasserkessel gerade aus dem Feuer geholt. Ist nicht dasselbe, wie Tee auf dem Herd zu machen. So schmeckt er ein bisschen nach verbranntem Holz, finde ich, aber es ist wenigstens etwas.«

»Perfekt. Danke.« Ich deutete auf Sams Notizen. »Hat er die Botschaft entschlüsselt?«

»Oh.« Trev fischte nach einem der Zettel. »Hier, das ist alles, was er bis jetzt hat.«

Die erste Zeile bestand aus einer Reihe von Buchstaben. Viele Xe und Is, aber auch noch ein paar andere. Darunter stand: *Die Sachen liegen in Port Cadia. Anhand der Narben und der Tätowierung findest du die richtige Adresse. Vor Ort zeigt dir die Tätowierung den Ausgangspunkt. Vom dritten Baum sechzig nach Norden.*

Die Hintertür flog auf und Sam kam herein, seine dunklen Haare glänzten vor Schweiß. Er wischte sich mit dem Ärmel die Stirn trocken und verschwand in der Speisekammer, um kurz darauf mit einer Flasche Wasser zurückzukehren.

Ich wedelte mit dem Blatt. »Du hast ja die Nachricht geknackt. Was machen wir als Nächstes?«

Bevor er antwortete, musterte er kurz mein Gesicht. Ich hatte mich nicht damit aufgehalten, in den Spiegel zu schauen, ehe ich heruntergekommen war, und jetzt fragte ich mich, ob ich wirklich so furchtbar aussah.

Mein Gesicht fühlte sich an manchen Stellen geschwollen an. Ich war mir fast sicher, dass über Nacht noch ein paar blaue Flecken dazugekommen waren.

»Wie geht es dir?«, fragte er.

»Gut.« Ich wedelte stärker mit dem Papier.

Trev stand auf. »Dann kann ich ja jetzt eine Runde laufen gehen.«

»Hast du dein Handy dabei?«, fragte Sam, und Trev tätschelte seine Hosentasche. »Bleib abrufbereit.«

Mit einem Nicken verließ Trev das Haus durch die Fronttür. Sam setzte sich an die Stirnseite des Esstischs, die Flasche knackte, so fest hielt er sie. »Den ersten Teil verstehe ich immer noch nicht. Deshalb bin ich mir nicht sicher, ob ich sie wirklich richtig entschlüsselt habe.«

»Wie ist das mit den Narben gemeint? Und mit der Tätowierung? Vielleicht sollten wir das Schwarzlicht –«

Er schüttelte den Kopf. »Cas hat mich heute Morgen noch einmal abgesucht.«

Ich sackte in mich zusammen. »Oh.« Ich war nicht nur enttäuscht darüber, dass dieser Gedanke nicht hilfreich war, es wurmte mich außerdem, dass er nicht mich gefragt hatte. Auch wenn er diesmal vielleicht so gründlich suchen wollte wie eben möglich, was vermutlich bedeutete …

Ich lief rot an, als ich mir vorstellte, was »gründlich« bedeutete.

»Aber wir wissen jetzt zumindest, wohin wir als Nächstes müssen«, sagte ich und strich das Papier vor mir glatt. »Port

wurde auch in deiner Akte erwähnt. Wer immer die Aufzeichnungen damals verfasst hat, wird damit Port Cadia gemeint haben.«

Er schob einige Zettel beiseite, damit er seine Ellbogen aufstützen konnte. »Möglich. Aber ich kann ja schlecht dahin düsen, ohne zu wissen, wo genau ich mit der Suche ansetzen muss.« Er fuhr sich mit den Händen durchs Gesicht. »Und der Anfang der Nachricht könnte ja auch eine Warnung sein. Ich brauche einen schlüssigen Plan, bevor ich den nächsten Schritt mache.«

Ich schaute mir erneut die Buchstaben der ersten Zeile an. Irgendwie kamen mir die Xe und Is bekannt vor, ich konnte sie aber einfach nicht zuordnen. Und je länger es dauerte, die Nachricht komplett zu entschlüsseln, desto größer wurde die Wahrscheinlichkeit, dass Connor und Riley uns auf die Spur kamen.

23

Ich warf einen Blick auf die Uhr, die am Kamin hing. Seit der letzten Schmerztablette waren sechs Stunden vergangen. Ich hatte die meiste Zeit mit dem Tagebuch meiner Mutter in einen der Sessel gekuschelt verbracht. Erst hatte ich eine neue Zeichnung von Trev angefangen, dann war ich meine Notizen zu den Jungs durchgegangen und schließlich hatte ich mal wieder die Einträge meiner Mutter gelesen.

Eins der ersten Rezepte war mit dem Namen »Essen für zwei an einem regnerischen Abend« überschrieben. Ein Thunfischauflauf, der eigentlich ganz lecker klang, doch an den unteren Rand hatte sie hinzugefügt:

DESASTER. Arthur fand's schrecklich.

Dad. Mir kam es vor, als hätte ich seit Wochen nicht mehr mit ihm gesprochen. Ich wusste ja nicht mal, ob sich jemand um seine Schussverletzung gekümmert hatte oder er mittlerweile aus dem Krankenhaus entlassen worden war. Und immer noch fragte ich mich, wie es um das Haus stand. Wer kümmerte sich darum, seit ich nicht mehr da war? Die Blätter mussten zusammengeharkt und dann in den Wald gebracht werden. Außerdem musste jemand den speziellen Winterfußabtreter aus der Garage holen und im Vorraum auslegen. Die Fenster im Wohn-

zimmer mussten winterfest gemacht werden. Würde Dad sich rechtzeitig an alles erinnern?

Wie gerne hätte ich ihn jetzt angerufen, seine Stimme gehört, erfahren, ob es ihm gut ging.

Ich legte das Tagebuch beiseite und erhob mich aus dem Sessel. Mein Körper beklagte sich und in meinem Kopf rauschte es. Der Kopfschmerz kehrte mit voller Wucht zurück. Ich war ganz offensichtlich nicht für echte kämpferische Auseinandersetzungen gemacht.

Ich schlurfte durch das Wohnzimmer und erstarrte auf halbem Weg.

Die Uhr!

Ich drehte mich zu ihr um. Es war ein älteres Modell, römische Zahlen standen auf dem Ziffernblatt. Xe und Is und Vs. Die erste Zeile von Sams Nachricht bestand aus Xen und Is.

»Sam!«, rief ich und bereute es noch im gleichen Moment, weil das Geräusch meiner eigenen Stimme das Dröhnen in meinem Kopf noch verstärkte.

Er sprang die Stufen zu mir herunter, die Augen noch vom Schlafen verquollen. Mir war nicht bewusst gewesen, dass er sich hingelegt hatte. Sofort meldete sich mein schlechtes Gewissen, weil ich ihn geweckt hatte.

»Was ist passiert?« Seine Pistole hielt er neben seinem Oberschenkel. Die anderen erschienen in der Tür zur Küche.

»Ich glaube, ich weiß, was hinter dem Rest deiner Nachricht steckt.«

***

Die Zeile erschien in völlig neuem Licht, als ich wusste, wonach ich suchen musste. Sam sah mir über die Schulter zu. Cas war ungefähr fünf Sekunden lang beeindruckt gewesen, dann

war sein Essen fertig geworden. Jetzt saß er mir gegenüber und stopfte alles in sich hinein. Trev hockte neben mir und Nick hatte sich auf die Anrichte hinter mir gesetzt.

»Das sind römische Zahlen«, sagte ich und deutete auf die Buchstabenreihe. »Wenn wir sie in unsere Ziffern verwandeln, ergibt sich vielleicht eine Adresse oder Koordinaten oder eine Telefonnummer.«

Sam legte seine Hände auf die Lehne meines Stuhls und beugte sich weiter zu mir, was mir einen nervösen Schauer über den Rücken jagte. Ich fasste den Stift fester. »Es gab Lücken zwischen den Buchstaben«, sagte Sam. »Ich dachte, das wären Abstände zwischen einzelnen Wörtern, aber sie können natürlich auch die Zahlen voneinander abgrenzen.«

Ich sah mir den ersten Block an: XXIII. »Dreiundzwanzig.«

Dann XV: »Fünfzehn.«

Wir gingen die ganze Reihe durch und hatten am Ende die Zahlenfolge: 23 15 51 85 82.

»Zehn einzelne Zahlen«, sagte ich.

»Das sind keine Koordinaten.«

»Ich würde mal auf das Naheliegendste tippen: Das ist eine Telefonnummer«, sagte Cas mit einem Mund voller Reis.

Ich setzte die Abstände zwischen den Zahlen neu: 231-551-8582.

»Sollen wir mal durchrufen?«, fragte Trev.

Nick rutschte von der Anrichte und landete fast geräuschlos auf dem Boden. Er trug eine Jeans und eins der Hemden, die er im Haus gefunden hatte. »Zuerst sollten wir packen. Falls wir fliehen müssen.«

Es dauerte zehn Minuten, bis wir alles Wichtige beisammenhatten und uns wieder um den Tisch versammeln konnten. Alle waren unruhig, während Sam die Nummer in sein Handy tippte.

Aus der Küche drang das regelmäßige Tropfen des Wasserhahns. *Pling. Pling.* Das Notstromaggregat tuckerte in der Garage. Sam lief nervös auf und ab. Er schaffte es einmal bis zur hinteren Wand und zurück, bis er erstarrte.

Ich konnte leise eine Stimme am anderen Ende der Leitung hören. Sam sah mich an, seine Augen ungläubig weit aufgerissen. »Ja«, sagte er. Er rieb sich mit der freien Hand die Wange und ratterte dann unsere Adresse hinunter.

»Wie lange?«, fragte er. Dann: »Gut.« Und er legte auf.

Ich stürzte zu ihm. »Und?«

»Sie wusste, wer ich bin.«

Sie? Oh, bitte, lass es nicht das Mädchen von dem Foto sein!

»Hast du ihre Stimme erkannt?«, fragte ich.

Er schnappte sich seine Waffe von der Anrichte, holte das Magazin heraus, überprüfte die Patronen. Das hatte er bereits gemacht, bevor er den Anruf getätigt hatte.

»Sam?«

»Ich glaube, wir warten am besten erst mal, bis sie hier ist, für den Fall –«

Wie automatisch streckte sich mein Rücken, meine Schultern strafften sich. »Sam, wer war das?«

Er schloss langsam die Augen und wirkte für einen Moment, als wolle er seufzen. Doch stattdessen öffnete er seine Augen wieder. »Sura. Sie hat gesagt, sie heißt Sura.«

Mir wurde schwarz vor Augen. Mein Atemreflex setzte aus.

Meine Mutter war also nicht tot. Und sie befand sich auf dem Weg hierher.

24

Das Dröhnen in meinem Kopf wurde nur noch lauter. Sura – *meine Mutter* – hatte am Telefon gesagt, sie sei in vier Stunden da. Vier Stunden. In vier Stunden würde ich meine Mutter treffen. Die Schmetterlinge in meinem Bauch kamen gar nicht mehr zur Ruhe. Wusste sie, dass ich bei Sam war? Was wusste sie überhaupt über mich?

Ich konnte nicht begreifen, warum sie mich verlassen hatte. Warum mein Vater mich mein Leben lang angelogen hatte. Woher kannte meine Mutter Sam und wieso hatte sie den ersten Hinweis für ihn in ihrem Haus in Pennsylvania versteckt?

Der Hinweis hätte für mich sein sollen. Wenn sie jemandem den Weg zu sich weisen wollte, dann ja wohl mir. Schon nach einer Stunde des Wartens hatten all die offenen Fragen meinen Schmerz geschürt, der sich in einem großen Kloß in meinem Hals manifestierte. Welche Mutter ließ denn ihre Tochter zurück? Ich hätte sie gebraucht. Doch während ich um sie getrauert hatte, führte sie nur ein paar Stunden entfernt ein Leben unter dem Decknamen Mrs Tucker.

Die aufgeregten Schmetterlinge gingen in Flammen auf und zerfielen zu Staub.

Nick öffnete die Tasche mit den Schusswaffen. Der Reißverschluss machte ein durchdringendes Geräusch, dicht gefolgt vom *ritsch, ratsch* einer Pistole, die durchgeladen wurde. Und

was, wenn das alles eine riesengroße Falle war? Was, wenn meine Mutter Connor in die Hände gefallen war? Es gab eine Million dieser Fragen, die mit »was« und »wenn« anfingen, und nur eine falsche Entscheidung würde uns so unendlich viel kosten.

Aber sie war meine Mutter. *Meine Mutter.*

Die Jungs übernahmen abwechselnd die Wache an den front- und rückseitigen Fenstern. Jeder von ihnen hatte eine Pistole in der Nähe, wenn nicht in der Hand.

Viereinhalb Stunden später bewegte sich Cas am vorderen Fenster und schnipste mit den Fingern. Es war fast dreiundzwanzig Uhr und wir saßen schon eine ganze Weile im Dunkeln. Auf Sams explizite Anweisung hin brannte nicht mal ein Feuer im Kamin, weshalb ich mich in meine Jacke gewickelt hatte, um der Kälte zu trotzen.

Scheinwerfer blitzten auf und Sam sprang von der Couch. Ich rannte zum Fenster im Esszimmer und ignorierte damit Sams Anweisung, mich im Hintergrund zu halten. Aber ich musste sie sehen. Ich musste wissen, ob sie es wirklich war.

Ein alter, verbeulter Pick-up stellte sich neben den SUV, den Cas als Letztes geknackt hatte. Der Motor verstummte, das Licht wurde ausgeschaltet und die Fahrertür öffnete sich. Ich konnte nur ihre Silhouette erkennen, und dass ihr ein dicker, geflochtener Zopf über die Schulter hing. Ein Hund sprang vom Truck und rannte aufs Haus zu.

Die Frau stieg die Stufen hinauf, noch immer in Dunkelheit gehüllt; ich konnte ihre Gesichtszüge nicht ausmachen. Es klopfte an der Tür. Ich rannte Richtung Wohnzimmer, doch Sam machte eine Handbewegung, die mich stoppte. Er hob seine Waffe und machte mehrere Zeichen. Erst zu Nick. Dann Trev. Dann Cas. Sie stellten sich kreisförmig vor der Tür auf, Waffen im Anschlag.

Meine Knie wurden weich. Sam drehte den Türknauf. Mein Herz schlug so wild, ich hatte Angst, es würde mir aus der Brust springen.

Die Tür öffnete sich.

Sie trat herein.

»Hände hoch«, sagte Sam bestimmt. Beherrscht wie immer.

Sie tat, was er verlangte, doch der Hund – ein brauner Labrador, wenn ich das richtig sah – trabte unbeeindruckt herein.

»Sind Sie bewaffnet?«, fragte Sam.

Sie nickte und zog eine Pistole aus dem Schulterholster, das sich unter ihrer Fleecejacke verbarg. Danach holte sie ein Messer aus ihrem Stiefel. Beide Waffen legte sie auf den Boden und Nick kickte sie mit einer schnellen Bewegung außer Reichweite.

»Ich bin als Freundin hier, Sam«, sagte sie.

In ihrer Stimme lag Tiefe, autoritäre Strenge, so als hätte sie schon viel gesehen und würde sich nichts gefallen lassen.

Sam gab Cas und Trev ein Zeichen. Sie quetschten sich an mir vorbei und verschwanden durch die Hintertür. Um die Gegend abzusuchen, wie geplant.

Mach das Licht an, dachte ich. Ich will wissen, ob sie es wirklich ist. Ich will sie mit meinen eigenen Augen sehen. Doch es blieb zunächst dunkel, während Sam sie aufforderte, ihm zu folgen. »Setzen Sie sich«, sagte er. Sie setzte sich. Ich warf einen Blick durch die Küchentür. Als sie mich sah, blitzte kurz etwas in ihren Augen auf, das hätte ich schwören können. Doch was immer sich da gezeigt hatte, es war wieder fort, bevor ich es hätte benennen können.

Der Hund legte sich neben ihr auf den Boden, sein Schwanz wedelte.

Niemand sprach auch nur ein Wort.

Erst als die Jungs wiederkamen und bestätigten, dass die Gegend sicher war, schaltete Sam endlich das Licht ein. Es dauerte einen Moment, bis meine Augen sich daran gewöhnt hatten. Ich blinzelte ein paarmal gegen die Helligkeit. Dann sah ich sie. Schwarze Haare. Schlank. Die Augen hatten die Farbe einer saftigen Sommerwiese. Die Mundwinkel waren von sanften Falten umgeben, wie der Wind sie in Sand bläst.

Ich atmete tief ein und die Luft gefror in meiner Lunge.

»Oh, mein Gott«, keuchte ich.

Sie war es. Meine Mutter. Lebendig.

Die Worte passten irgendwie nicht gleichzeitig in meinen Kopf. Meine Mutter war nie mehr für mich gewesen als ein paar Seiten und Wörter in einem Tagebuch. Eine Frau auf einem Foto. Und jetzt saß sie hier, aus Fleisch und Blut. Echt. Lebendig.

Mag sein, dass diese Frau älter war als die Frau auf dem Foto. Dass ihr Haar an den Schläfen ergraut war. Dass ihre Wangen nicht mehr so voll waren wie die der Mittzwanzigerin an dem See. Aber all das war unwichtig. Ich wusste, dass sie es war.

»Sura?«, fragte Sam. Der Name klang so fremd in diesem bescheidenen Wohnzimmer.

Sie nickte, der Hund setzte sich auf.

Eine Million Fragen schossen mir durch den Kopf, doch keine verweilte lange genug, um sie laut formulieren zu können. Wieso hatte sie nie versucht, Kontakt zu mir aufzunehmen? Hatte sie mich überhaupt erkannt?

Sam setzte sich auf das Sofa und zog mich zu sich. Er nahm meine Hand in seine. Seine Hand war kühl, trocken und stark. Meine zitterte und war völlig verschwitzt.

»Ich warte schon seit Tagen darauf, dass ihr euch bei mir meldet«, sagte sie. »Ich habe durch einen meiner Kontakte auf-

geschnappt, dass ihr geflohen seid. Eigentlich wollte ich in Pennsylvania auf euch warten, aber ich habe zu große Angst bekommen und bin erst mal untergetaucht.« Sie schüttelte den Kopf. Ihr Zopf bewegte sich. Wieso sah sie mich denn gar nicht an?

»Also, erzähl mir, was passiert ist. Ich hatte keine Ahnung –« Sie verstummte und spielte mit ihren Fingern. »Es tut mir leid, Samuel. Sehr leid. Ich habe ein paar Jahre nach dir gesucht, nachdem du verschwunden bist, aber konnte dich einfach nicht finden.«

Ich wurde allmählich unruhig, doch Sam drückte meine Hand. *Noch nicht*, sollte mir das sagen. *Hab noch etwas Geduld.*

»Einer der Hinweise enthielt Ihre Telefonnummer«, sagte Sam.

Sie nickte. »Das war Teil des Plans. Damit du eine Chance hast, mich zu finden, falls sie deine Erinnerungen auslöschen. Du hast mir ein Telefon gegeben und mich gebeten, es nie auszuschalten. Niemals. Von diesem Haus hier wusste ich aber nichts.« Sie ließ ihren Blick flüchtig durch das Wohnzimmer streifen. »Aber du warst ja nie wirklich mitteilsam.«

»Woher kennen Sie mich?«, fragte Sam.

»Du bist mit Dani vor etwas über fünf Jahren zu mir gekommen und hast mich um Hilfe gebeten. Dani kannte ich über ihren Onkel.« Für einen Moment sah sie nachdenklich aus, schüttelte dann jedoch schnell den Kopf. »Egal. Du hast etwas von der Sektion gestohlen, mit dem du dir deine Freiheit zurückkaufen wolltest. Doch dann ist Dani verschwunden. Du hast dir eine Spur aus Hinweisen gelegt, damit du im Notfall darauf zurückgreifen konntest, und hast dich auf die Suche nach ihr gemacht.« Der Hund winselte. »Du bist nie zurückgekehrt.«

»Warten Sie mal gerade.« Cas hob eine Hand. »Ich komme irgendwie nicht mit. Wer ist Dani?«

Sam kramte das Bild von sich und dem Mädchen aus einer der Gesäßtaschen. Es war einmal gefaltet und die Ecken so abgestoßen, dass man das weiße Papier unter der Farbe sehen konnte.

Ein sonderbares Gefühl, für das ich keinen Namen hatte, regte sich in mir. Was hatte es zu bedeuten, dass Sam das Foto anscheinend immer bei sich trug wie ein Andenken?

Er zeigte Sura das Bild. »Ist das Dani?«

Sura musste nicht zweimal hinsehen. »Ja.«

»Ich kann mich nicht an sie erinnern.« Sam ließ sich das Foto zurückgeben und steckte es wieder in seine Tasche. »Wieso habe ich nach ihr gesucht?«

»Na … Weil du sie geliebt hast. So einfach ist das. Und Connor hat sie entführt.«

Das sonderbare, namenlose Gefühl wurde intensiver, ich merkte es plötzlich scharf und beißend auf meiner Zungenspitze. Und plötzlich wusste ich, was es war: Herzschmerz. Wenn sie der Grund dafür war, dass Sam all diese Hinweise gestreut hatte, und letztlich auch dafür, dass er geschnappt worden war, dann bedeutete das auch, dass Sam niemals ins Labor gesperrt worden wäre, wenn es sie nicht gegeben hätte. Und ich hätte ihn nie kennengelernt. Ich hasste und liebte dieses Mädchen. Gleichzeitig.

»Ich weiß nicht, was ihr zugestoßen ist«, sagte Sam. »Aber manchmal tauchen kurze Erinnerungen an ein Mädchen auf.«

Ich warf ihm einen Blick zu. Das hatte er mir nie erzählt.

»Ich sehe nie ein Gesicht«, fuhr er fort, »aber vielleicht ist das ja sie?«

Wenn er vor fünf Jahren alles versucht hatte, was in seiner Macht stand, um dieses Mädchen zu finden – die Tätowierung und Narben in Kauf genommen hatte, der Sektion Widerstand geleistet –, zu was war er dann jetzt fähig?

Er hatte mir versprochen, dass ich immer auf ihn zählen konnte, doch wenn er zwischen mir und dieser Dani wählen müsste, wie würde er sich da entscheiden? Und wenn er je eine von uns beiden opfern müsste, um die Gruppe zu schützen, war ich mir nicht so sicher, auf wessen Seite er sich stellen würde.

Sura faltete ihre Hände und legte sie sich in den Schoß. »Die haben euch ja wirklich leer gefegt. An was kannst du dich denn überhaupt erinnern?«

Nick lachte verächtlich. »Nicht an das kleinste beschissene bisschen.«

Ihr Blick schweifte zu Nick. »Wie ich sehe, hast du dich nicht sehr verändert, Nicholas. Immer noch das gleiche freche Mundwerk.«

Cas unterdrückte ein Lachen, worauf Nick ihm einen vernichtenden Blick zuwarf.

»Wir sind vor fünf Jahren in einem Labor zu uns gekommen«, erklärte Sam. »Vom Leben davor wissen wir nichts Handfestes, wir haben nur vereinzelte, verschwommene Flashbacks.«

Sura nickte, als würde das für sie nun alles einen Sinn ergeben. »Also gut, dann fangen wir einfach von vorne an. Erzählt mir, wie ihr geflohen seid. Ich glaube, ich kann mich dunkel an ihn erinnern«, sie deutete auf Trev. Dann richtete sie ihre Aufmerksamkeit auf mich. »Aber diese junge Dame hier kenne ich nicht.«

Es ging ein Ruck durch Sam. Es ging ein Ruck durch mich. Es ging ein Ruck durch jeden von uns. »Sie wissen nicht, wer sie ist?«

Suras Augenbrauen vertieften sich über ihrem Nasenansatz zu einem V. »Sollte ich?«

Trev trat von einem Fuß auf den anderen. Nick knackte mit seinen Fingern. Ich wusste nicht, was sie erwartet hatten,

schließlich waren sechzehn Jahre vergangen, seit meine Mutter mich zuletzt gesehen hatte. In der Zwischenzeit hatte ich ein paar wesentliche Veränderungen durchgemacht. Konnten sie ihr nicht ein wenig mehr Zeit lassen als eine Sekunde, bevor sie ihre Schlüsse zogen?

Sura sah mich genau an. Dad hatte immer behauptet, ich hätte ihre Augen, doch das glaubte ich jetzt nicht mehr. Ihre Augen waren grün und meine braun. Auf dem Foto, das ich von ihr hatte, war ihre Augenfarbe nicht zu erkennen gewesen, deshalb war mir bisher nicht aufgefallen, dass Dads Aussage falsch gewesen war.

»Das ist Anna«, sagte Sam.

»Anna«, wiederholte sie, als müsste sie meinen Namen testen, weil er ihr irgendwie bekannt vorkam, sie jedoch nicht mehr wusste, woher. »Nun, Anna, es freut mich, dich kennenzulernen.«

Ich starrte sie an. Diese Begrüßung sagte alles, was es zu sagen gab. Je länger ich sie anstarrte, desto mehr verschwamm sie vor meinen Augen, weil sich darin immer mehr Tränen sammelten.

»Sura, Anna ist Ihre Tochter«, sagte Sam, doch selbst er klang nicht mehr so überzeugt.

Es schrillte in meinen Ohren, während sie mich ansah, richtig ansah. Dabei vertieften sich die feinen Fältchen um ihre Augen. »Was genau haben sie dir denn erzählt?«

»Sie erkennen sie wirklich nicht wieder?«

Sie seufzte. »Ich war nie schwanger«, sagte sie dann.

Die Last so vieler Tage voller Ungewissheit und Sorgen überfiel mich plötzlich. Das Schrillen wurde lauter und ein Schluchzen entwich mir. Ich sprang von der Couch. Der Hund hob den Kopf, die Marken an seinem Halsband klimperten. Ich hastete durch die Küche, während der Hund hinter mir herbellte Ich

rannte nach draußen, der Wind war eiskalt auf meinen Wangen, über die nun Tränen liefen.

»Anna!« Sams Schritte folgten mir, doch ich rannte weiter, dabei wusste ich nicht mal, wohin – doch überall war besser als hier. Mein Leben lang hatte ich mir gewünscht, meine Mutter kennenlernen zu können, und nun war sie da, aber ich nicht ihre Tochter?

»Anna, warte.«

Farnblätter schlugen mir gegen die Beine. Ein Ast verfing sich in meinen Haaren. Ich verlor an Schwung, weshalb Sam mich einholte und herumwirbelte.

»Sie weiß nicht, wer ich bin!«, schrie ich und stieß ihn dabei von mir fort. Ich wollte nicht, dass er sah, wie ich zusammenbrach. Außerdem konnte ich keine weitere Sekunde ruhig stehen bleiben.

»Wir müssen herausfinden, wieso das so ist«, sagte er. »Warte.«

Ich vergrub mein Gesicht verzweifelt in seinem Hals. Er roch nach Seife und frischer, reiner Luft. Er roch nach Zuhause.

Ich wollte einfach nur zurück, selbst wenn nichts davon wahr war. Mir fehlte die Vorhersehbarkeit von allem. Zu Hause wusste ich immer, was mich erwartete. Sam war immer da und ich war immer die Anna, die ihre Mutter verloren hatte und deren Vater jede freie Sekunde arbeitete.

Das war mein Leben. Vielleicht war das nicht viel und nicht einmal echt, aber es war meins.

Nun standen wir dort, mitten in einem Wald, und ich weinte. Sam hielt mich fest im Arm, als hätte er Angst, ich würde wieder weglaufen, sobald er losließ. Und das hätte ich vielleicht auch getan. Vielleicht wäre ich so weit gelaufen, wie meine Beine mich getragen hätten.

»Sie ist nicht meine Mutter«, sagte ich schließlich und wischte mir die Tränen aus dem Gesicht. Laut ausgesprochen, wirkte der Satz gleich viel wahrer. Möglich, dass ich das schon tief in mir drin geahnt hatte – seit ich den Klebezettel mit ihrer Handschrift gefunden hatte, einer Handschrift, die eigentlich in die Vergangenheit gehörte. Vielleicht hatte ich es schon da gewusst.

Mein Dad schien oft gelogen zu haben, doch mir vorzumachen, dass Sura meine Mutter war, erschien mir selbst für seine Verhältnisse zu verschlagen. Weshalb hatte er es also getan? Zu welchem Zweck?

»Wenn sie nicht meine Mutter ist, wer ist es dann?«

Ein Windstoß fuhr durch die Bäume. »Das weiß ich nicht«, sagte Sam. »Aber ich verspreche dir, wir werden es herausfinden.«

25

Je älter ich wurde, desto mehr wollte ich über meine Mutter wissen. Aus diesem Grund zeichnete ich sie wohl so häufig, so als könnte mein Stift die Lücken schließen, die ihr Tod hinterlassen hatte. Und jetzt befand sie sich direkt gegenüber von mir und war gar nicht meine Mutter. Das tat mehr weh als alles andere. Ich hatte gedacht, mir würde eine zweite Chance gewährt – stattdessen war mir einfach alles genommen worden.

Trev reichte mir eine Tasse mit Instantkaffee. Sura bekam auch eine. Sam saß neben mir, so nah, dass wir uns berührten. Er würde mich nicht alleinlassen; genau wie er es versprochen hatte.

»Wir reparieren dann mal das Stromaggregat«, sagte Trev.

Aus dem Augenwinkel nahm ich Sams Nicken wahr. Auch Cas und Nick hatte er schon mit einer diskreten Geste weggeschickt, die ich nicht mitbekommen hatte. Um mir so viel Privatsphäre zu geben wie möglich.

Als wir wieder ins Haus gekommen waren, hätte ich mich am liebsten sofort in meinem Zimmer verkrochen, um mich auf dem Bett zusammenzurollen und in Gedanken durchzugehen, was ich über mich selbst zu wissen glaubte. Ich wollte mich an meinen Vater erinnern und an alles, was er mir über meine Mutter erzählt hatte. Ich wollte ihr Tagebuch durchforsten und nach etwas suchen, das mir bisher entgangen war. Doch Sam hatte darauf bestanden, dass ich mich mit Sura unterhielt.

Ein Feuer knisterte im Kamin und langsam wich die Taubheit aus meinen Fingern.

»Wieso erzählst du mir nicht ein bisschen von Arthur?«, schlug Sura vor. »Und von dir?«

»Ähm –« Ich schluckte mehrmals. »Ich weiß gar nicht, wo ich ansetzen soll.«

»Soll ich dann vielleicht den Anfang machen?«, schlug sie vor. »Dir von Arthur und mir erzählen?«

»Er hat mir erzählt, dass Sie gestorben sind, als ich ein Jahr alt war. Aber das ist ganz offensichtlich nicht die Wahrheit.«

Sie nickte zustimmend und zog ihre Beine unter sich auf den Stuhl. »Wir haben uns vor dreizehn Jahren scheiden lassen.«

Ich legte die Stirn in Falten. »Aber … Da wäre ich vier gewesen. Hatte er vielleicht … Äh –«

»Eine Affäre?«, bot sie an. »Nicht dass ich wüsste, aber das wäre natürlich möglich. Wir hatten uns bereits extrem auseinandergelebt und lebten auch schon lange getrennt, als wir uns scheiden ließen. Für Arthur war seine berufliche Karriere immer wichtiger als alles andere.«

Wer *war* dann meine Mutter? Woher kam ich ursprünglich? Mehr Fragen als zuvor. Ich musste unbedingt mit meinem Vater sprechen.

»Haben Sie je für die Sektion gearbeitet?«, fragte Sam.

»Ja, durch Zufall. Ich kam als frischgebackene Journalistin von der Uni und es war einfach keine freie Stelle in Sicht. Da hat Arthur mir einen Job bei der Sektion verschafft.«

Ich musste an ihr Tagebuch denken und sagte: »Oh, ich habe da etwas von Ihnen.« Ich nahm das Buch von dem Tisch neben dem Sofa und gab es ihr.

Sie hob die Augenbrauen. »Stehen da ganz viele Plätzchenrezepte auf den hinteren Seiten?«

»Ja, ich hab sie alle mal ausprobiert.«

Sie blätterte ein bisschen darin. »Wow. Ich hatte mich schon gefragt, wo das abgeblieben ist. Geht ziemlich viel um Angst und Selbstfindung darin, aber die Rezepte sind gut. Die meisten sind noch von meiner Mutter. Sie konnte unglaublich gut kochen.«

Sie so von ihrer Mutter sprechen zu hören, machte mich ganz verzweifelt. »Sie können es wiederhaben«, sagte ich und deutete auf das Buch.

»Oh, nein.« Sie gab es mir zurück. »Das gehört jetzt dir, du hast doch selbst was ergänzt. Davon abgesehen, habe ich mittlerweile ein neues.«

Insgeheim war ich erleichtert. Obwohl das Tagebuch nun seine eigentliche Bedeutung verloren hatte, so erinnerte es mich trotzdem an zu Hause. Ich hätte es nur ungern hergegeben.

»Magst du mir etwas über Arthur erzählen? Wie geht es ihm?«

Sam und ich wechselten einen Blick. Die Unterhaltung damit anzufangen, dass Sam auf ihn geschossen hatte, war vielleicht keine gute Idee. »Ihm geht es gut. Wie Sie selbst gesagt haben, er arbeitet viel.« Ich knibbelte an einer Ecke des Tagebuchs. »Was haben Sie bei der Sektion gemacht?«

»Ich war bei der medizinischen Abteilung. Kurz vor meinem Ausscheiden gab es neue Experimente zur Bewusstseinskontrolle. Wie ich jetzt feststellen muss, hatten sie wohl schon damals die Gehirnwäsche perfektioniert.«

»Arbeitet die Sektion für die Regierung?«, fragte Sam. Er sah fast unbeteiligt aus, die Hände lässig auf seinen Beinen, doch er war spürbar angespannt. Er änderte seine Sitzposition, wodurch mir auffiel, dass er sich das Hemd hinten in die Hose gesteckt hatte, wohl um schneller an seine Waffe zu kommen.

Sura nahm ihre Tasse vom Tisch. »Nein, aber sie wird zu einem großen Teil von der Regierung finanziert, weshalb es so

etwas wie eine stille Übereinkunft zwischen den beiden gibt. Sie lassen der Sektion absolut freie Hand und im Gegenzug hat die Regierung als Erste Zugriff auf ihre Ergebnisse.«

»Wie zum Beispiel auf die Jungs?« Bei dem Gedanken wurde mir ganz schlecht.

»Ja.« Sura sah Sam an. »Die Sektion wollte außerordentliche Soldaten entwickeln. Militärisches Personal, das noch leistungsfähiger ist als Elitesoldaten. Doch sobald man Menschen klüger und stärker macht, als sie sein sollten, wird es schwer, sie zu kontrollieren. Ich vermute, deshalb hat man euch eingesperrt. Mal ganz davon abgesehen, dass Sam der Sektion etwas gestohlen hat, worüber Connor extrem wütend geworden sein muss.«

Sam lehnte sich vor. »Nur was?«

Sie zuckte mit den Schultern. »Zu dem Zeitpunkt habe ich schon längst nicht mehr für die Sektion gearbeitet. Darüber kann ich dir also leider keine näheren Informationen geben. Und du hast nie zu denen gehört, die mehr sagen als nötig.«

Das stimmte auch heute noch.

»Habe ich Ihnen gegenüber noch etwas erwähnt?«, fragte Sam. »Ein Codewort? Irgendwas zu meiner Tätowierung?«

Sie schüttelte den Kopf. »Ich sollte nur eine sichere Anlaufstelle für dich sein, die dir ein paar Dinge erzählen kann, für den Fall, dass dir deine Erinnerungen genommen werden.«

Nach einer Pause sagte Sam: »Haben die an etwas Neuem gearbeitet, was ich gestohlen haben könnte? Gab es eine Weiterentwicklung, eine neue Form der genetischen Veränderung? Oder ein neues Medikament?«

»Das weiß ich wirklich nicht«, sagte sie und stellte die Tasse auf den Tisch, »aber ich habe gehört, dass zu der Zeit ziemlich viel Geld in die Sektion gewandert ist. Ich hatte damals ein paar Kontakte bei der Sektion, hab sie auch heute noch.«

»Kontakte, denen Sie trauen?«, fragte Sam.

»Ja.«

Der Hund rollte sich auf die Seite und seufzte. Das Feuer knisterte im Kamin. Sura wandte sich mir zu, ihr dicker Zopf fiel dabei über ihre Schulter. »Es tut mir sehr leid, dass du es so herausfinden musstest. Ich kann mir vorstellen, wie schwer es ist, in so einer Situation überhaupt noch jemandem zu vertrauen, aber wenn ich was für dich tun kann, sag mir einfach Bescheid.«

Ich lächelte. »Danke.«

»Es ist schon spät.« Sam stand auf. »Sie können gern hierbleiben, wenn Sie möchten. Oben ist noch ein freies Zimmer.«

»Danke.« Sie schnipste mit den Fingern und sofort sprang der Hund auf alle viere. »Welches Zimmer ist es denn?«

Sam setzte gerade zu einer Antwort an, doch ich kam ihm zuvor. »Ich zeige es Ihnen«, sagte ich. Sam warf mir einen fragenden Blick zu. Ich nickte nur, was so viel heißen sollte wie: Ich komm schon klar.

Oben angekommen, führte ich Sura und ihren Hund in das erste Zimmer, das links vom Flur abging. Das zweite war meins und das dritte teilten sich die Jungs. Weil sie sowieso nie alle gleichzeitig schliefen, war das kein Problem.

»Wie heißt Ihr Hund?«, fragte ich, während ich ein weiteres Kissen aus dem Schrank holte.

»Coby.« Sura stellte sich ans Fenster und sah hinaus. »Wie sind die Jungs zu dir?«

Ich blieb auf halbem Weg zwischen Schrank und Bett stehen. »Ganz in Ordnung. Nick und ich kommen nicht immer miteinander klar, aber ich schätze, das ist normal.«

Sura nahm das Kissen entgegen, das ich ihr hinhielt, und schüttelte es auf. »Lass ihm Zeit. Vielleicht werdet ihr noch warm miteinander.«

»Das bezweifle ich.«

»Der Junge hat einiges mitgemacht. Er war schon so, als ich ihn kennengelernt habe. Nimm es einfach nicht persönlich.«

Ich ging zurück zum Schrank und musste ein bisschen wühlen, bis ich zwei Decken gefunden hatte. »Wie meinen Sie das?«

Obwohl Nick und ich uns nicht viel zu sagen hatten, war ich wahnsinnig neugierig auf sein Leben. Ich wollte ihn verstehen, irgendwie aus ihm schlau werden.

»Nick kam zur Sektion«, erklärte Sura, »weil er nichts zu verlieren hatte. Er ist mit sechzehn von zu Hause weggegangen. Seine Mutter hat ihn und seinen Vater verlassen, als er gerade mal zwei war. Sein Vater war Alkoholiker. Er hat Nick geschlagen, wann immer sich eine Möglichkeit dazu bot.«

Die Decken wurden plötzlich schwer in meinen Armen. War es das, was er in seinen Flashbacks sah? Seinen gewalttätigen Vater? Ich musste mich auf die Bettkante setzen, während mich Nicks Vergangenheit wie ein Schlag traf.

»Nick ist, wie er ist, weil er es nicht anders kennt«, fügte Sura hinzu. »Das kann selbst eine noch so gründliche Gehirnwäsche nicht ändern.«

Plötzlich ergab das, was er auf dem Friedhof zu mir gesagt hatte, mehr Sinn: *Ich weiß vielleicht nicht mehr, wer ich früher war, aber ich wette, mir hat nicht immer die verdammte Sonne aus dem Arsch geschienen.* Möglicherweise wusste er tief in sich drin immer noch, dass es manchmal besser war, manche Dinge nicht wieder ans Tageslicht zu befördern.

»Und Sam?«

Sura kam ums Bett herum zu mir und nahm mir eine der Decken ab. »Wieso er dazugestoßen ist? Seine Mutter hat ihn der Sektion zur Verfügung gestellt und die haben ihn nur zu gern angenommen.«

»Ist das denn legal?«

»Die kommen mit noch viel unglaublicheren Dingen davon, glaub mir.«

Ich stand auf, damit sie das Bett machen konnte. »Wenn Sie so viel über die Vergangenheit der Jungs wissen, wieso erzählen Sie ihnen nichts darüber?«

Auf ihrem Mund zeigte sich ein ironisches Grinsen. »Ich bin doch erst vor einer Stunde angekommen. Außerdem sprechen wir hier unter anderem von Sam. Der traut niemandem, nur sich selbst. Egal, was ich gesagt hätte, er hätte es sich nur unter Vorbehalt angehört.«

Ich nickte, natürlich hatte sie recht.

Dann half ich ihr dabei, die dicke Decke über der dünneren Baumwolldecke auszubreiten. Beide rochen so muffig wie der Schrank, doch sie würde sie brauchen, so sehr wie das Haus über Nacht auskühlte.

»Nun, dann werde ich Sie mal allein lassen.«

Sie legte den Kopf schief, während ich schon auf die Türe zusteuerte. »Anna?«

»Hm?«

»Ich sehe eine sehr willensstarke junge Frau in dir. Und du bist wunderschön. Ich wäre sehr stolz darauf, eine Tochter wie dich zu haben.«

Mehr brauchte es nicht. Sofort sah ich wieder verschwommen und musste mit aller Kraft die Kiefer aufeinanderbeißen, damit meine Lippen nicht anfingen zu zittern. Obwohl ich ja wusste, dass es nicht stimmte, wollte ich einfach weiter daran glauben, dass sie meine Mutter war. Ich wollte sie nicht aufgeben.

»Danke«, brachte ich noch hervor, bevor ich die Tür hinter mir schloss.

26

Wenig später am gleichen Abend zog ich mich in mein Zimmer zurück, streifte meine Schuhe ab und ließ mich aufs Bett fallen. Weil ich aus der feuerwarmen Hitze des Wohnzimmers in die Kälte meines Zimmers trat, bekam ich sofort eine Gänsehaut. Ich wickelte mich in die Decke ein und lauschte für einen Moment einfach den Geräuschen im und ums Haus. Dem Knarren der Dielen im Erdgeschoss, dem Rascheln der trockenen Blätter draußen.

An diesem einen Tag hatte ich so viel erfahren. Meine Mutter war nicht meine Mutter. Sam hatte eine Freundin gehabt. Und Nick erschien mir in einem ganz neuen Licht. Mir fiel es schwer, all die neuen Informationen zu verarbeiten. Meine Welt stand ohnehin schon kopf.

Ich schloss die Augen mit dem Gedanken, mich nur kurz aufzuwärmen, doch bevor ich weiterdenken konnte, war ich bereits eingeschlafen. Ich erwachte erst mitten in der Nacht wieder, die Decke war weggerutscht und meine nackten Füße hingen in der kalten Nachtluft. Mein erster Gedanke war, dass ich mich ins Labor zu Sam schleichen wollte. Es dauerte einen Moment, bis ich wieder wusste, wo ich war und dass ich gar nicht mehr in den Keller laufen musste, um Sam zu sehen.

Ich stellte beide Füße auf den Boden, die alte Gewohnheit saß so tief in mir drin, dass jeder Nerv, jede Zelle, jeder Muskel mir

befahl, runterzugehen. Während ich die Treppe hinunterstieg, ließ der Feuerschein die dünnen Schatten des Geländers an der Wand tanzen. Draußen vor dem Fenster rieben die Äste der Bäume gegeneinander und verhakten sich. Über das Haus hatte sich die gespenstische Stille gesenkt, die immer nachts eintrat, wenn alles zum Stillstand kam.

Sam lag bäuchlings auf dem Sofa, die Augen geschlossen, die Hände unter einem Kissen vergraben. Verwundert bemerkte ich, dass ich ihn noch nie wirklich hatte schlafen sehen, abgesehen von den Malen, als er betäubt in seiner Zelle gelegen hatte. Wenn ich ihn je so angetroffen hätte, wäre ich völlig fasziniert davon gewesen, wie normal und friedlich er aussehen konnte. Im wachen Zustand war er nämlich alles andere als *normal*.

Langsam näherte ich mich der Couch, blieb kurz davor stehen und beobachtete, wie seine Schulterblätter sich hoben und senkten, um mich davon zu überzeugen, dass er noch atmete. Um mich davon zu überzeugen, dass sich in den paar Stunden, die ich ihn nicht gesehen hatte, nichts verändert hatte.

Als ich den ersten Schritt auf den Sessel vorm Kamin zu machte, weil ich mich für ein paar Minuten am Feuer aufwärmen wollte, sprang Sam auf, presste mich gegen die Wand und hielt mir seine Pistole an die Schläfe.

Keuchend sagte ich: »Sam, ich bin's.«

»Anna.« Er lockerte seinen Griff.

»Tut mir leid«, war alles, was ich hervorbrachte.

Er schüttelte den Kopf. »Nein, nein, ich hätte nicht –«

»Ich habe mich angeschlichen, ich hätte es besser wissen müssen.«

Er legte die Waffe auf den Tisch rechts von mir. »Habe ich dir wehgetan?« Er nahm mein Gesicht in beide Hände, meine Haut fing an zu kribbeln.

»Nein, es geht mir gut.«

Selbst in dem Halbdunkel erkannte ich den leicht verwirrten, verlorenen Ausdruck in seinen grünen Augen. Als hätte er ein Gespenst gesehen. Er machte einen Schritt zurück.

»Was ist los?«, fragte ich.

Ihm entwich ein Seufzer. »Je länger ich nicht mehr im Labor bin, desto mieser fühle ich mich.«

»Liegt das an den Flashbacks?« Sein Schweigen war ein klares Ja. Obwohl ich die Antwort gar nicht wissen wollte, war die Frage über meine Lippen, ehe ich sie aufhalten konnte. »Kommt Dani darin vor?«

Er schaute weg. »Ich hab sie im Stich gelassen.«

Ein Gefühl überwältigte mich – Besitzanspruch? Jedenfalls war es so stark, dass ich kaum noch Luft bekam. Ich wollte, dass er mir gehörte und niemand anderem. Was hatte dieses Mädchen, das ich nicht hatte? Konnte sie ihn mir nach all den langen Jahren einfach so wegnehmen?

Doch wieso überhaupt wegnehmen, Sam und ich waren ja nicht mal zusammen. Dabei hatte ich immer gedacht, Sam könnte gar nicht lieben, zumindest nicht auf eine so vorbehaltlose Art, von der jedes Mädchen träumte. Doch vielleicht hatte der alte Sam das alles gekonnt. Vielleicht hatte er Rosen gekauft, kitschige Liebesgedichte geschrieben und mit dem Mädchen seiner Träume Händchen gehalten. Wenn er nun langsam wieder Zugang zu seinen Erinnerungen fand, war es sicher nur eine Frage der Zeit, bis ich ihn für immer verlieren würde.

Ich wandte mich ab, wollte fort, doch er hielt mich am Handgelenk fest. »Warte«, sagte er. »Ich weiß, was du denkst.«

»Was denn?«

Seine Lippen wirkten röter, feuchter. Mein Herz klopfte von innen gegen meine Rippen.

»Es steht dir ins Gesicht geschrieben.« Er strich mir eine Strähne aus der Stirn. »Ich werde nicht verschwinden.«

»Das habe ich auch nie behauptet.« Doch meine Stimme war nicht mehr als ein unsicheres Flüstern.

Seine Hand legte sich an meine Taille, unsere Blicke trafen sich. Seine Finger berührten meine nackte Haut direkt unter dem Saum meines T-Shirts. Jeder meiner Nerven summte zur Antwort.

»Sam«, sagte ich, doch alles Weitere, was ich sagen wollte, was ich sagen sollte, blieb unausgesprochen.

Er neigte sich vor und drückte seinen Mund auf meinen, erst federleicht, dann heftiger. Mein Puls beschleunigte unendlich, denn er atmete dabei aus, als hätte er viel zu lange die Luft anhalten müssen.

Meine Hände glitten seine starken Oberarme hinauf, während er mir durch die Haare fuhr und damit kleine Hitzewellen durch meinen Körper jagte. Er presste sich gegen mich, als könnte er mir gar nicht nah genug sein, und ich hielt dagegen. Weil ich nicht nah genug war. Weil ich die ganzen letzten Jahre meines Lebens gehofft hatte, ihm näher zu sein.

Ich ließ meine Hände an ihm hinabgleiten, über seine muskulösen Flanken. Nun wanderten meine Hände unter sein Hemd und eine Stimme in meinem Kopf schrie auf: *Langsam, was machst du denn da?* Doch ich ignorierte sie.

Meine Berührung schien ihn aufzuheizen, und als sein Mund meinen wiederfand, musste ich mich gegen die Wand fallen lassen, plötzlich nicht mehr sicher, noch aufrecht stehen zu können.

Wenn er wollte, war ich zu allem bereit. Zu allem. Und als sich mein Verstand allen Möglichkeiten öffnete, hörte Sam auf.

»Anna«, sagte er. Seine Stimme war heiser, aber bestimmt.

Durch die Art, wie er mich ansah, seine Finger immer noch gegen meine Wangen gepresst, wusste ich genau, was er dachte.

Wir sollten das nicht tun.

Und vielleicht hatte er recht. Aber ich wollte noch so viel mehr von ihm.

Ich rutschte ein Stück zur Seite und strich mit zitternder Hand mein T-Shirt glatt. Dabei versuchte ich, nicht auf das bisschen durchtrainierten Bauch zu gucken, das immer noch unter seinem Hemdsaum hervorlugte, doch es gelang mir nicht. Wenn ich ihn schon nicht berühren durfte, wollte ich ihn wenigstens mit Blicken abtasten und nie wieder damit aufhören.

»Anna«, wiederholte er, doch mehr kam nicht. Vielleicht bedeutete das, dass zum ersten Mal er derjenige war, dem es die Sprache verschlagen hatte.

»Dann bis morgen früh«, sagte ich, was viel härter klang, als ich beabsichtigt hatte.

Ich wartete keine Antwort ab. Ich verließ das Wohnzimmer, so schnell es ging. Weg vom Feuer, weg von Sam. Die Kälte überfiel mich wieder, kroch mir die Arme hinauf.

Was hatte ich mir denn dabei gedacht?

Doch ich hatte nicht gedacht. Ich dachte noch immer nicht, und genau das war das Problem. Wenn ich in all den Jahren etwas über Sam gelernt hatte, dann, dass alles, was er sagte und tat, gut geplant war.

Und dieser Kuss … Der war nicht geplant.

Ich wollte nichts wie zurück in mein Zimmer, mich dort verkriechen, bis die Sonne aufging. Doch auf halber Treppe kam Sura mir entgegen, die Augen vor Schreck geweitet, das Haar offen und wild.

»Schnappt euch eure Sachen«, rief sie. »Connor hat euch gefunden.«

27

Sam schwang sich über das Geländer und landete auf der Stufe über mir. Er wuchtete Sura an die Wand, rammte ihr die Pistole mit solcher Wucht unters Kinn, dass sich ihr Kopf gewaltsam in den Nacken legte.

»Haben Sie ihn hierher gelotst?«, entfuhr es ihm.

Sura versuchte, den Kopf zu schütteln, doch Sam hielt sie so fest, dass es nicht gelang. »Nein, das schwöre ich. Ich bin auf deiner Seite, Sam.«

»Woher wissen Sie dann, dass Connor unterwegs ist?«

Sie schluckte. »Ich hatte einen meiner Kontakte um Hilfe gebeten. Der hat sich gerade zurückgemeldet.«

»Wer ist dieser Kontakt?«

»Niemand, den du kennst.«

Eine Schweißperle lief Sams Schläfe hinunter. »Wie lange haben wir noch?«

»Zehn Minuten.«

»Scheiße.« Er steckte die Waffe weg und rannte die restlichen Stufen hoch, nahm immer zwei auf einmal, um die anderen zu wecken. Einer von ihnen war vermutlich draußen und hielt Wache, aber ich wusste nicht, wer.

Suras Blick begegnete meinem. »Ich habe euch nicht verraten«, sagte sie. »Das würde ich nie tun.«

»Das würde ich gerne glauben –«

Sie kam eine Stufe tiefer, auf mich zu. »Das ist jetzt egal. Hör zu. Mein Kontakt hat mir noch etwas erzählt, etwas über dich.«

Ich prallte rückwärts gegen das Geländer. »Über mich?«

Ihre Haare hingen in dichten, großen Locken über ihre Schultern. »Was ist das Erste, an das du dich erinnern kannst?«

Nick stürzte durch den Flur im ersten Stock. Irgendwo dort oben wurde eine Tür aufgerissen.

»Anna! Denk nach.«

Ich versuchte, mich zu konzentrieren. »Was soll denn das? Wozu soll das jetzt gut sein?«

»Wo hast du gewohnt, bevor du ins Farmhaus gezogen bist? Bevor du die Jungs im Labor entdeckt hast?«

Cas sauste an uns vorbei die Treppe hinunter. Das hieß, Trev war draußen.

»In der Stadt. In einer Wohnung.« Ich lief die Treppe hinauf. »Ich muss meine Sachen holen. Ich –«

Ihre Hand umschloss meinen Unterarm. »Wo lag die Wohnung? Im Erdgeschoss? Höheres Stockwerk?«

»Höheres Stockwerk.«

»Welche Farbe hatte dein Zimmer?«

»Ich muss jetzt los!« Ich riss mich von ihr los.

»Sie sind falsch, Anna.«

Ich erstarrte.

»All deine Erinnerungen. Wenn du dich in Ruhe hinsetzt und darüber nachdenkst, wirst du merken, dass du nicht weißt, welche Farbe dein Zimmer in Wirklichkeit hatte. Oder was du gefrühstückt hast.«

Verunsicherung lähmte mich. »Aber ich weiß, welche Farbe mein Zimmer hatte.«

»Dann sag mir, welche.«

Draußen bellte ein Hund. Suras Hund?

»Es war –« Ich versuchte, mir die Wohnung und das Zimmer vorzustellen. Wo das Bett stand. Wo der Schrank. Welche Farbe hatten die Wände? Lila. Waren sie nicht lila gewesen?

Der Hund jaulte auf. Ich hörte, wie eine volle Tasche auf dem Boden im Flur oben landete.

»Anna«, rief Sam. »Los jetzt!«

»Als ich aus der Sektion ausgeschieden bin«, erklärte Sura gehetzt, »haben die gerade getestet, wie man alte Erinnerungen löschen und durch neue, falsche ersetzen kann. Ich glaube, das haben sie –«

Eine Fensterscheibe im Wohnzimmer zersplitterte und Blut spritzte vor mir durch die Luft. Sura kippte nach vorn und riss mich mit sich. Ich stürzte mit voller Wucht auf die Kante einer Stufe.

»Sura?« Ich schüttelte sie, doch sie reagierte nicht.

Als ich sie von mir runterschob, starrte sie mich aus weit aufgerissenen, leeren Augen an. Ein Einschussloch prangte mitten auf ihrer Stirn. Ich krümmte mich, würgte.

Jemand schob mir seine Hände unter die Arme. Zog. Zerrte. Beförderte mich auf die Füße. Blut hatte mein T-Shirt durchnässt. Blut und irgendwas anderes, Fleischiges. Ich kreischte und wischte panisch darüber, um es loszuwerden. Weg damit!

Cas erschien gerade am unteren Treppenabsatz, als die Eingangstür in tausend Teile zersplitterte. Ein Schuss war zu hören und Cas fiel auf die Knie.

Sam zog mich mit, während ich schrie: »Steh auf, Cas! Steh auf!«

Eine zweite Kugel traf ihn an der Schulter und er kippte rücklings die paar Stufen hinunter, die er gerade noch hochgestiegen war. Männer marschierten ins Haus, Gasmasken verdeckten ihre Gesichter. Ein weiteres Fenster zerbrach und etwas

Schwarzes, Zylindrisches landete mit einem Rumms auf dem Boden. Gas zischte heraus. Hinter mir schrie Nick.

»Cas!« Meine Stimme verlor sich im Dröhnen vieler Stiefel. Ich versuchte, mich aus Sams Armen zu befreien, die sich um meine Taille klammerten. Cas lag dort auf dem Boden, Blut quoll aus seinen Wunden und färbte sein weißes Hemd rot. Seine Augen waren geschlossen.

Sam hob mich kurzerhand hoch und trug mich in mein Zimmer, wo Nick bereits stand, eine Tasche über der Schulter. Er öffnete das Fenster, der Wind blies die Vorhänge ins Zimmer. Kaum hatte Sam die Kommode vor die Tür geschoben, wurde von der anderen Seite dagegengeschlagen. Und was, wenn das Cas war? Und wo steckte Trev?

Nick wuchtete mich mit einem Ruck zum Fenster. »Raus aufs Dach«, sagte er und ich krabbelte hinaus. Die rauen Schindeln rissen mir die Haut an den Händen auf und der Wind blies beißend um meine Arme.

»Wir können doch Cas nicht zurücklassen«, protestierte ich.

Nick kletterte nach mir durchs Fenster, zuletzt Sam. Sie hielten sich geduckt und bugsierten mich vorwärts, bis zum Rand des Daches. Wir lugten nach unten. Ein Agent stand zwischen Haus und Garage. Sam zeigte auf ihn und Nick nickte. *Was meint ihr damit?*, hätte ich am liebsten gefragt.

Sam hockte sich hin und sprang vom Dach. Ich keuchte. Nick presste mir eine Hand auf den Mund und fing den Schrei ein, noch bevor ich ihn ausgestoßen hatte. Er flüsterte mir so nah ins Ohr, wie es ging: »Wenn du dein verfluchtes Maul nicht hältst, sind wir alle tot.«

Ich bemühte mich zu nicken, dann ließ er mich los. Als wir beide wieder nach unten sahen, lag der Agent reglos im Dreck. Sam machte ein Zeichen, wir sollten runterkommen.

Er wollte, dass ich da runtersprang? Nein. Nein. Ich konnte nicht. Das waren zwei Stockwerke. Ich sank zurück.

»Er fängt dich«, flüsterte Nick.

»Ich kann nicht.«

Seine stahlblauen Augen wurden schmal. »Also gut. Aber nicht schreien.« Er legte seine Hand auf meinen Rücken und gab mir einen Schubs. Ich stolperte mit rudernden Armen über den Rand, die Haare flatterten mir ins Gesicht. Der Himmel verschwamm vor meinen Augen und dann war ich schon in Sams Armen, der mich auf die Füße stellte.

Nick folgte mir mit einem eleganten Sprung und landete fast lautlos, als ein weiterer Agent um die Hausecke bog. Er rammte dem Agenten das Knie in den Bauch und den Ellbogen auf den Hinterkopf. Der Mann brach zusammen. Noch ein Agent tauchte auf. Nick lenkte ihn ab, sodass Sam sich von der anderen Seite auf ihn stürzen konnte. Er brach ihm mit einer schnellen Bewegung das Genick.

Mein Magen rebellierte.

Los, formte Nick mit den Lippen.

»Draußen! Sie sind draußen!«, schrie jemand.

Wir rannten in den Wald, verschwanden in der Dunkelheit zwischen den Bäumen. Es dauerte nicht lange, bis meine Lunge brannte und meine Beine anfingen zu krampfen. Sam atmete nicht einmal schneller.

Ich blieb an einer Wurzel hängen und stolperte.

Nick fing mich auf. Sam warf mir einen Blick über die Schulter zu und fragte: »Kannst du noch?«

Ich versuchte, wieder Luft zu bekommen und zu ihm aufzuschließen. Nein. Ich konnte nicht mehr. Ich konnte nicht mal mehr atmen. »Ja … Es … geht … schon.«

Das Gelände wurde allmählich abschüssig. Ein Stück vor

uns konnte ich eine Straße ausmachen oder zumindest einen unbefestigten Weg, der eine Schneise durch den Wald schlug. Schweiß bildete sich auf meinem Rücken. Ich war mir nicht sicher, wie lange ich bei diesem Tempo noch durchhalten würde. Vermutlich nicht lange genug.

Zwei Lichtkegel tauchten auf, als ein Auto auf den Weg abbog. Sam blieb sofort stehen. Nick riss mich zu sich in die Hocke. Wer auch immer da am Steuer saß, trat das Gaspedal so extrem durch, dass der Wagen hinten ausbrach.

»Sam!«, schrie jemand.

»Das ist Trev«, keuchte ich.

Wir stürzten zur Straße und Trev machte eine Vollbremsung, der SUV rutschte seitlich weg. »Steigt ein!«

Ein Schuss schallte durch die Nacht. Die Kugel schlug ungefähr dreißig Zentimeter neben meiner Hand in der hinteren Tür ein, das Metall bog sich zu einem Trichter. Ich starrte gebannt darauf, es war so nah.

»Anna!«, rief Sam.

Seine Stimme löste mich aus meiner Starre, ich zerrte die Tür auf und warf mich auf die Rückbank, während Trev wieder aufs Gaspedal trat.

»Licht aus«, befahl Sam. Trev gehorchte, die Scheinwerfer erloschen und die Nacht verschluckte uns.

Ich steckte den Kopf zwischen die Knie, machte tiefe Atemzüge und atmete damit nicht nur Luft ein, sondern auch den abgestandenen Geruch einer alten Fastfoodtüte, die zerknüllt auf dem Boden lag.

Auf Cas war geschossen worden. *Geschossen.* War er tot? Sura war tot. Diesmal war sie *wirklich* tot. Mein Hemd war immer noch warm von ihrem Blut. Es klebte mir an der Brust.

Hatte sie uns verraten? Ihre letzte Warnung hallte noch im-

mer in meinen Ohren nach. Meine Erinnerungen. Meine Erinnerungen waren nicht echt. Hatte Sam unser Gespräch gehört? Nick? Nein, wenn er Bescheid wüsste, hätte er sich längst gegen mich gestellt. Er durfte nichts davon erfahren.

»Wie bist du denen entkommen?«, fragte Sam an Trev gerichtet.

Nick rutschte näher zu mir, bis er in der Mitte der Rückbank saß, damit er Trev und Sam auf den vorderen Sitzen besser sehen konnte.

Trev fummelte am Radio herum. »Ich war mit Suras Hund spazieren und bin buchstäblich mit einem Agenten zusammengestoßen. Wir haben gekämpft«, er deutete auf sein Auge, das Lid war geschwollen und lief blau an, »doch ich hab gewonnen. Dann bin ich sofort zum Wagen und losgedüst. Ich habe euch vom Haus wegrennen sehen, habe euch aber aus den Augen verloren, als ihr im Wald verschwunden seid.«

Ich setzte mich auf, warf über Nicks breite Schulter einen Blick zu Sam. Der ballte eine Hand zur Faust, löste sie, ballte sie wieder, die Sehnen spielten im schummrigen Licht, das das Radio warf. »Zu wievielt waren sie?«

»Fünfzehn, plus minus.«

»Hast du Riley oder Connor gesehen?«

»Riley war da. Connor hab ich nicht entdeckt.«

Sam stützte einen Ellbogen auf die Mittelkonsole und fuhr sich mit der Hand übers Kinn, sein Bart machte ein kratzendes Geräusch.

»Was überlegst du?«, fragte Nick.

Sam schloss die Augen, seine dunklen Wimpern ruhten auf seinen Wangen. Er sah so erschöpft aus. »Vielleicht wollten sie uns gar nicht festnehmen, sondern uns nur zur Flucht zwingen.« Er schlug die Augen wieder auf. »So kann Riley uns bis

nach Port Cadia folgen und uns abnehmen, was auch immer ich dort versteckt habe. Vielleicht war das von vornherein ihr Plan.«

»Willst du damit sagen«, ich rutschte auf meinem Platz hin und her, »dass sie dich absichtlich aus dem Labor haben fliehen lassen?«

Er seufzte. »Keine Ahnung. Möglich.«

»Niemals. Denk doch mal nach. Wenn sie das geplant hätten, wären Connor und Riley an dem Tag gar nicht mitgekommen. Die würden doch ihr eigenes Leben nicht aufs Spiel setzen.«

»Anna hat recht«, sagte Nick und überraschte mich damit. Er warf mir einen Blick zu. »Na, das ist doch logisch. Wir sollten niemals entkommen, doch nun, wo es passiert ist, wissen sie, dass wir vielleicht die Sachen finden, die Sam der Sektion gestohlen hat. Jetzt müssen sie irgendwie den Schaden begrenzen.«

Trev stellte einen Radiosender mit klassischem Rock ein. Wenn Cas hier gewesen wäre, hätte er etwas mit Popmusik verlangt. Sein Verlust traf mich plötzlich und intensiv. Es hatte nicht viel gefehlt und auch er hätte entkommen können. Vielleicht, wenn ich ihm geholfen hätte …

Ich legte mein Gesicht in beide Hände und versuchte, das Bild von Cas aus meinen Gedanken zu löschen. Cas, wie er da reglos und blutend auf dem Boden gelegen hatte.

Bitte, bitte, sei nicht tot, dachte ich. *Bitte.*

»Dann fahren wir jetzt nach Port Cadia?«, fragte Trev.

»Ja«, sagte Sam, »und zwar so schnell wie möglich. Bevor sie uns einholen.«

28

»Wach auf.« Ich öffnete die Augen. Sam hatte sich durch die Tür des SUV hereingelehnt. Seine Hand lag sanft auf meiner Schulter. Die Erschöpfung hatte mich immer noch unerbittlich im Griff und es fiel mir schwer, die Augen offen zu halten, während ich mich aufrichtete und dann den Rücken überstreckte, um meine schmerzenden Muskeln ein wenig zu lockern. Noch nie zuvor hatte ich meinen Körper so sehr an seine Grenzen getrieben und allmählich forderte dies seinen Tribut. Ich fühlte mich wie eine Brezel mit all ihren Knoten.

Ich wusste nicht, wie spät es war, doch die Dunkelheit verriet mir, dass ich nicht allzu lange geschlafen haben konnte. »Wo sind wir?«

»Port Cadia. Ich habe uns ein Zimmer gemietet.«

Hinter uns summte ein orangefarbenes Schild, doch sonst war alles wie ausgestorben. Was für ein enttäuschender Empfang. Wir hatten alles riskiert, um diesen Ort zu erreichen, und jetzt gab es nicht mal was zu sehen. Und Cas war nicht mehr bei uns. Ich schloss kurz die Augen, in der Hoffnung, es wäre nicht wahr, wenn ich nur fest genug daran glaubte.

»Wir werden ihn wiederfinden.« Sam versuchte, optimistisch zu klingen, doch seine Stimme verriet, dass er ähnlich bekümmert war wie ich.

»Sie haben ihn erschossen.«

»Cas ist stark.« Er hielt mir die Tür des SUV auf und ich rutschte vom Sitz, die Nachtkälte ließ mich erschauern. Er zwang mich, ihn anzusehen, indem er mich mit dem Daumen anstupste. »Wir werden ihn wiederfinden«, wiederholte er. »Das verspreche ich dir.«

Mehr als ein Nicken brachte ich nicht zustande.

Trev, noch hinterm Steuer, räusperte sich. »Wir sind in ein paar Minuten zurück.« Zu mir sagte er: »Wir fahren schnell tanken, sollen wir dir was mitbringen?«

»Nein danke.«

Schon waren sie unterwegs und ich folgte Sam auf dem überdachten Weg des Motels. Wir passierten braune Metalltüren, an denen oberhalb der Gucklöcher die Zimmernummern angebracht waren. Sam blieb vor Zimmer 214 stehen und steckte den Schlüssel ins Loch. Die Tür öffnete sich mit einem Ruck. Er schaltete das Licht ein, sofort kniff ich die Augen zusammen.

Ich ließ mich auf den Stuhl am Tisch plumpsen und verschränkte die Arme vor der Brust. Mir fehlte meine Jacke. Mir fehlte Cas. Mir fehlte Dad und das Farmhaus. Mir fehlte es, normal zu sein.

Sam setzte sich mir gegenüber und holte ein paar zerknitterte Blätter aus seiner Hosentasche – die Spur, die er sich selbst gelegt hatte. Noch immer hatten wir keine Lösung für das Rätsel. Wir hatten keinen blassen Schimmer, was wir eigentlich suchten und wo genau wir danach suchen sollten.

Ich legte meine Hände übereinander auf den Tisch und meinen Kopf darauf, ich war selbst zum Nachdenken zu erschöpft.

»Was hat Sura zu dir gesagt? Auf der Treppe?«

Ich schnellte hoch und sah in seine Augen. Er beobachtete mich voller Mitgefühl. Ich schluckte. »Hast du irgendwas davon aufgeschnappt?«

»Genug, um mein Interesse zu wecken.«

Also erzählte ich es ihm. Alles. Ich wollte es loswerden, bevor Nick zurückkam und seine Schlüsse daraus ziehen würde. Ich wusste ja nicht mal, was ich selbst davon hielt.

Plötzlich erinnerte ich mich an eine Zeichnung, die ich vor gar nicht so langer Zeit angefertigt hatte. Darauf war ein Mädchen mitten in einem verschneiten Wald zu sehen gewesen, Teile lösten sich von ihr und lösten sich auf. Hatte mir mein Unterbewusstsein damit etwas sagen wollen?

»Was, wenn ich wirklich ein Instrument der Sektion bin?«, fragte ich, als ich am Ende meines Berichts angelangt war. »Was, wenn du mir wirklich nicht trauen kannst? Was, wenn –« Es gab einfach zu viele dieser Fragen.

Ich beugte meinen Kopf vor, meine Haare fielen wie ein Vorhang um mich. »Nichts fühlt sich mehr echt an.«

Sam machte sich klein, damit er trotzdem noch mein Gesicht sehen konnte. »Ich vertraue dir. Hast du das verstanden?«

»Ja.« Der Druck auf meiner Brust ließ ein wenig nach. »Danke. Und das sage ich nicht nur so.«

»Wir müssen irgendwie herausfinden, was ich der Sektion gestohlen habe. Vielleicht finden wir so ja auch deine Antworten.« Er verschwand im Bad und kam kurze Zeit später oberkörperfrei wieder heraus. Mein Blick blieb erst an dem R auf seiner Brust hängen, dann an den wohlgeformten Muskelplatten seines Bauchs.

»Kannst du dir die Tätowierung noch einmal ansehen?«, fragte er. Es kostete mich Mühe, meinen Blick von ihm zu lösen, um in seine Augen zu sehen. »Vielleicht findest du ja etwas, was wir bisher übersehen haben.«

»Klar.« Er setzte sich mit dem Rücken zu mir auf die Bettkante und wartete. Ich kletterte von meiner Seite über das Bett

zu ihm und rutschte an ihn heran. Ich fing bei den Blättern an, zählte, wie viele sich an den einzelnen Ästen befanden, überprüfte die Blattadern, suchte, ob sich irgendwo eine Symbolik verbarg.

Weil ich nichts fand, nahm ich mir als Nächstes die Rinde vor und betrachtete ihre feinen Linien. Ein Strich am dritten Baum von links kam mir komisch vor. Ich unterdrückte ein Gähnen. Ich war müde und konnte nicht mehr ganz klar sehen. Was immer sich da versteckte, war nicht sofort ersichtlich.

Ich sah es mir genauer an, irgendwas stimmte da wirklich nicht ganz. Mit dem Finger fuhr ich über Sams Haut. Er fühlte sich warm an, wärmer, als sich jemand ohne Kleidung in diesem kalten Hotelzimmer anfühlen sollte.

»Hast du was gefunden?«, fragte er.

»Vielleicht.«

Er stand auf und wühlte in der Nachttischschublade herum. Dort fand er einen Notizblock mit dem Logo des Motels und einen Stift, beide gab er mir. »Kannst du es abzeichnen?«

Ich nickte und schon setzte er sich wieder vor mich. Da meine Beine wehtaten, weil ich zu lange gekniet hatte, setzte ich mich um. Ein Bein winkelte ich an, das andere streckte ich aus, sodass es parallel zu dem von Sam lag. Ihm so nah zu sein, ließ mein Herz schneller schlagen. Ich fragte mich, ob es ihm ähnlich ging.

Bei der Erinnerung an unseren Kuss fingen meine Lippen an zu kitzeln. Ich biss mir auf die Unterlippe, vielleicht ließen sich ja so diese Gedanken aus meinem Kopf vertreiben.

Ich übertrug die Rinde mit ihren besonderen Strukturen und den abgelösten Teilen leicht vergrößert auf das Blatt, damit man sie besser erkennen konnte. Je weiter ich kam, desto stärker trat ein Muster hervor. Als die Zeichnung fertig war, formierte

sich aus den einzelnen Streifen der Borke etwas, das wie eine Zahlenreihe aussah. Da sie mit einem hellen Grauton tätowiert waren, sahen sie aus der Entfernung aus wie perfekte Schattierungen.

Sam fuhr herum. »Zeig mal.«

Ich reichte ihm den Block.

»Ziffern.« Er kniff die Augen ein bisschen zusammen, schnappte sich dann den Stift von mir und ummalte Teile der Rinde. »Zwei-sechs-vier-vier.«

Ich nickte. Genau diese Zahlen hatte ich auch gesehen.

Die Stirn in Falten, starrte er weiter auf die Zeichnung. »Mehr war da nicht?«

»Nein. Aber ich kann noch weitersuchen, wenn du willst.«

»Ja, bitte.«

Wir nahmen wieder die gleiche Stellung ein, obwohl ich mir sicher war, nicht mehr zu finden. Und während mir dieser Gedanke durch den Kopf schoss, fragte ich mich, ob Sam nur meine Nähe wollte und die Sache mit der Suche nur eine Ausrede war. Was natürlich eine bescheuerte Vorstellung war. Sam gehörte nicht zu den Leuten, die ihre Zeit mit Ausreden vergeudeten.

Ich vertiefte mich wieder in die Tätowierung, fuhr mit dem Finger über die Birken, die Rinde, das Gras, so als würde ich durch die Berührung einen weiteren Hinweis freilegen können.

Sam zitterte leicht unter meiner Fingerspitze. Ich suchte gar nicht mehr wirklich nach einer neuen Spur, ich wollte eine Reaktion bei ihm provozieren. Er ließ für den Bruchteil einer Sekunde den Kopf hängen, dann drehte er sich zu mir um und sah mir in die Augen. Wenige Zentimeter trennten uns. Ich bewegte mich auf ihn zu.

»Anna«, sagte er.

Die Tür flog auf und ich sprang beiseite. Trev und Nick starrten uns mit großen Augen an. Blut schoss mir in die Wangen. Noch nie hatte ich mir so sehr gewünscht, mich in Luft aufzulösen.

Nick schnalzte mit der Zunge und schüttelte den Kopf. Er stellte eine Papiertüte auf den Tisch und packte die Einkäufe aus.

»Wir haben Sandwiches und Chips mitgebracht«, sagte Trev. »Zweimal Truthahn, zweimal Roastbeef. Eistee für Anna und eine Flasche Wasser für dich, Sam.«

Sam ignorierte ihn, stand mit dem Rücken zu allen, die Schultern steif.

»Das mit dem Roastbeef ist meins«, verkündete Nick. Er schaltete den Fernseher ein und zappte sich durch die Programme. »Hast du dein Hemd verloren, Sam?«

»Anna hat sich die Tätowierung noch mal angesehen.«

»Aha.« Nick grunzte. »Genau so sah das auch aus.«

Sam machte einen schnellen Schritt, riss Nick die Fernbedienung aus der Hand und warf sie gegen die Wand zum Badezimmer, wo sie in mehrere Teile zerbrach.

Nick breitete die Arme aus. »Was soll der Mist?«

»Ich muss dir gegenüber keine Rechenschaft ablegen.«

Nick stand auf. »Das habe ich auch nicht behauptet. Aber falls du es vergessen hast, wir sitzen hier gehörig in der Scheiße, außerdem haben wir Cas verloren. Und statt dich auf – ach, was weiß denn ich – darauf zu konzentrieren, diesen Blödsinn zu entschlüsseln, steckst du lieber Anna die Zunge in den Hals –«

Sams Fingerknöchel landeten satt an Nicks Kinn. Nick flog rücklings gegen den Nachttisch, der gegen die Wand polterte. Sam war sofort wieder über Nick, griff mit einer Hand nach seinem T-Shirt und riss ihn auf die Füße.

»Meinst du, ich weiß nicht, was hier auf dem Spiel steht?«, schnauzte Sam.

Ich warf einen Blick zu Trev, hoffte, er würde dazwischengehen, doch er sah genauso schockiert und überrascht aus wie ich.

Nick wischte sich das Blut vom Gesicht und kämpfte sich frei. »Du bist doch der beschissene Anführer, also mach auch deinen Job!«

Aus Sams Kehle kam ein tiefes Grollen, während er zum nächsten Schlag ausholte. Nick duckte sich im letzten Moment weg, kam wieder hoch und boxte Sam in den Bauch, der sich krümmte. Diese Gelegenheit nutzte Nick, schwang mit dem Fuß nach Sam, traf ihn fast im Gesicht, doch Sam gelang es gerade noch, seine Arme hochzureißen, um den Tritt abzuwehren.

Nick machte einen Schritt zurück, schnappte sich die Glasflasche mit dem Eistee und ging damit auf Sam los.

»Aufhören! Sofort!« Meine Worte prallten an den Wänden ab und schnitten durch die Auseinandersetzung. Nick blieb wie erstarrt stehen. »Die Flasche runter!«

Sam kämpfte sich auf die Füße, spuckte Blut auf den Boden.

Noch immer unter Strom, stellte Nick die Flasche ab und stürmte Richtung Tür. »Ich brauche frische Luft.«

»Nein.« Sam zog sich sein T-Shirt über und warf sich dann in seinen Mantel. »Ich gehe. Ich muss hier raus.«

Ohne ein weiteres Wort verließ er das Zimmer.

29

Ich hätte im Motel bleiben und etwas essen sollen, um das hungrige Grummeln in meinem Bauch zum Verstummen zu bringen. Doch ich konnte nicht. Ich rannte über den Parkplatz, den vielen Schlaglöchern ausweichend, hinter Sam her. Gerade als er die Straße überquerte, hatte ich ihn eingeholt.

»Was sollte das?« Er antwortete mir nicht. Ich hastete an ihm vorbei und verstellte ihm den Weg. »Sag's mir.«

Er sah mich mit einem beunruhigenden Blick an. In seinem Auge war eine Ader geplatzt und hatte seinen weißen Augapfel dunkelrot verfärbt. »Ich wollte mich nicht mit ihm prügeln.«

Ich wurde blass. Sie waren meinetwegen aufeinander losgegangen, das gefiel mir überhaupt nicht. Oder zumindest war ich der Auslöser für ihren Kampf gewesen. »Ich weiß. Und er weiß das vermutlich auch.«

»Nick und ich waren nie einer Meinung und –« Er unterbrach sich und starrte stattdessen auf seine Hand, massierte seine Knöchel.

»Und was?«

Sein Mund blieb fest verschlossen. Er schüttelte den Kopf. »Nichts.« Er ging weiter.

»Sam. Sprich mit mir.«

Er blieb stehen, legte den Kopf in den Nacken und sagte dann mit einem Seufzer: »Ich kann mich nicht mehr konzentrieren.

Ich fühle mich beschissen, den ganzen Tag. Ich kann nicht mehr unterscheiden, ob etwas Wirklichkeit ist oder eine Erinnerung oder nur etwas, das ich mal im Fernsehen gesehen, in einem Buch gelesen oder geträumt habe.«

»Und deshalb bist du so leicht reizbar«, folgerte ich. Er widersprach nicht. »Ist Dani wieder in deinen Flashbacks aufgetaucht?«

Sein Gesichtsausdruck bestätigte diese Vermutung, obwohl er sagte: »Die sind nie konkret.«

Ich fragte mich unweigerlich, wie weit zurück diese Erinnerungen reichten und wie lange er sie mir schon vorenthalten hatte, um mir den Kummer zu ersparen. An unserem ersten Tag in seinem Haus, als wir zusammen in der Speisekammer gewesen waren, hatte er mir von einem Flashback erzählt, das durch eine Delle in der Küchenwand ausgelöst worden war. Damals hatte er auf meine Nachfrage ähnlich ausweichend geantwortet.

Jetzt drängten sich mir Bilder auf, wie es zu der Delle gekommen sein konnte. Vielleicht war er wütend gewesen. Oder ängstlich. Oder todunglücklich. Weil er einen Menschen verloren hatte, den er so sehr liebte, dass er gegen den Schmerz nichts anderes tun konnte, als mit Sachen zu schmeißen.

Ich schlang meine Arme eng um meinen Körper, um die Kälte der Nacht abzuwehren. »Du solltest jetzt nicht allein sein.«

»Mir geht es gut. Geh zurück zum Motel, da bist du in Sicherheit. Und iss was. Du brauchst deine –«

»Kraft, ich weiß. Aber ich gehe nicht zurück. Ich bleibe bei dir.«

Seufzend schälte er sich aus seinem Mantel und hielt ihn mir hin. »Dann zieh wenigstens den an.«

»Ist schon okay.«

Er schaute skeptisch. »Zieh ihn einfach an.«

Ich nahm ihn. Die Ärmel waren zu lang, die Schultern viel zu weit, aber er roch nach Sam. Wir liefen sicher fünfzehn Minuten schweigend nebeneinander her, bevor wir an einem Restaurant vorbeikamen, das rund um die Uhr Waffeln anbot. Licht fiel vom Gastraum auf die Straße.

Sam musste gesehen haben, dass mir das Wasser nur so im Mund zusammenlief. Er steuerte geradewegs die Eingangstür an, hielt sie auf und winkte mich durch. Drinnen hing der schwere Geruch von frischem Kaffee und Waffelteig. Mein Magen fing sofort an zu knurren.

Trotz der späten Stunde war das Restaurant sehr gut besucht. Wir wählten einen Tisch in einer Nische im hinteren Teil. Als die Kellnerin auftauchte, bestellte Sam Rührei und Orangensaft. Ich gönnte mir das volle Waffelprogramm und einen Cappuccino. Es fühlte sich an, als wären wir ganz normale Leute, die sich normales Essen bestellen, zwar spät, aber an einem ganz normalen … Himmel, ich wusste nicht mal, welcher Wochentag heute war.

Ich spielte an dem Salzstreuer herum, knibbelte das angetrocknete Salz von dem Schraubverschluss aus Metall, während Sam sich genau ansah, wer sich sonst noch im Restaurant befand, und wahrscheinlich wieder Fluchtwege auskundschaftete.

»Glaubst du, Sura hat uns verraten?«, fragte ich.

Sam wandte sich wieder zu mir. »Wie kommst du darauf?«

Ich zuckte mit den Schultern. »Ist doch irgendwie auffällig, dass sie am gleichen Abend auftaucht wie die Leute von der Sektion.«

»Die haben uns auch im Einkaufszentrum aufgespürt.«

»Ja, ich finde nur –« Ich verstummte, versuchte, einen Sinn in die unzähligen Theorien zu bekommen, die mir durch den Kopf gingen. Irgendetwas fand ich komisch an dem plötzlichen

Auftauchen der Sektion, aber ich konnte nicht genau sagen, was. Noch weniger konnte ich es Sam irgendwie verständlich machen. »Ach, egal.«

Wenig später kam unser Essen. Obwohl wir uns in einem billigen Rund-um-die-Uhr-Schuppen befanden, waren das die besten Waffeln, die ich je gegessen hatte. Plötzlich war ich froh um diesen späten Spaziergang. *Ich würde das hier einem Sandwich von der Tankstelle jederzeit vorziehen*, dachte ich.

Ich tunkte das letzte Stückchen Waffel in den letzten Rest Sirup. »Auf dem Zettel, den du in deinem Haus gefunden hast, stand doch, dass du für den nächsten Schritt die Tätowierung und die Buchstabennarben brauchst, oder?«

Sam schob seinen Teller weg. »Ja. Ich glaube, das ist ein noch komplizierterer Code –«

»Und wenn es einfach eine Adresse ist? Die Ziffern ergeben die Hausnummer und die Buchstaben den Namen der Straße.«

Er wollte protestieren, überlegte es sich dann doch anders. »Vielleicht, aber ich grüble schon seit Jahren über den Buchstaben und versuche, etwas Sinnvolles daraus zu bilden. Es geht einfach nicht.«

Ich trank den Cappuccino aus, der noch immer angenehm warm war. Danach fühlte ich mich so gut wie lange nicht mehr. Obwohl es vermutlich am Koffein lag, redete ich mir ein, dass es damit zusammenhing, wie nah wir der Lösung von Sams letztem Rätsel waren. Wir mussten nur noch die Narben richtig auswerten.

»Entschuldigen Sie«, rief ich der Kellnerin zu. »Würden Sie mir Ihren Stift leihen?«

Die ältere Frau bot mir ihren Kuli an, der am Ende angeknabbert war. Ich nahm ihn dankbar und schon war sie wieder fort. Zum Schreiben drehte ich einfach mein Platzset aus Papier um

und notierte darauf die Buchstaben, nach zugehörigem Träger sortiert.

Sam – R O D R
Cas – L V
Nick – I E
Trev – R R E E

»Zwölf Narben«, sagte ich und tippte mit dem Kuli auf den Tisch, während ich weiter nachdachte. »Wären sie gleichmäßig aufgeteilt, hätte jeder von euch drei Narben. Doch du und Trev, ihr habt jeweils vier, Nick und Cas zwei. Wieso?«

Sam runzelte die Stirn. »Wenn ich mich heute dafür entscheiden müsste, würde ich mehr Narben übernehmen, um den anderen die Schmerzen zu ersparen.«

»Aber Trev hat auch vier«, erinnerte ich ihn.

Gab es noch eine andere Erklärung dafür, dass Trev genauso viele Narben hatte wie Sam?

Sura hatte gesagt, sie könne sich nur dunkel an Trev erinnern, was ja darauf hindeutete, dass er nicht dabei gewesen war, als sie fünf Jahre zuvor mit Sam zu tun hatte. Das wiederum bedeutete, dass Trev vielleicht gar nicht dabei gewesen war, als Sam, Nick und Cas sich die Buchstaben einritzten.

Ich wiederholte meine Gedanken laut für Sam. Er faltete die Hände vor sich auf dem Tisch. »Wenn Trevs Buchstaben erst später dazugekommen sind –«, setzte er an.

»Dann gehören sie vielleicht gar nicht zur Lösung.«

»Ein Ablenkungsmanöver.« Spannung blitzte in seinen Augen auf. »Gib mir das Blatt.«

Er fing an, die übrigen Buchstaben wieder und wieder in verschiedenen Kombinationen zusammenzusetzen.

R O D R L V I E
LOR DIVER
LORD RIVE
RIVER DOL

»Old River«, flüsterte ich.

»Also, 2644 Old River«, sagte er. »Wenn das denn wirklich eine Adresse ist.«

Ich ließ meinen Blick durch das Restaurant gleiten. Ein paar Mädels in den Zwanzigern saßen am Tisch schräg gegenüber und schnatterten über ihren Chef. Ein älteres Paar las ein paar Tische weiter in verschiedenen Zeitungen. Genau am anderen Ende tippte ein junger Typ auf seinem Laptop herum, neben ihm befanden sich mehrere aufgeschlagene Bücher.

Ich verließ unseren Tisch und Sam folgte mir. Der Typ schaute uns über den dunklen Rand seiner dicken Brille an, während wir uns näherten. Akne übersäte sein Kinn. Eine wild gewachsene Mähne verdeckte ebenso wild gewachsene Augenbrauen.

Er guckte misstrauisch. »Kann ich euch helfen?«

»Bist du gerade online?«, fragte Sam.

»Äh, ja.«

»Würdest du uns deinen Rechner für ein paar Minuten überlassen? Ich gebe dir auch was dafür.« Sam platzierte eine Zwanzigdollarnote auf dem Tisch, woraufhin sich die Augen des jungen Mannes weiteten.

»Im Ernst?«

Sam nickte. »Im Ernst.«

Er rutschte beiseite, damit Sam sich vor den Computer setzen konnte. Ich nahm gegenüber Platz. Sam drückte ein paar Tasten, nutzte das Internet völlig mühelos, so als hätte er nicht

die letzten fünf Jahre ohne Netzzugang in einer Zelle verbracht. Die Jungs hatten nicht mal Computer gehabt.

»Wonach sucht ihr denn?«, fragte der Typ. »Vielleicht kann ich euch ja weiterhelfen?«

Sam tippte auf Enter. »Ich bin auf der Suche nach einer Adresse. Aber ich kenne den richtigen Straßennamen nicht. Old irgendwas? River möglicherweise.« Sam überflog das Ergebnis auf dem Bildschirm. »Kein Ergebnis.« Er tippte noch etwas anderes ein und klickte dann mit der Maus.

»Old River?« Der Typ fuhr sich mit der Rückseite seines Zeigefingers über die Lippen. »Hm. Wisst ihr, ob das in der Stadt liegen soll? Oder eher außerhalb?«

»Nein.«

Ich streckte den Rücken durch. »Sagt dir die Hausnummer 2644 irgendwas?«

Der Typ wiederholte die Zahlen. »2644? Mit River fällt mir da nichts ein, aber ich kenne eine 2644 Old Brook Road. Ein Bach ist ja so was Ähnliches wie ein Fluss. Könnte es die sein?«

Sam schaute auf. Unsere Blicke trafen sich »Sagt dir das was?«, fragte er, an den Typen gerichtet.

»Ob mir das was sagt?«, staunte er, als wäre das die dümmste Frage, die er je gehört hatte. »Jeder hier kennt die Adresse. In dem Haus haben die beiden mysteriösesten Morde der Gegend stattgefunden, die bis heute nicht aufgeklärt sind. Vor ein paar Jahren wurde darüber sogar ein Dokumentarfilm gedreht. Unter welchem Stein habt ihr beide gelebt?«

Sam drehte sich nun ganz zu ihm. »Was ist denn da passiert?«

Der Typ zuckte mit den Schultern. »Na, in dem Haus haben jahrelang die O'Briens gewohnt. Eine Familie mit zwei Töchtern. Irgendwann hatten sie Probleme, wahrscheinlich finan-

zielle. Die ältere Tochter bekam ein Stipendium und ging an eine der bekannten Unis. Sie war der Star der Familie. Wollte Ärztin werden oder so. Zumindest hat Mrs O'Brien das jedem erzählt.

Irgendwann kam jedenfalls raus, dass die Tochter mit jemandem durchgebrannt ist und niemals zurückkehren wollte. Ungefähr ein Jahr darauf fand man Mr und Mrs O'Brien tot in ihrem Haus auf, die jüngste Tochter war spurlos verschwunden und ist seitdem auch nie wieder aufgetaucht.«

Schlagartig musste ich an die leere Akte in Dads Aktenschrank denken. Darauf hatte O'Brien gestanden.

Plötzlich rauschte es in meinen Ohren. Sam fragte: »Wie hießen die Töchter?«

Der Typ schüttelte sich mit einer schnellen Bewegung die Haare aus dem Gesicht, bevor er Sam ansah. Er hatte keine Ahnung, dass seine Antwort mein Leben verändern würde. »Die Mädchen hießen Dani und Anna. Dani und Anna O'Brien.«

30

Alles in mir fühlte sich taub an, ich setzte einfach nur automatisch einen Fuß vor den anderen. Sam folgte mir mit ein bisschen Abstand. Seit wir das Waffelhaus verlassen hatten, hatte ich kein Wort gesprochen. Ich konnte gar nicht sprechen. Die Jungs hatten recht gehabt. Mein gesamtes Leben war eine Lüge. Ich war also wirklich ein Werkzeug der Sektion. Wie oder warum, wusste ich nicht, nur, dass es so war. Sie hatten mir mein Gedächtnis genommen und es durch erfundene Erinnerungen ersetzt. Und ich hatte sie alle für wahr gehalten.

Laut dem Typ im Restaurant waren meine Eltern tot. Dani war meine Schwester und seit Jahren hatte sie niemand gesehen. Wenn das alles stimmte, mussten Sam und ich uns schon vor langer Zeit kennengelernt haben. Lange vor der Gehirnwäsche und dem Farmhaus. Es hatte da immer etwas zwischen Sam und mir gegeben, eine unsichtbare Verbindung, die uns beide verknüpfte. Das erklärte einiges, wenn es denn überhaupt stimmte. Und wenn ich mich entschied, es zu glauben.

Der Typ hatte uns den Weg zur Old Brook Road erklärt und wir waren nun zu Fuß dorthin unterwegs, obwohl das Haus sicher fast acht Kilometer südlich lag. Regentropfen trafen mein Gesicht. In der Ferne erleuchtete ein Blitz den Himmel.

»Anna?« Sam holte mich ein, die Arme eng an den Körper gepresst, damit er nicht so viel Wärme verlor, ich trug ja schließ-

lich seinen Mantel. Ich konnte unter seinem T-Shirt den Griff der Waffe erkennen, die hinten in seiner Hose steckte. »Wir müssen darüber sprechen.«

»Worüber? Dass mein Vater mich angelogen hat? Dass meine richtigen Eltern tot sind? Dass ich ganz offensichtlich eine Schwester hatte, in die du verliebt gewesen bist?«

»Du kannst nicht einfach kopflos zu diesem Haus rennen.«

Er hatte natürlich recht, was mich nur noch mehr ärgerte. »Mein Kopf sitzt wenigstens noch da, wo er hingehört, vielen Dank.«

Plötzlich stand er vor mir. »Wir müssen über uns sprechen. Über mich und dich. Über diese ganze Sache. Über die Antworten, die du dort unweigerlich finden wirst, egal, ob du dazu bereit bist oder nicht.«

»Was willst du denn damit sagen?« Ich lief um ihn herum. »Es geht doch um mein Leben. Ich wüsste gern das ein oder andere darüber, was mich hierhergeführt hat und wieso ich *überhaupt* hier bin.« Es musste doch eine vernünftige Erklärung für das alles geben, oder etwa nicht?

Doch schon in dem Moment, als mir dieser Gedanke kam, schmetterte mein Verstand ihn ab, weil alles, was mit Vernunft zu tun hatte, längst hinter uns auf der Strecke geblieben war.

Ein kleiner Lieferwagen brummte an uns vorbei, weshalb ich die Hände in die Taschen steckte und den Blick abwandte. Vielleicht war der Fahrer ja von der Sektion. Paranoia hatte von mir Besitz ergriffen und ließ mich nicht mehr los. Jeder noch so kleine Teil meines Lebens war von der Sektion beeinflusst worden.

Nichts schien mehr echt zu sein.

Der Lieferwagen fuhr weiter, vor Erleichterung senkten sich meine Schultern wieder.

Als diese ganze Sache losgegangen war, hatte ich mich für eine Unbeteiligte gehalten, die der Zufall in die Schwierigkeiten der Jungs verstrickt hatte und die nur das Ziel verfolgte, zu überleben. Doch wenn das, was der Typ erzählt hatte, stimmte, hing ich von Anfang an ganz tief mit drin.

Nur auf welche Weise? Welche Aufgabe erfüllte ich? Irgendwie war das alles – die gestohlenen Beweise, das Haus mit der Nummer 2644, ich, Sam, die anderen – miteinander verknüpft. Und wir konnten das Rätsel erst lösen, wenn wir wussten, was Sam vor fünf Jahren bei dem Haus versteckt hatte, das einmal mein Zuhause gewesen war.

***

Meine Füße taten weh, meine Beine waren wie aus Gummi. Es hatte aufgehört zu regnen, doch in der Ferne hörte man es ab und zu immer noch donnern. Selbst mit Sams Mantel schlotterte ich. Er hatte sich bisher noch nicht beklagt, doch seine Lippen waren blau und er sah fürchterlich blass aus.

Zwei Stunden nachdem wir das Restaurant verlassen hatten, bogen wir rechts in die Old Brook Road ein. Große, knorrige Äste alter Mammutbäume hatten sich über der Straße ineinander verflochten. In der Luft lag der erdige Geruch von Ackerboden – gepflügte Erde, Heu, Dünger. Eigentlich hätte ich das ziemlich ekelerregend finden müssen, doch der Geruch schien eine tief vergrabene Erinnerung zu wecken.

Am ersten Briefkasten, den wir passierten, prangte die Nummer 2232. Ein kaputtes Lastauto stand in der Auffahrt, der hintere Kotflügel war komplett verrostet.

Der Regen hatte wieder eingesetzt, dicke Tropfen klopften auf den schon völlig durchnässten Stoff des Mantels. Sam fuhr sich mit der Hand über den Kopf, um sich den Regen aus den

Haaren zu streichen. Meine Schuhe quietschten und platschten bei jedem meiner Schritte.

Als Nächstes kamen wir an einem bewirtschafteten Hof vorbei, ein wuchtiges viktorianisches Wohnhaus, dahinter eine Gruppe von Scheunen. Kühe muhten auf dem Feld. Ein Hund bellte von der Veranda zu uns herüber.

Wir liefen an einem weiteren Haus vorbei. Und noch einem.

Und dann waren wir da: 2644 Old Brook Road.

Das verlassene Gebäude war ein flacher Bungalow. Die ehemals weiße Fassade hatte ein schmutziges Grau angenommen. Ein paar der Fenster waren eingeschlagen, vereinzelte Scherben steckten noch in den Rahmen. Die Auffahrt war grasüberwuchert und kaum noch zu erkennen. Zedern begrenzten das Grundstück auf der linken Seite und versperrten so die Sicht auf den nächsten Nachbarn. An die andere Seite schloss ein Waldstück an, der Boden war von Kiefernnadeln übersät.

Wieder wurde der Regen stärker, klebte mir die Haare ans Gesicht. Wasser tropfte von Sams Nase.

»Bist du dir wirklich sicher, dass du da reinwillst?«, fragte er.

Ich schaute mir das Haus genau an. »Mir bleibt nichts anderes übrig, oder?« Ich schlug mich durch das hohe Gras und rannte die Stufen zur Veranda hinauf. Die vernachlässigten Bretter knarrten unter meinem Gewicht. Endlich vor dem Niederschlag geschützt, wischte ich mir kurz den Regen vom Gesicht, während Sam schon durch die verzogene Haustür trat. Doch dann überließ er mir den Vortritt.

Wir standen im Flur, die Holzdielen waren staubig und löchrig. Spinnweben hingen in den Ecken von der Decke. Eine verschlissene Couch stand rechter Hand im Wohnzimmer. Ich ging weiter, in den hinteren Teil des Hauses, wo sich die Küche befand. Die Türen hingen von den Schränken wie gebrochene

Flügel. Ein altmodischer Herd stand vor dem Fenster, das den Blick auf die Zedern freigab. Ich versuchte, mir die Familie vorzustellen, die hier gewohnt hatte. Der Vater am Tisch sitzend, die Zeitung lesend. Die Mutter am Herd stehend. Zwei Töchter, die sich gegenseitig durch das Haus jagen.

Es wirkte so, als würden Erinnerungen in den Spinnennetzen hängen und nur darauf warten, dass jemand sie daraus befreite. Wenn ich das schaffte, wären sie dann wieder meine?

Wir liefen den gleichen Weg zurück und folgten dann dem Flur bis zum Ende, bis zu einem Schlafzimmer. Ein Himmelbett stand in der Mitte, doch die Matratze fehlte. Spinnen hatten ihre eigenen Vorstellungen von Vorhängen zwischen den Stäben des Gestells umgesetzt. Ich warf einen Blick in den Schrank, in dem sich nur eine leere Kleiderstange und in der hinteren Ecke ein Haufen vergessener Gegenstände befand. Ich ging in die Hocke, um sie mir genauer anzusehen.

Eine Haarbürste. Ein Schnürsenkel. Eine zerrissene Zeitung. Eine kleine Schmuckschachtel.

Ich zog die Schachtel hervor und öffnete den safranfarbenen Deckel. Darin lag ein aus Papier gefalteter Kranich, eine Kette mit Kunstperlen und ein in der Mitte geknicktes Foto, dessen Ecken eingerissen waren.

Der Zahn der Zeit hatte das Material spröde gemacht, und als ich es auseinanderfaltete, brach eine Ecke ab und segelte auf den Boden. Ich setzte mich vorm Fenster in den Schneidersitz, damit ich im spärlich einfallenden Licht besser erkennen konnte, was auf dem Foto war.

Mir stockte der Atem. Es war die Aufnahme eines Mädchens. Und das Mädchen war ich.

Mit zehn. Meine Haare waren in einen hohen Pferdeschwanz zusammengefasst, doch ein paar Strähnen hingen mir ins Ge-

sicht und verbargen meine braunen Augen. Hinter mir stand Dani. Sie sah aus wie fünfzehn oder sechzehn. Während meine Haare hell waren, lag ihre Haarfarbe irgendwo zwischen dunkel- und kastanienbraun. Wir sahen uns nicht ähnlich, zumindest nicht so, wie man das von Geschwistern erwartete. Aber wir hatten die gleichen Sommersprossen und die gleiche schmale Nase.

Ich hielt das Bild fest in den Händen, und plötzlich spürte ich etwas. Eine Erinnerung, einen Wunsch, ein Gefühl, ich konnte es nicht sagen. Aber ich wusste, dass uns etwas verband. »Sie war wirklich hübsch.«

Sam schwieg, Regen tropfte von ihm auf den Boden. Er hatte sich gegen die Wand zwischen der Tür und dem Schrank gelehnt, seine Schulter das Einzige, das ihn aufrecht hielt. Seine Augen waren fest geschlossen, so als hätte das Bild von Dani eine neue Welle von Erinnerungen ausgelöst und mit ihnen die zugehörigen Gefühle. Sein Mund zuckte und die feinen Fältchen um seine Augen vertieften sich.

Ich ging zu ihm und schlang ihm die Arme um den Hals.

»Kannst du dich an sie erinnern?«, fragte ich, meine Stimme durch seinen Brustkorb gedämpft.

»Ich weiß zumindest wieder, wie ich mich mit ihr gefühlt habe.«

»Erzähl's mir.«

Er schüttelte den Kopf, als wären ihm diese Gefühle zu fremd und er unfähig, sie in passenden Worten wiederzugeben. »Glücklich. Geborgen.«

Am liebsten hätte ich gefragt: *Und wie fühlst du dich mit mir?* Aber dahinter steckte nichts als Egoismus und Eifersucht, und niemals hätte ich genug Mut aufgebracht, um diese Worte auszusprechen. Die Angst vor der Antwort war zu groß – der Ant-

wort, dass ich nicht das Gleiche in ihm auslösen konnte wie Dani. Doch war das noch wichtig? Dani war meine Schwester. Sam hatte meine Schwester geliebt.

Ein Blitz erleuchtete die dunklen Ecken des Zimmers, der Donner folgte sogleich.

»Wir sollten weitersuchen«, sagte Sam, seine Stimme klang bleischwer in der Stille zwischen den einzelnen Donnerschlägen.

Ich warf einen weiteren Blick auf das Bild, das ich noch immer in der Hand hielt. Ich konnte die Geister des Hauses um mich herum spüren, sie hießen mich willkommen. Willkommen zu Hause.

Sam ging zur Tür. Ich faltete das Foto und steckte es in meine Hosentasche, leise hoffend, dass der Regen nicht das einzige Andenken an ein Leben zerstören würde, an das ich sonst keinerlei Erinnerungen besaß.

31

Sam und ich teilten uns auf, um die restlichen Zimmer abzusuchen. Ich nahm mir die Küchenschränke und die Speisekammer vor. Es war nicht leicht vorauszusehen, wo sich der nächste Hinweis versteckte, aber ich wollte nichts übersehen, egal wie unscheinbar es auf den ersten Blick sein mochte.

In der Diele überprüfte ich einen Garderobenschrank, der sich jedoch als leer entpuppte. Ich durchquerte gerade das Wohnzimmer, da hörte ich ein Rumpeln aus dem Bad.

»Sam?« Schnell rannte ich den Flur entlang und fand ihn schließlich auf dem Rücken liegend. »Was ist passiert?«

Er blinzelte ein paarmal, als könnte er nicht richtig sehen. Dann rollte er sich auf die Seite und kniete sich hin. »Verdammt«, murmelte er, während er sich vollständig aufrichtete. Ein Blitz erhellte für den Bruchteil einer Sekunde das Haus. In diesem kurzen Lichtschein wirkte sein Gesicht aschfahl.

»Hattest du einen Flashback?«

Er rieb sich mit Daumen und Zeigefinger die Augen. »Mir geht es gut.« Dann schob er mich vor sich her durch den Flur.

»Ganz sicher?«

Endlich sah er mich an. »Ja, ich bin einfach nur müde.«

Wir hatten die ganze Nacht über kein Auge zugetan, und während ich im Auto wenigstens ein paar Stunden geschlafen hatte, war Sam sicher wach geblieben.

Wir steuerten wieder die Diele an. »Und was machen wir jetzt?«, fragte ich. »Hier im Haus ist nichts, das uns weiterhilft. Wir müssen irgendetwas übersehen haben.«

»In der Nachricht stand, dass, wenn ich erst einmal am richtigen Ort bin, die Tätowierung den Ausgangspunkt markiert. Ich dachte, damit war die Adresse gemeint, aber vielleicht bildet die Tätowierung ja auch den Ausgangspunkt ab.«

»Die Birken sind ein wiederkehrendes Thema.«

Wir gingen nach draußen. Zwar hatte es aufgehört zu regnen, während wir im Haus gewesen waren, doch die dunklen Wolken hatten sich noch immer nicht verzogen. Die Bretter der hinteren Veranda knarrten schlimmer als die vorn, weshalb ich so wenige und große Schritte wie möglich machte.

Als ich endlich wieder festen Boden unter den Füßen hatte, schaute ich auf. Sofort klappte mir die Kinnlade runter.

Birken. Überall. Mindestens einhundert.

»Wie sollen wir denn da jemals die richtigen Bäume finden?«, fragte ich.

Sam stellte sich neben mich. »Es muss noch einen Hinweis geben.«

Ich ging alles in Gedanken noch einmal durch. Die Narben. Die Nachricht, die Sam sich selbst hinterlassen hatte. Die Hinweise, die in die Rinde tätowiert waren. Als mir zu all dem nichts einfiel, setzte ich gedanklich noch einmal von vorn an. Das Schwarzlicht. Der Code. Das Foto …

»Hast du das Foto von dir und Dani noch?«

Kommentarlos fischte Sam das Bild aus seiner Tasche und gab es mir. Darauf standen Sam und Dani vor vier Birken. Sams Tätowierung bestand aus vier Birken. Das konnte kein Zufall sein. Ich hielt das Foto hoch und verglich die Bäume. Die Stämme der Birken vor uns waren viel zu dick, und selbst wenn

man davon ausging, dass die Bäume über die Jahre gewachsen waren, stimmten sie nicht mit denen auf dem Foto überein. Ich konzentrierte mich auf weitere Details und plötzlich wurde ich ganz aufgeregt, als mir die Kühe im Hintergrund auffielen.

»Sieh mal. Wir sind doch auf dem Weg hierher an einem Hof mit Kühen vorbeigekommen. Vielleicht stehen die Bäume, die wir suchen, ja da hinten irgendwo.« Ich zeigte nach links. »Wäre ja auch irgendwie nachvollziehbar, dass du die Sachen nicht ausgerechnet da versteckst, wo die Sektion als Erstes suchen wird. Sie liegen sicher hier in der Nähe, aber so nah dann auch nicht.«

»Einen Versuch ist es wert«, sagte Sam und schon waren wir unterwegs durchs Unterholz.

***

Ich hatte keine Ahnung, wie lange oder wie weit wir gegangen waren, aber es fühlte sich an wie eine Ewigkeit. So als wären wir im Kreis gelaufen. Irgendwann lichtete sich dann doch endlich der Wald und vor uns erschien der Hof, den wir auf dem Hinweg passiert hatten. Kühe weideten auf der Wiese. Der alte Traktor, der auf dem Bild im Hintergrund gestanden hatte, war verschwunden, aber die Landschaft an sich sah noch genauso aus.

Wir folgten dem Zaun bis an seinen äußersten Punkt. Von dort liefen wir weiter Richtung Norden, in der Hoffnung, den Ort wiederzuentdecken, an dem Sam und Dani sich auf dem Foto befanden.

Vereinzelte Birken wiegten sich im Wind, doch nirgendwo formierten sich vier davon wie auf dem Foto oder Sams Tätowierung. Als wir so weit von dem Hof entfernt waren, dass wir ihn fast nicht mehr sehen konnten, stießen wir endlich auf eine

Baumgruppe, die eventuell passte. Wir suchten die Stelle, an der derjenige gestanden haben musste, der die Aufnahme gemacht hatte. Im Lauf der Jahre waren die Bäume höher gewachsen, die Stämme breiter geworden. Ihre Äste waren nackt, die Rinde schälte sich an manchen Stellen in langen Streifen ab.

Sam und ich standen Schulter an Schulter und starrten auf das Motiv, das vor uns lag. Sam hielt die Aufnahme hoch, wir waren definitiv am richtigen Ort.

»Die Birken stimmen bloß nicht mit der Tätowierung überein«, sagte er.

»Trotzdem kommt mir das irgendwie bekannt vor. Irgendwas –«

Die unzähligen Kopien, die ich von dem Bild angefertigt hatte, auf dem meine Mutter am See saß, fielen mir plötzlich ein. Ich hatte unglaublich viel Zeit darauf verwendet, jedes Detail des Fotos bis ins Kleinste zu analysieren, damit die Zeichnung auch stimmte. Die Schatten, die Lichtpunkte, die Winkel der Bäume. Ich wusste, worauf ich achten musste, damit alles richtig aussah. Und irgendetwas stimmte nicht, irgendwie passten Sams Bild und die Tätowierung nicht zusammen.

Anna, denk nach.

Das Foto war völlig in Ordnung, da war, soweit ich das beurteilen konnte, nichts verändert oder retuschiert worden. Die Winkel stimmten, die Proportionen, die Schatten –

»Die Schatten!«

Sam runzelte die Stirn. »Was ist damit?«

In meinem Kopf formte sich ein Muster. Vor uns stand eine große Birke, ein kleines Stückchen dahinter ein schmalerer Baum. Dann folgte eine Lücke von vielleicht einem Meter, an die eine krumme Birke anschloss. Ungefähr dreißig Zentimeter daneben stand ein weiterer schmaler Baum.

Ich kannte diese Abfolge.

»Dreh dich um«, sagte ich. »Zeig mir noch mal deine Tätowierung.«

Sam griff nach dem Saum seines Hemds und hob es bis zu den Schultern an. Ich schaute mir noch einmal die Schatten an, die die Birken auf seinem Rücken warfen. Sie stimmten nicht. Ich hatte sie für einen Fehler des Tätowierers gehalten, doch vielleicht zu Unrecht.

Ich hielt das Foto neben Sams Rücken und prüfte die Schatten von links nach rechts. Große Birke vor einem schmaleren Baum. Lücke. Krumme Birke. Lücke. Schmaler Baum.

»Die Schatten deiner Tätowierung passen haargenau zu den Bäumen hier«, sagte ich aufgeregt. »Die Bäume an sich sind seitenverkehrt abgebildet.«

Sam zögerte keine Sekunde, sondern lief zielstrebig zum dritten Baum und von dort sechzig Schritte Richtung Norden. Das hatte in der Nachricht gestanden. Vom dritten Baum sechzig nach Norden. Wir ließen die Baumgruppe hinter uns und drangen tiefer in den Wald vor. Nasser Farn streifte frischen Regen an unseren Beinen ab. Es dauerte nicht lang, da hatte Sam sechzig Schritte gemacht. Wir starrten auf den Boden. Hier waren also die Antworten zu all unseren Fragen vergraben.

»Wir brauchen eine Schaufel«, sagte ich.

»Warte hier auf mich.« Er rannte zurück zum Hof. Ich verlor ihn aus den Augen, als er hinter der Kuppe eines Hügels verschwand.

In der Stille klang jedes noch so leise Geräusch wie ein Schritt, wie ein Zweig, der unter einem Stiefel zerbrach. Ich lief einmal im Kreis, um sicherzugehen, dass ich mich getäuscht hatte. Zum Glück hatte ich mich getäuscht. Trotzdem atmete ich erleichtert auf, als Sam endlich wieder auftauchte.

»Wo hast du die gefunden?«, fragte ich mit einem Blick auf die Schaufel in seiner Hand.

»Ist das wichtig?«

»Nein, vermutlich nicht.« Ich ging aus dem Weg, denn schon hatte Sam den Spaten in die Erde gerammt.

Die Erde ließ sich leicht heben und Sam stieß nur auf ein paar Wurzeln, die er alle ohne Schwierigkeiten durchschlagen konnte. Es dauerte mindestens eine halbe Stunde, bis das Loch tief genug war, um darin stehen zu können. Ich wartete oben am Rand und trat nervös von einem Fuß auf den anderen, von jedem kleinen Geräusch aufgeschreckt.

Was würden wir machen, wenn Riley oder Connor plötzlich auftauchten?

Sam stöhnte und schleuderte dann eine weitere Ladung Erde auf den Haufen.

»Bist du sicher, dass du richtig gezählt hast? Wir könnten es noch mal an einer anderen Stelle versuchen, dann grab ich mal ein bisschen.«

Sam sah zu mir auf, Dreck, Schweiß und Regen hatten sich auf seiner Stirn vermischt. »Ich habe mich nicht verzählt. Ich weiß nur nicht, wie tief ich buddeln muss. Oder ob hier überhaupt noch was liegt.«

Der Himmel wandelte sich langsam von Grau zu Gelb, während die Sonne aufging. Uns ging allmählich die Zeit aus. Trev und Nick machten sich mittlerweile bestimmt Sorgen; wir waren schon seit Stunden allein unterwegs. *Und Cas?* Ich hoffte, es ging ihm gut.

Sam rammte die Schaufel erneut in den Boden und ein scharfes *Kling* ertönte, als Metall auf Metall traf, ganz wie damals auf dem Friedhof. Das war wie ein merkwürdiges Déjà-vu. Sam kratzte die restliche Erde mit den Fingern weg und zum Vor-

schein kam ein mächtiger Metalltresor, dessen Tür nach oben zeigte. Sam versuchte, ihn herauszuheben, doch schaffte es kaum, ihn ein wenig zu bewegen. Allein hatte er ihn vor fünf Jahren sicher nicht hier versteckt.

»Kannst du ihn aufmachen?«, fragte ich. Ein einfaches Kombinationsschloss befand sich oberhalb eines Hebels.

Sam schnappte sich den Spaten und hieb mit Schwung auf das Schloss. Funken sprühten, als die Schaufelspitze darauftraf. Er holte erneut aus und beim zweiten Treffer gab das Schloss ein bisschen nach. Ein weiterer Hieb reichte, um das Schloss vollends herauszubrechen.

Er warf die Schaufel beiseite und riss die Tür auf. Lose Erde rieselte hinein, doch Sam wischte sie weg und brachte ein Paket zum Vorschein. Es war in einen dreckigen Lumpen gewickelt und mit einem Faden zusammengebunden. Er reichte es mir, bevor er sich aus der Grube wuchtete und danebenhockte.

Nachdem er die Hände an seiner Hose abgewischt hatte, löste er den Faden und rollte das Stück Stoff ab. Zum Vorschein kam eine durchsichtige Plastiktüte, in der sich ein Stapel Blätter und ein Ringbuch befanden. Er zog alles heraus und verschaffte sich einen ersten Überblick.

»Sagt dir das was?«

Er musterte die losen Blätter. »Das sind Protokolle und Tabellen, ganz ähnlich wie die, die Arthur und du im Labor von uns angelegt habt. Blutuntersuchungen, Intelligenztests. Aber die Namen … Sieh mal.«

Ich schaute über seine Schulter.

Matt. Lars. Trev.

»Trev gehörte zu einer anderen Gruppe?«

Er drückte mir die Blätter in die Hand und wandte sich dem Notizbuch zu. Es war ein ganz gewöhnliches Ringbuch mit

einem schwarzen Deckel, auf dem nichts weiter vermerkt war. Sam schlug es auf und starrte auf vergilbtes liniertes Papier.

Auf der ersten Seite stand:

14. Februar
Tests verlaufen gut. Neue Gruppe ist vielversprechend. Fähigkeiten vergleichbar mit Sams. Kontrolle noch immer problematisch. Zusammenhalt nach wie vor nur innerhalb der Einheit. Befehle von Kommandeur oder mir werden nicht befolgt.

Idee: Wenn es möglich ist, die Einheiten so zu programmieren, dass sie als ein Ganzes funktionieren, können wir ihre Anlagen dann auch so weit verändern, dass sie Befehle von einem »programmierten« Kommandeur annehmen? Unbedingt ausprobieren.

Sam und ich wechselten einen Blick.

»Lies weiter«, sagte ich.

Er schlug eine andere Seite auf.

22. März
Nachdem Interessengruppen ungeduldig wurden, drei der Einheiten entlassen. Sam reagierte verstört, als er ihr Fehlen bemerkte. Situation wird genau beobachtet.

Operation ALPHA läuft

Sam blätterte ein paar Seiten weiter bis zum 2. Mai.

Ausgegliederte Einheiten funktionieren nicht. Erinnerungsschübe machen sie einsatzunfähig.

Brauchen Gehirnwäsche, die länger anhält.

Werde einen der anderen mit der Säuberungsaktion beauftragen. Sam steht außer Frage. Seine Aggression hat sich verschärft. Hört auf niemanden außer Dani.
Kann diese Eigenschaft für ALPHA nutzbar gemacht werden?

Arthur übernimmt die Durchführung der Operation ALPHA

»Ich habe keine Ahnung, wessen Handschrift das ist«, sagte ich.

»Connors jedenfalls nicht.« Sam veränderte seine Position, sodass er das Notizbuch in seinen Schoß legen konnte. Er blätterte weiter, doch es folgten keine Einträge mehr.

Ich wühlte in den Protokollen, auf der Suche nach Akten zu Trev, doch dann hielt ich inne. »Guck dir das mal an.«

Auf einem Blatt stand ganz oben Sams Name und daneben: *Erfolgreich ausgeführte Missionen.*

Darunter waren Namen aufgelistet, inklusive Titel und Ergebnis. Ein Wissenschaftler in Texas – Beseitigt. Ein US-Senator – Beseitigt. Ein Generaldirektor mit Geschäftssitz in New York – Beseitigt.

Ich unterdrückte mein Entsetzen. »Es gibt eine Erfolgsstatistik von dir.«

Sam riss mir die Seiten aus der Hand und überflog die Informationen. »Für jeden von uns gibt es so eine Liste. Nick. Cas. Trev. Und noch ein paar andere.« Er überflog eine weitere Seite. »Kontoauszüge. Telegrafische Geldüberweisungen aus dem Ausland.« Seine Wut zeichnete sich in einer tiefen Furche zwischen seinen Augenbrauen ab. »Die haben Anzahlungen für uns bekommen.«

»Sura hat doch erzählt, dass die amerikanische Regierung der Sektion Immunität gewährte, unter der Bedingung, als Erste Zugriff auf ihre Forschungsergebnisse zu bekommen. Das hier«, ich deutete auf die Akten, »beweist, dass die Sektion bereits für andere Länder ›Einheiten‹ reserviert hat. Das hätte der Immunität sicher ein Ende gesetzt.«

»Schlimmer noch«, meinte Sam. »Die Sektion hätte einpacken können. Ich muss diese Unterlagen mit Danis Hilfe gestohlen haben. Und als das herauskam, haben sie Dani entführt.«

»Um sie als Lockvogel für dich einzusetzen«, fügte ich hinzu. »Deshalb warst du vor fünf Jahren schon einmal in Port Cadia. Du wolltest das Beweismaterial holen. Doch sie müssen dich geschnappt haben, bevor du es bis hierher geschafft hast.«

»Und dann haben sie mir alle meine Erinnerungen genommen.« Sein Kopf fuhr herum, so als hätte er etwas gehört.

Ich schnellte hoch. »Was ist los?«

Er klemmte sich die Beweispapiere unter den Arm. »Lauf!«

Im Nu waren wir auf den Füßen und preschten los. Wir rannten Richtung Norden, weg von dem Hof, weg von meinem früheren Zuhause. Ich folgte Sam in einem Abstand von vielleicht einem Meter, aber blieb mit einem Ruck stehen, als Trev hinter einem Baum hervortrat.

Sam stolperte fast. »Verdammt noch mal, Trev. Für einen Moment dachte ich, du bist einer von Connors Männern. Fast hätte ich dich erschossen.«

Trev zog eine Waffe unter seinem Hemd hervor und zielte damit auf Sam. »Tut mir leid«, sagte er so leise, dass ich mir nicht sicher war, ob ich es wirklich gehört hatte.

Ich machte einen Schritt zurück, doch Sam blieb, wo er war. »Was zur Hölle soll das?«

Ich warf einen Blick über die Schulter und erschrak. »Sam.«

Riley war hinter uns, bei ihm zwei seiner Männer. Nick war auch da, die Arme auf den Rücken gefesselt.

»Trev?«, fragte Sam.

Doch Riley antwortete. »Die wichtigste Regel einer jeden Operation, Samuel: Hab immer einen verdeckten Mitarbeiter am Start.«

Ich sah zu Trev und er zu mir. In meinem Kopf machte es Klick. Trev war es gewesen, der beim Einkaufszentrum die Waffen aus dem Wagen geschleudert und uns damit vorübergehend wehrlos gemacht hatte. Trev war als Einziger mit einem blauen Auge davongekommen, als die Agenten Sams Haus gestürmt hatten, weil er praktischerweise mit Suras Hund draußen gewesen war. Und er hatte von Sam das zweite Handy bekommen, konnte also jederzeit bei der Sektion anrufen, um unseren Aufenthaltsort durchzugeben.

»Nein.« Es klang erstickt. Ich vertraute keinem der vier Jungs mehr als Trev. Er war mein bester Freund.

Ich stolperte rückwärts, die Augen voller Tränen. »Trev?«

»Hör schon auf mit der Hinhaltetaktik«, blaffte Riley.

Trev packte mich. Sam wollte eingreifen, war aber nicht schnell genug. Und ich war nicht darauf vorbereitet, mich zu wehren. Ich konnte es einfach nicht fassen.

Trev legte mir einen Arm um den Hals und hielt mir seine Waffe an die Schläfe.

Ich hatte das Gefühl zu zerbrechen. Er hatte mich betrogen. Und das auch noch ziemlich wirkungsvoll. An seiner Loyalität hatte ich nicht eine Sekunde gezweifelt.

»Weg mit der Waffe«, befahl Riley. »Und her mit den Akten.«

Tu's nicht, Sam, dachte ich. *Lauf. Wenn einer entkommen kann, dann ja wohl du.*

Doch er floh nicht. Er zögerte nicht einmal. Sofort ließ er die Beweise auf den feuchten Boden fallen, zog dann die Pistole unter seinem Hemd hervor, die neben den Dokumenten landete.

Riley nickte einem seiner Männer zu. Der größere von beiden, fast kahlköpfig, schnappte sich Sams Waffe und sämtliche Papiere, die wir ausgegraben hatten, bevor er sich wieder neben Riley stellte.

Riley bellte mehr Befehle, während Trev mir etwas ins Ohr flüsterte: »Sam und die anderen sind machtlos, wenn es um dich geht, Anna. Das liegt an den genetischen Veränderungen. Hast du das immer noch nicht begriffen? Du bist der Grund dafür, dass wir alle hier sind.«

Ich versuchte zu verstehen, was er da sagte. Waren das nur mehr Lügen? Mein Verstand bemühte sich fieberhaft, all die neuen Informationen sinnvoll zu deuten.

Die Sektion hatte immer Schwierigkeiten gehabt, Sam zu kontrollieren. Deshalb starteten sie Operation ALPHA, in der Hoffnung, einen programmierbaren Kommandeur zu entwickeln. So sollte Sam gefügig gemacht werden.

Riley wählte eine Nummer mit seinem Handy und einer der Agenten lief zu Sam, um ihm Handschellen anzulegen. Da erinnerte ich mich plötzlich an Sams Worte: *Wenn du die ultimative Waffe entwickeln willst, sperrst du sie nicht fünf Jahre lang in einen Keller. Du schickst sie ins Gefecht, testest und verbesserst sie, bis sie perfekt ist.*

Und endlich verstand ich. Das Labor war das Gefecht gewesen. Und jede Interaktion zwischen den Jungs und mir ein Test. Das Experiment wurde nicht nur im Labor durchgeführt, sondern im gesamten Farmhaus gelebt, getestet und angeglichen.

Ich war der »Kommandeur« und die Jungs waren programmiert, auf mich zu hören und mich zu beschützen.

»Ich bin der Schlüssel zu Operation ALPHA«, sagte ich.

Riley verstummte. Er schob sein Telefon in die Tasche.

»Wenn ich den Jungs sage, sie sollen aufhören, dann hören sie auf«, sagte ich. »Sie gehorchen mir aufs Wort.« Ich dachte zurück an alles, was in den vergangenen paar Tagen geschehen war. In dem Haus in Pennsylvania hatte ich Nick gebeten, den Polizisten nicht mit dem Mülleimer zu verletzen, und er hatte gehört. Ich hatte Sam gebeten, Riley nicht zu erschießen nach dem Zwischenfall hinter dem Einkaufszentrum, und er hatte es nicht getan, obwohl aus Sams Sicht alles dafür gesprochen hätte. Und vergangene Nacht hatten Sam und Nick aufgehört, sich zu prügeln, als ich es ihnen gesagt hatte.

Zudem hatten sie einen übermächtigen Drang, mich zu beschützen. Selbst wenn sie herausfinden würden, dass ich sie kontrollieren konnte, würden sie sich niemals gegen mich stellen. Weil die Sektion ihnen das irgendwie einprogrammiert hatte.

Die Sektion, Connor, Riley – sie hatten an alles gedacht.

»Aber wieso ich?«

Riley betrachtete mich forschend, nahm mich mit seinem Blick auseinander.

»Weil deine ältere Schwester die einzige Person war, auf die Sam gehört hat. Und dann ist sie gestorben.«

Ich atmete heftig ein. Dani war tot? Schmerz zeigte sich in Sams Augen.

Riley wartete nicht, bis wir diese neue Information verarbeiten konnten. »Wir hatten schon zu viel Geld in Sam gesteckt, um ihn aufzugeben. Also gingen wir zu Plan B über. Dani war ja nicht die einzige O'Brien-Tochter.«

In den Unterlagen hatte ich gelesen, dass Operation ALPHA darauf ausgerichtet war zu testen, ob sich die Verbindung zwi-

schen Dani und Sam replizieren ließ. Jene Eigenschaften, die dafür sorgten, dass Sam auf Dani hörte. Und es war ihnen gelungen. Sie hatten eine künstliche Verbindung zwischen den Jungs und mir hergestellt. Dazu hatten sie etwas durch und durch Menschliches – Liebe, Respekt, Vertrauen – zu etwas wissenschaftlich Nutzbarem gemacht, zu etwas, das sich verkaufen ließ.

Biologische Kontrolle.

Kein Wunder, dass sie sich so viel Mühe gegeben hatten, Sam wegzusperren und seine Erinnerungen auszulöschen. Denn nur so konnten sie sicherstellen, dass die gestohlenen Beweise verborgen blieben. Die Unterlagen zeigten, dass drastische Veränderungen am Erbgut möglich waren, durch die Eigenschaften wie Stärke, Intelligenz, Gehorsam exponentiell verbessert und der Alterungsprozess extrem verlangsamt werden konnte. Ergebnisse, die sicher Millionen wert waren, solange sie weiter geheim blieben.

In der Ferne bellte ein Hund. Sams Nasenflügel bebten, seine Muskeln arbeiteten. Er sah so aus, als würde er sich am liebsten sofort auf Riley stürzen. Das hätte nur niemandem geholfen.

Ich wand mich in Trevs Arm, versuchte, ihn anzusehen. »Auch dein Name taucht in den Akten auf«, sagte ich. »Vor fünf Jahren bist du zum Projekt gestoßen. Die haben deine Gene verändert und dich dann wie eine Waffe zum Kauf angeboten.«

»Sie lügt.« Riley stürzte auf mich zu und schlug mir ins Gesicht. Gelbe und schwarze Punkte trübten kurzzeitig meinen Blick.

Trev lockerte seinen Griff. Aus Sams Kehle drang ein tiefes Grollen, während er versuchte, sich von dem Mann loszureißen, der ihn festhielt.

»Das ist die Wahrheit«, sagte ich zornig.

»Hör auf«, mahnte Trev. »Bitte.«

»Aber –«

»Versuch nicht, mich zurückzugewinnen, Anna.«

So leicht würde ich nicht aufgeben. Erst recht nicht, wenn mich der einzige Mensch festhielt, von dem ich immer gedacht hatte, ich könnte mich bedingungslos auf ihn verlassen. Noch dazu lagen die Papiere mit den Beweisen zum Greifen nah, die Dokumente, denen wir seit Tagen nachgejagt waren.

Noch war die Sache nicht vorbei.

Ich war genauso Teil dieses Experiments wie die Jungs und nicht einfach ein schwaches Mädchen, das in eine Geheimoperation gestolpert war. Trev hatte es ganz richtig gesagt, ich war der Grund dafür, dass wir alle hier waren. Und wenn ich der Schlüssel war, dann hatte ich auch die Kraft, das Steuer wieder herumzureißen.

Sam und ich wechselten einen Blick.

Auf drei, formte ich lautlos mit den Lippen, und er bestätigte mit einem fast unmerklichen Nicken.

Eins.

Zwei.

Adrenalin schoss durch meine Adern. Ich fühlte mich stärker denn je.

Drei.

Ich griff nach Trevs Handgelenk und stieß seinen Arm in die Luft, damit die Waffe nicht mehr auf meinen Kopf zielte. Weil er so überrumpelt war, wehrte er sich nicht, sondern ließ mir genug Zeit herumzuwirbeln, die Hände auf seinen Schultern zu platzieren und ihm mit voller Wucht das Knie zwischen die Beine zu rammen. Er fiel zu Boden.

Nick sprang in die Luft und dabei geschickt durch seine gefesselten Arme. Er stürzte sich auf einen der Männer, die neben

Riley standen, und schon landeten beide kämpfend auf dem Waldboden.

Riley versuchte, mich zu packen, doch ich entwischte ihm, schnappte mir einen dicken Ast vom Boden und hielt ihn wie einen Knüppel. Riley und ich tänzelten vor und zurück, dann schlug ich mit dem Ast nach ihm, doch er duckte sich weg.

Ein Schuss wurde abgefeuert. Einer der Agenten taumelte rückwärts, eine Hand an seine Seite gepresst. Sam vergewisserte sich nicht einmal, ob die Kugel ihr Opfer wirklich getroffen hatte, sondern zielte sofort auf Riley. Er betätigte den Abzug, doch nichts geschah. Entweder klemmte der Lauf oder das Magazin war leer. Er schmiss die Waffe beiseite.

Ich umschloss den Ast fester, während Trev wieder auf die Füße kam. Jetzt standen nur noch Sam und ich Trev und Riley gegenüber. Ich wusste nicht, ob ich Trev besiegen konnte. Ich musste mich auf den Ast verlassen. Ich hielt mich auf den Fußballen, die Wut über Trevs Verrat verstärkte nur meine Entschlossenheit. Ich würde ihm den Ast in sein verdammtes Gesicht rammen und danach nicht mal den kleinsten Gewissensbiss haben.

»Es tut mir leid«, sagte er.

Aus dem Augenwinkel sah ich, wie Riley etwas aus seiner Innentasche zog. Doch ich bemerkte zu spät, dass es eine Pistole war. Er zielte auf Sam und drückte ab.

»Nein!«

Die Waffe machte ein leises Wup-Wup-Geräusch. Zwei kleine Pfeile trafen Sam in die Brust. Er sah erst auf die beiden Pfeile und dann zu mir.

Ich warf den Ast weg – ich musste zu ihm –, während er auf die Knie fiel, seine Augen trüb und leer. Nick schnitt mir den Weg ab und steuerte mich in die entgegengesetzte Richtung.

Trev schnappte sich die Pistole von einem der Männer am Boden.

»Sam!«, kreischte ich. Riley schoss erneut, ein Pfeil landete im Baumstamm neben mir.

Nick packte mich am Kragen des Mantels und zog mich mit sich in den Wald. »Uns bleibt keine Zeit.«

Schwankend drehte ich mich noch einmal um, sah, dass Sam mir eine letzte Botschaft übermitteln wollte, er deutete auf etwas links von mir.

Das Ringbuch und die Protokolle – Rileys Agent musste sie dort liegen gelassen haben.

Ich riss mich von Nick los.

»Was hast du vor, verdammt noch mal?«, rief er.

»Wir müssen die mitnehmen.« Ich schnappte mir das Beweismaterial, während ein weiterer Pfeil an mir vorbeisauste. Riley fluchte. Ein Schuss war zu hören. Nick fasste nach mir und schob sich in die Schusslinie. Dann stolperte er vorwärts und Blut breitete sich alarmierend schnell auf seinem Ärmel aus.

»Mein Gott«, entfuhr es mir.

»Los.«

Wir rannten in den Wald. Über uns öffnete sich der Himmel und Regen platzte los. Ich rutschte und schlingerte in dem Matsch, verlor aber nicht das Gleichgewicht, sondern konnte weiterlaufen, obwohl ich keine Ahnung hatte, wohin. Und obwohl ich überhaupt nicht weglaufen wollte.

Wir hatten Sam zurückgelassen. Er konnte sich nicht einmal wehren. Sie konnten jetzt mit ihm machen, was sie wollten. Ihm wieder sein Gedächtnis nehmen, und dann würde er nicht mehr wissen, wer ich war, wer er war oder was zwischen uns passiert war.

Äste verfingen sich in meinen Haaren, Farn schlug mir gegen die Beine. Nick lief neben mir, doch er wurde langsamer. »Alles in Ordnung?«, fragte ich.

»Ja.« Aber es klang nicht überzeugend.

Wir stürmten an einer kleinen Jagdhütte vorbei, an einer verwaisten Kutsche, deren große Räder vollends verrostet waren. Wir durchquerten einen Bach, rannten einfach durchs Wasser. Irgendwann lichtete sich der Wald und vor uns lag ein unbefestigter Weg. Auf der anderen Straßenseite stand eine verlassene Scheune mitten auf dem Feld, das ganze Gebäude neigte sich gefährlich nach links.

Nick deutete zur Scheune. »Versteck dich da.«

»Und du?«, fragte ich.

»Ich lege eine falsche Spur.«

Er lief in die entgegengesetzte Richtung und tropfte absichtlich Blut in das Gestrüpp.

Ich näherte mich vorsichtig dem Weg, um sicherzugehen, dass mich niemand sah. Dann stürmte ich auf die andere Seite, die Dokumente fest an meinen Oberkörper gepresst. Trotz Regen und Feuchtigkeit raschelte trockenes Gras unter meinen Füßen Bei der Scheune angelangt, steckte ich meinen Kopf durch ein glasloses Fenster. Drinnen war es dunkel und roch nach nasser Erde und faulem Holz. Ich trat ein wenig auf der Stelle, weil ich nicht wusste, was ich als Nächstes tun sollte, und mir Sorgen um Nick machte.

Er tauchte schon kurz darauf auf, einen Kiefernzweig in der Hand, mit dem er seine Spuren hinter sich verwischte. Ich zwängte mich durch die Tür in die Scheune, Nick folgte mir.

»Und jetzt?«

Er sah sich um. Der Heuboden war eingestürzt, ein paar Bretter hingen noch von den Sparren bis zum Boden. Im hinteren

Teil gab es Ställe und eine Sattelkammer lag direkt gegenüber von uns, doch die Reste des eingestürzten Heubodens versperrten den Weg dorthin.

»Da drüben«, sagte Nick und bewegte sich mit vorsichtigen Schritten zur Mitte der Scheune. Er ließ sich auf ein Knie sinken und riss eins der Bodenbretter heraus. Zum Vorschein kam das Grundgerüst der Scheune und die darunterliegende Erde. Die Nägel waren rostig und locker, weshalb es nicht schwer war, mehrere Bretter herauszulösen.

»Rein da.«

»Soll das ein Witz sein? Wenn die ganze Scheune über uns einstürzt, kommen wir hier nie wieder raus.«

»Und wenn Riley uns findet?«

Vom Weg waren Stimmen zu hören. Jemand schrie: »Überprüf die Scheune.«

Nick senkte die Stimme. »Jetzt steig in das verdammte Loch.«

Ich kletterte hinein, er quetschte sich neben mich, wirbelte aber vorher noch einmal mit dem Kiefernzweig um uns. Dann zog er die Bretter über uns, bis jedes wieder an seinem Platz saß.

Mein Herz klopfte wie wild. Ich konnte meinen Atem nicht beruhigen. Hier unten war es dunkel und feucht, ich hatte das Gefühl, lebendig begraben zu sein.

Ich versuchte, mich auf die Seite zu rollen, um ein bisschen Platz für Nick zu machen, denn wir lagen halb übereinander wie Sardinen. Die Stimmen kamen immer näher. Ich legte den Kopf auf den dreckigen Boden, um mein unkontrolliertes Zittern in den Griff zu bekommen.

Der Boden über uns knarrte.

»Du suchst da hinten«, befahl Riley.

Die Schritte einer weiteren Person dröhnten quer durch die Scheune. Es folgte ein Rumpeln, Holz knackte. »Hier ist nichts«,

sagte der andere Mann. Das war nicht Trev. War etwa schon Verstärkung eingetroffen?

Ein Mobiltelefon piepste. Riley nahm den Anruf an, hörte zu und sagte dann: »Wir kommen.« Zum Agenten sagte er: »Trev hat eine Blutspur im Wald gefunden.«

Dreck rieselte durch die Dielen, während sie verschwanden. Nick atmete hörbar auf. Irgendetwas raschelte ein paar Meter hinter uns. Ich biss mir auf die Lippe. Das ist bestimmt nur eine Maus, beruhigte ich mich. Nichts, wovor man Angst haben muss.

Es waren sicher zehn Minuten verstrichen, bevor sich meine Atmung einigermaßen normalisiert hatte. Ich wartete mindestens noch einmal so lang, bevor ich Nick anstupste.

»Ich glaube, die sind wirklich weg«, sagte ich. Weil er nicht reagierte, rollte ich näher an ihn heran. »Nick?« Seine Augen waren geschlossen und er fühlte sich kühler an, als er sollte. »Nick, wach auf.« Tränen der Verzweiflung stachen in meinen Augen. »Nick!«

Ich war allein, irgendwo auf dem platten Land, unter den Dielen einer alten Scheune. Nick war bewusstlos. Die Sektion hatte Sam und Cas. Trev hatte sich gegen uns gestellt. Riley war da draußen unterwegs, suchte uns. Ich wusste nicht, was ich machen sollte. Ich konnte Nick ja schlecht hier herausschleppen.

Vielleicht sollten wir uns schnappen lassen, dachte ich. *Ich gebe auf. Ich kann nicht mehr.*

Sam hatte uns alle zusammengehalten, hatte uns immer wieder neue Befehle gegeben, weil er wusste, was wann zu tun war. Und jetzt sollte ich plötzlich das Kommando übernehmen? Die Rolle verdiente ich nicht.

Ich legte Nick das Ohr auf die Brust und betete, seinen Herzschlag zu hören. Sein Herz schlug, wenngleich schwach und

sehr langsam. Was tat man in so einer Situation? Sollte ich ihn warm halten?

Seine Hände waren noch immer gefesselt, deshalb fing ich dort an, versuchte, den Kabelbinder zu lösen, doch ohne Erfolg. Ich gab auf und legte meinen Arm um seine Taille, zog ihn näher an mich, um ihn mit meinem Körper zu wärmen. Dabei stieß meine Hand gegen etwas Hartes in seiner Tasche.

Ich griff hinein und zog das Prepaidhandy hervor. Erleichtert seufzte ich. Das hätte eigentlich Trev haben müssen. Aber vielleicht hatte Nick es ihm heimlich abgenommen, als ihm bewusst geworden war, dass Trev für die Sektion arbeitete.

Ich klappte es auf und staunte. Selbst hier im Boden reichte der Empfang für ein Telefonat. Doch wen sollte ich anrufen?

Ich hatte keine Freunde. Und selbst wenn ich welche hätte, ich war ja viel zu weit von zu Hause weg. Und mein Dad …

Dad.

Ich war zwar nicht seine Tochter und auch sonst verband ihn nichts mit mir, aber er hatte mir vor der Flucht versprochen, mich zu suchen. Und daran wollte ich glauben. Ich wollte, dass er wirklich der Mann war, den ich all die Jahre gekannt hatte.

Außerdem hatte ich nichts mehr zu verlieren.

Ich tippte seine Nummer ein und drückte auf die Anruftaste.

32

Dad ging beim dritten Klingeln dran.

»Dad?«, sagte ich.

Er atmete erschrocken ein. »Ich ruf dich sofort zurück.«

Die Verbindung brach ab. Ich starrte das Telefon an und fürchtete, dass er mich nun ausliefern würde, dass er nur aufgelegt hatte, um sofort Connor zu verständigen.

Dann klingelte das Handy. Im Display erschien eine mir unbekannte Nummer.

»Hallo?«, sagte ich.

»Meine normale Telefonleitung wird überwacht«, erklärte Dad. »Es ist nicht sicher, darüber zu telefonieren.«

Ich klammerte mich an das Handy.

»Rufst du vom Festnetz aus an?«, fragte er. »Oder von einem Handy? Ist Sam bei dir?«

»Sie haben Sam geschnappt. Und Cas. Nick ist angeschossen worden. Er ist … Keine Ahnung. Er reagiert nicht.«

Ich legte den Kopf auf Nicks Brust, mit einem Ohr lauschte ich Dad, mit dem anderen Nicks Herzschlag.

»Und … Habt ihr Sura gefunden?«

Ein Funken Hoffnung schwang in Dads Stimme mit. Sofort tauchte das Bild ihrer aufgerissenen, leeren Augen vor mir auf. Ich brachte es weder übers Herz, noch hatte ich gerade den Nerv, ihm zu erzählen, was passiert war.

Vielleicht deutete er mein Zögern auch richtig, denn bevor ich mir eine ausweichende Antwort ausdenken konnte, fuhr er fort: »Ich wollte nicht, dass du es so erfährst.«

»Dad«, setzte ich an, doch sprach nicht weiter. Er war ja gar nicht mein Dad.

»Ich wollte dir nicht wehtun.«

Hast du aber, dachte ich. *Du und Trev.*

Ich kratzte mein letztes bisschen Würde zusammen und legte Härte in meine Stimme. »Darüber können wir später reden. Jetzt braucht Nick deine Hilfe.«

»Seid ihr in Michigan?«

»Ja«, sagte ich nach einer Pause. Wenn er mich auslieferte, lieferte er mich aus. Das Risiko musste ich eingehen. »Wir haben das Haus gefunden. Mein früheres Zuhause. Nick und ich sind in den angrenzenden Wäldern, eine Nebenstraße weiter. In einer Scheune.«

»Ich werde eine Weile brauchen, bis ich bei euch bin. Ich bin sofort nach meiner Entlassung zu dem Haus in Pennsylvania gefahren, da wimmelte es nur so von Polizisten.«

Ich seufzte. »Ja. Hm. Sam hat da aus Versehen einen Polizisten geschlagen.«

Dad stöhnte. »Das sieht ihm ähnlich.«

»Wann kannst du hier sein?«

»In ein paar Stunden. Vielleicht in sechs.«

Sechs Stunden? So lang hatte Nick vielleicht nicht mehr. Und ich hielt es keine Sekunde länger in unserem Versteck aus. Klaustrophobie hatte mich in dem Moment gepackt, in dem ich hier runtergeklettert war. Je länger ich blieb, desto schlimmer würde sie noch werden.

»Beeil dich, bitte.«

»Mach ich. Ich versprech's dir. Bleib, wo du bist.«

Ich warf einen Blick zu Nick. »Keine Sorge, ich geh nirgendwohin.«

***

Ich behielt die Uhr des Mobiltelefons im Blick und wartete nach dem Auflegen fünfundvierzig Minuten. Wenn ich jetzt nicht sicher war, dann würde ich es nie sein, dachte ich mir. Also wollte ich es riskieren, das Versteck zu verlassen. Außerdem musste ich mal.

Es dauerte ein bisschen, bis ich die Bodenbretter hinausgestemmt hatte, weil ich nicht den richtigen Ansatzpunkt fand. Doch als sie endlich nachgaben, sprang ich nur so aus dem Loch, als wäre ich kurz davor gewesen zu ersticken. Genauso sog ich auch die frische Luft ein. Ich schaute noch einmal kurz nach Nick, bevor ich die Scheune verließ. Er war nicht wieder zu sich gekommen, aber er atmete noch regelmäßig.

Ich hockte mich hinter die Scheune und flitzte so schnell wie möglich wieder zurück. Drinnen setzte ich mich neben das Loch auf den Boden und stupste Nick an. Er murmelte etwas, bevor er wieder ganz still wurde. Eine ganze Weile blieb ich so sitzen und hielt Wache. Gegen sechzehn Uhr stand ich auf und schlenderte zu den glaslosen Fenstern im vorderen Teil der Scheune. Das Unwetter war endlich abgezogen, von ihm zeugte nur noch die matschige Erde. Ich begann, in Gedanken meine Umgebung zu zeichnen, so als wäre es wichtig, jede einzelne Farbe zu benennen, damit ich später Sam genau davon erzählen konnte. Aber was, wenn das nie wieder möglich war? Was, wenn ich ihn nie wiedersehen würde?

Bei dem Gedanken wurde mir ganz schlecht.

Das leise Knirschen von Reifen auf Schotter drang durch die Luft. Ich zog mich vom Fenster zurück und spähte durch einen

Spalt in der Wand. Am liebsten hätte ich Dad auf dem Handy angerufen, doch dann fiel mir seine Warnung wieder ein und ich steckte das Telefon schnell weg. Stattdessen beobachtete ich ihn aus meinem Versteck. Er stellte den Wagen am Weg ab und schaltete den Motor aus. Zu meiner großen Erleichterung war er allein, obwohl ich immer noch halb damit rechnete, dass jederzeit Riley aus dem Gebüsch sprang.

Dad lief über das Feld und humpelte dabei merklich. Innerlich zuckte ich zusammen, weil ich sofort wieder an den furchtbaren Tag im Labor denken musste, an dem Sam auf ihn geschossen hatte.

»Anna?«, rief er.

Ich steckte meinen Kopf aus der Tür. »Hier.«

Er zwängte sich zu mir und dann standen wir uns ein wenig verlegen gegenüber. Eigentlich hätte es keinen besseren Anlass für eine Umarmung gegeben. Doch Dad war nicht mein Vater, und selbst bevor ich das wusste, waren wir beide nie groß im Umarmen gewesen.

Ich deutete auf seinen Oberschenkel. »Wie geht's deinem Bein?«

»War gar nicht so schlimm, wie es aussah. Ist mit dir alles in Ordnung?«

Ich hob eine Schulter, wollte ihm alles sagen, was mir durch den Kopf ging. Dass mir alles wehtat, ich kaputt, traurig und verängstigt war. Doch lieber wollte ich, dass er das alles erkannte, ohne dass ich es aussprechen musste. Dass er mich las, wie Väter das eigentlich können sollten. Und damit alles entkräftete, was ich in den letzten Tagen gehört hatte, und alles wieder gut war.

Aber nichts geschah.

»Wo ist Nick?«, fragte er.

Mir ging die Luft aus. »Da drüben.«

Nick hatte sich bewegt, seit ich das letzte Mal nach ihm gesehen hatte. Das musste ein gutes Zeichen sein.

Dad machte sich an die Arbeit, das, was er am besten konnte. Er kletterte zu Nick hinunter und legte ihm die Finger an den Hals. »Puls ist noch da, aber sehr schwach. Kannst du zu mir kommen? Dann nimmst du seine Beine und wir heben ihn zusammen raus. Allein schaffe ich das noch nicht.«

Ich zwängte mich in das Loch zu Nicks Beinen und schob meine Hände in seine Kniekehlen. Dad zählte bis drei und schon wuchteten wir Nick aus dem Versteck. Dad biss vor Schmerzen die Zähne fest aufeinander. Doch es gelang uns, Nick auf den Boden zu stemmen. Schnell kletterten auch wir aus dem Loch

Es dauerte sicher zehn Minuten, bis wir mit Nick zwischen uns aus der Scheune und übers Feld waren. Ich gab mir Mühe, so viel wie möglich von Nicks Gewicht zu stützen, damit es für Dad nicht zu schwer oder schmerzhaft wurde, aber ich war ja nur halb so groß wie Nick.

»Ich halte ihn, mach du die Tür auf«, sagte Dad, kaum dass wir vor seinem Auto standen.

Ich rüttelte am Türgriff, doch meine Finger rutschten ab und ich riss mir einen Fingernagel ein. Fluchend versuchte ich es erneut, hatte aber einfach keine Kraft mehr in den Händen. Irgendwann gelang es uns dann doch, Nick auf die Rückbank zu verfrachten.

»Die Akten«, entfuhr es mir, als Dad sich gerade hinters Steuer setzte. »Die hab ich völlig vergessen. Da stehen wichtige Informationen über die Sektion drin, die sind unser einziges Druckmittel.«

»Beeil dich«, sagte er und startete schon den Motor.

Ich flitzte zurück in die Scheune, verschwand kurz im Boden-

loch und klaubte die Beweisstücke heraus. Dad verlor keine Sekunde und düste los, noch bevor ich die Beifahrertür geschlossen hatte.

Der Regen hatte Pfützen hinterlassen, die mitunter tiefe Schlaglöcher verbargen. Wir erwischten eins und prompt stöhnte Nick auf. Als ich gerade über die Mittelkonsole zu ihm kletterte, gerieten wir in ein weiteres und ich landete dadurch fast auf ihm.

Nick und ich waren nie wirklich miteinander ausgekommen, doch ich schuldete ihm was. Die Kugel hatte er meinetwegen abbekommen.

»Nick? Kannst du mich hören?« Seine Finger drückten meine Hand, weshalb ich hoffnungsvoll aufatmete.

Nach einer guten Weile hielt Dad bei einer Apotheke, um alles Nötige zu kaufen, was er für Nicks Behandlung brauchte. Eine halbe Stunde später hatten wir ein abgelegenes Motel gefunden, wo Dad uns ein Zimmer mietete. Er bezahlte sicherheitshalber in bar, falls die Sektion seine Kontobewegungen überwachte.

Kaum hatten wir Nick hineingebracht, zuckten seine Augenlider. Wir legten ihn aufs Bett und Dad zog ihm vorsichtig seine blutgetränkten Sachen aus. Er ging dabei so gekonnt und präzise vor wie jemand, der das schon oft gemacht hat. Und vielleicht war das ja sogar so.

Mithilfe von Wunddesinfektion und einem Nähset gelang es ihm, Nicks Wunde grob zu verarzten. Es stellte sich heraus, dass es zum Glück nur ein tiefer Streifschuss war.

Ich saß derweil auf einem der Stühle, spielte nervös mit den Fingern und wartete. Auf irgendetwas. Eine Neuigkeit. Ich fragte mich, wo Sam mittlerweile war und ob es ihm gut ging. Allmählich wurde ich unruhig. Wir vergeudeten wertvolle Zeit. Riley und Connor konnten doch jederzeit Sams Gedächtnis

wieder auf null setzen, dann wäre alles, was wir erreicht hatten, vergeblich gewesen.

Als Dad fertig war, wusch er sich die Hände und trank einen Schluck Wasser aus der Flasche, die er vorhin auch noch gekauft hatte. Dann schnappte er sich einen Strohhalm. »Er wird wieder völlig gesund werden, denke ich. Der Schuss hat keinen großen Schaden angerichtet. Nick hat aber eine Menge Blut verloren, noch dazu ist er extrem ausgelaugt und übermüdet. Vermutlich auch dehydriert.«

»Wieso hilfst du uns?« Die Frage geisterte mir schon bestimmt eine Stunde durch den Kopf. Außerdem dachte ich permanent darüber nach, ob es ein Fehler gewesen war, ihn überhaupt anzurufen. Irgendwie rechnete ich immer noch damit, dass Riley jederzeit durch die Tür gestürmt kam.

Dad steckte sich den Strohhalm in den Mund. »Das hätte ich längst tun sollen.« Er ging zum Fenster, schob den orangefarbenen Vorhang beiseite und kontrollierte den Parkplatz. »Ich habe damals zugestimmt, dieses Experiment zu übernehmen, weil ich mich an einem schwierigen Punkt meines Lebens befand Deine Mutter und ich –« Er brach ab. »Ich meine, Sura und ich … Wir waren zwar schon eine ganze Weile geschieden, aber sie war trotzdem noch ein großer Teil meines Lebens. Plötzlich gab es dann wieder viel Streit zwischen uns … Jedenfalls wollte ich so weit wie nur möglich weg von allem. Als ich von dem Projekt in dem Farmhaus hörte, habe ich gleich zugesagt, ohne Näheres darüber zu wissen.«

Er strich sich mit der Hand die immer grauer werdenden Haare glatt. »Dann kamst du dazu –« Sein Kopfschütteln ließ die Haare sofort wieder durcheinanderfallen. »Tja, zu dem Zeitpunkt saß ich bereits zu tief drin. Ich habe nicht gedacht, dass du es jemals herausfindest. Oder zumindest nicht so.«

»Riley hat gesagt, dass ich auch genetisch verändert wurde. Ist das wahr?« Dad schaute mich betrübt an und nickte dann zustimmend. »Wann habe ich denn meine Medikamente bekommen?«

»Viermal pro Monat.« Er beobachtete mich abwartend, bis ich verstand, was er meinte.

»Die selbst gemachte Limonade.« Das, was ich für unsere einzige Familientradition gehalten hatte, war in Wirklichkeit mein Wirkstoffcocktail gewesen. Sam und die anderen hatten Entzugserscheinungen, seit wir aus dem Labor geflohen waren. Mich hatten Kopfschmerzen geplagt, aber ich dachte, das käme von der Überanstrengung.

Dad fuhr fort. »Die Veränderungen, die bei dir vorgenommen wurden, waren vergleichsweise gering. Ich schätze, du bist stärker als ein durchschnittliches Mädchen deiner Größe. Hauptsächlich wurde eine Verbindung zwischen dir und den Jungs hergestellt, die selbst ich nicht verstehe, geschweige denn erklären kann. Aber sie müssen dir und deinen Anweisungen ausnahmslos folgen.«

»Und Trev? Ist der genauso verändert worden wie die anderen? Habe ich auch ihn in meiner Gewalt?«

»Wieso fragst du das?«

Ich berichtete ihm davon, dass Trev uns verraten hatte. Diese Information traf ihn genauso wie mich.

»Wow. Das habe ich nicht gewusst. Trevs Behandlung war anders, das stimmt. Ich dachte, die probieren an ihm ein neues Mittel aus und testen, wie er mit dir und den anderen interagiert. Ich hätte niemals für möglich gehalten, dass er für die Sektion arbeitet.«

»Es erklärt aber auch einiges. Ich kann mich nicht daran erinnern, dass er je auf mich gehört hat, wenn es ihm grad nicht

in den Kram passte. Die Sektion wird dafür gesorgt haben, dass ich ihn nicht kontrollieren kann.« Ich rieb mir mit den Handballen die Augen. »Wieso wollten sie die Jungs denn eigentlich abholen?«

»Sie sollten in eine andere Einrichtung verlegt werden, und zwar ohne dich. Die Sektion wollte testen, wie die Verbindung zwischen euch auch über mehrere Bundesstaaten hinweg funktioniert. Das war der ultimative Test für das Projekt, Connor wollte noch einmal an die Grenzen gehen, bevor –«

»Bevor er es zum Verkauf anbot.«

Dad seufzte. »Da habe ich mich immer rausgehalten. Mir hat der wissenschaftliche Teil Spaß gemacht. Früher zumindest.«

Er hielt den Strohhalm zwischen Zeige- und Mittelfinger. »Ich wusste, was er vorhatte.«

Ich schaute auf. »Was?«

»Sam. Ich wusste, dass er seine Flucht vorbereitet hat. Mit den Strohhalmen. Ich wusste es.« Mit der anderen Hand massierte er nun seine Nasenwurzel. »In all den Jahren, in denen ich die Jungs im Keller festgehalten habe, gab es keinen Tag, an dem ich nicht darüber nachgedacht habe, sie und dich laufen zu lassen.

Ich habe lange gebraucht, bis ich akzeptiert habe, was ich da überhaupt mache. Dass Sam und die anderen sich an nichts erinnern konnten, hat mir die Sache ein bisschen erleichtert. Genau wie du. Du hast mich immer auf andere Gedanken gebracht. Wenn ich aus dem Labor kam, warst du da und ich konnte die Jungs wirklich mal vergessen.« Dad machte es sich auf dem Sessel in der gegenüberliegenden Zimmerecke bequem, die Ellbogen auf die Lehnen gestützt. »Ich schulde euch was. Euch allen. Ich würde das gern irgendwie wiedergutmachen. Ganz ehrlich.«

»Wir müssen sie befreien«, sagte ich. »Sam und Cas.«

Dad schüttelte den Kopf. »Anna, das wird nicht gehen, fürchte ich. Die Sektion wird ihnen wieder das Gedächtnis löschen, und was Sam angeht –« Er schüttelte erneut den Kopf.

»Was?«

»Bei Sam sind sie an ihre Grenzen gestoßen. Sein Gedächtnis haben sie schon so oft manipuliert, öfter als bei den anderen. Er hatte selbst im Labor noch Erinnerungsschübe. Die habe ich aber nicht erfasst, weil ich nicht wusste, was sie ihm dann noch antun würden. Ich fürchte, ohne die Blocker werden die Schübe nur noch schlimmer –«

Mir wurde eiskalt.

Dad muss meinen Gesichtsausdruck richtig gedeutet haben, denn sofort fragte er: »Sie sind bereits schlimmer geworden, nicht wahr?«

»Was kann denn passieren, wenn sie sein Gedächtnis noch einmal auslöschen?«

Dad wiegte den Kopf hin und her, so als wüsste er zwar die genaue Antwort darauf nicht, nur, dass es nichts Gutes sein konnte. »Am besten mischen wir uns nicht ein. Du bist frei. Nick ist frei. Das allein ist schon mehr, als ich je zu hoffen gewagt hätte.«

Ich stand auf. »Dad, du musst es mir erzählen. Was wird mit ihm passieren?«

»Das ist aber nur eine Theorie«, stotterte er und steckte sich den Strohhalm wieder in den Mund. Nach einer Pause sagte er: »Die Wirkung könnte verheerend sein, könnte ihn unbrauchbar machen. Unkontrollierbar. Unberechenbar. Ich weiß es nicht. Die Folgen könnten zahllos sein.«

Ich atmete stockend und doch tief ein, um die Tränen zurückzuhalten, die sich schon in meinen Augenwinkeln sammelten. »Ich kann ihn nicht einfach seinem Schicksal überlassen.«

»Wir können aber nichts tun.«

Das Ringbuch und die Akten lagen auf dem Tisch am Fenster. Sam hatte gewollt, dass ich sie mitnehme, weil er wusste, wie wichtig sie waren. Sie waren das Einzige, was ich zum Tausch für ihn anbieten konnte. »Vielleicht doch.«

***

Nick wachte mit einem Stöhnen kurz nach zwei in der Nacht auf. Ich hatte mir die Zeit mit Fernsehen vertrieben, wobei ich immer wieder weggedöst war, mich aber alle zehn Minuten wieder weckte, um zu prüfen, ob er noch atmete.

Mit zusammengebissenen Zähnen setzte er sich auf, er schien starke Schmerzen zu haben. »Sam?«, fragte er leise.

»Hallo«, sagte ich und ging zu ihm. »Vorsichtig.«

Er erkannte mich im Halbdunkel und schon war er wieder angespannt. »Anna.«

»Genau, ich bin's. Du bist angeschossen worden. Du solltest dich am besten wieder zurücklehnen.«

Er ächzte. »Ist wahrscheinlich nicht das erste Mal.«

»Möchtest du etwas trinken?«

»Lieber ein Schmerzmittel.«

Daran hatten wir natürlich auch gedacht. Ich füllte etwas Leitungswasser in einen der Plastikbecher des Motels und drückte ihm zwei Tabletten aus der noch unangebrochenen Packung. Beides reichte ich ihm und betrachtete ihn im Flimmern des Fernsehers, forschte in seinem Gesicht, ob etwas nicht in Ordnung war. Er wirkte okay, aber das hieß ja noch lange nicht, dass das auch wirklich zutraf.

Er warf die Pillen ein und leerte den Becher fast in einem Zug. Dann blickte er sich im Zimmer um. »Wo sind wir?«

»In einem Motel in der Nähe von Traverse City.«

»Wer ist das?« Er nickte zu dem anderen Bett, auf dem Dad schlief. Als ich es ihm sagte, senkte er die Stimme und fauchte: »Was will der denn hier?«

»Ich habe ihn angerufen. Du warst bewusstlos und ich wusste nicht, was ich sonst tun sollte. Mir ist nichts anderes eingefallen.«

»Ist er jetzt auf unserer Seite?«

Ich zuckte mit den Schultern. »Um ganz ehrlich zu sein, ich weiß es nicht. Aber ich glaube schon.«

»Irgendwas Neues über Sam?«

Ich dachte kurz darüber nach, Nick zu erzählen, was Dad gesagt hatte. Über die Erinnerungsschübe, die möglichen Konsequenzen einer erneuten Gehirnwäsche. Doch das würde Nicks Wut nur schüren. »Bisher nicht. Dad meint, er wird nun endgültig weggesperrt.«

Nick ließ den Kopf sinken. Im Fernsehen wurde zum Werbeblock gewechselt. »Das müssen wir verhindern.«

»Ich weiß.«

»Ich konnte immer auf ihn zählen.«

Im Gegensatz zu deiner Familie, dachte ich. Sam hatte auf uns alle aufgepasst.

Ich konnte mir lebhaft vorstellen, wie er auf unser Vorhaben regieren würde: *Vergesst es. Bringt euch stattdessen selbst in Sicherheit, damit ihr Connor und der Sektion nicht in die Hände fallt. Und wenn sie euch je aufspüren sollten, nutzt die Protokolle, um euch freizukaufen.*

Aber ich konnte ihn nicht einfach vergessen. Und ich wollte nicht zulassen, dass Connor ihn mit einer weiteren Gehirnwäsche wieder gefügig machte, um ihn zu seinem Vorteil zu nutzen. Außerdem war da ein Schmerz in meiner Brust, der sich nicht verleugnen ließ. So, als würden die paar Stunden, die ich

nun schon von Sam getrennt war, mich innerlich zerreißen. Ich konnte unmöglich noch eine weitere Sekunde in diesem Motel stillsitzen. Ich musste los. Sofort.

Als hätte Nick meine Gedanken gelesen, trafen sich plötzlich unsere Blicke. Der Schein des Fernsehers vertiefte das klare Blau seiner Augen um ein Vielfaches. »Sam würde das für eine bescheuerte Idee halten. Ihn zu befreien.«

»Aber haben wir denn eine Wahl? Dad –« Prompt bewegte er sich unter seiner Decke, reagierte sofort auf seinen Namen. Flüsternd fuhr ich fort: »Ich habe einen Plan. Keine Ahnung, ob er funktionieren wird, aber einen Versuch ist es wert.«

Nick stand auf. Langsam lief er Richtung Bad, sein Gang steif und unsicher. »Was auch immer dein Plan ist«, sagte er, »ich bin dabei.«

33

Die nächstgelegene Zweigstelle der Sektion befand sich in einer Küstenstadt – Cam Marie, Michigan. Dorthin hatte Riley Sam gebracht. Ein frostiger Westwind blies mir die Haare aus dem Gesicht, während wir über den Bürgersteig liefen. Hinter uns piepte die Fußgängerampel.

Nick trabte mit mürrischer Miene neben mir her. Seine Schultern waren angespannt, seine Hände steckten tief in den Taschen seiner Jacke. Heute Morgen, über einem Kaffee und einem Bagel, hatte er gesagt: »Das ist verrückt. Das weißt du schon, oder?«

Und ich hatte geantwortet: »Ja. Eine ganz neue Form von verrückt. Aber was haben wir denn zu verlieren?«

»Nun –« Er biss noch einmal in seinen Knoblauch-Zwiebel-Bagel. »Unsere Köpfe. Unsere Freiheit. Oder vielleicht mal was ganz Neues, unsere Finger –«

»Okay, okay, schon verstanden.«

Doch nun waren wir schließlich hier und ich hatte nicht vor, umzukehren. Dad war sich ziemlich sicher, dass uns nichts zustoßen würde. Dennoch hatten wir vorgesorgt, falls jemand drohte, uns zu verletzen. Wenngleich nichts davon etwas nützen würde, wenn Connor uns um jeden Preis aufhalten wollte.

Der Gebäudekomplex lief unter einem Decknamen. ›Messhar And Miller Associates‹ stand in dicken goldenen Buchstaben

auf dem Schild. Eine rothaarige Frau an einem runden Empfangstresen begrüßte uns. Hinter ihr gab eine Glaswand den Blick auf die Weiten des Lake Michigan frei, dessen Wellen Schaumkronen trugen. Zu ihrer Linken führte eine Treppe in den ersten Stock, das Geländer ebenfalls aus Glas, damit nichts diese beeindruckende Aussicht behinderte. Eine ganze Reihe Aufzüge erstreckte sich an der Wand rechts von uns.

»Guten Morgen, Arthur.«

Nick zog die Hände aus den Taschen, in ständiger Bereitschaft, schon beim kleinsten Anzeichen von Ärger seine Waffe zu ziehen.

»Wir haben einen Termin bei Connor«, sagte Dad.

Die Frau nickte und drückte auf einen Knopf an einem kleinen Steuerpult. »Man erwartet Sie bereits im Untergeschoss.«

»Danke, Marshie«, sagte Dad. Er deutete auf eine Tür, die hinter der Treppe lag.

Nick beugte sich zu mir. »Man erwartet uns im Untergeschoss?«, echote er. »Gleich im Leichenkeller, oder wie?«

Hinter der Tür verbarg sich ein Treppenhaus, in dem eine Treppe in den Untergrund führte. Ich umschloss die Mappe fester, in der sich alles befand, was Sam der Sektion fünf Jahre zuvor gestohlen hatte. Ein nervöser Schauer fuhr mir über den Rücken. Mir war sowieso schon unwohl und Nicks Bemerkung hatte es nur noch schlimmer gemacht.

Hier hereinzuspazieren und unsere Freiheit mithilfe von ein paar Blättern zu erkaufen, erschien dann doch ein wenig zu einfach, aber wir hatten keine andere Wahl. Ich musste Sam und Cas aus ihrer Gewalt befreien. Besonders Sam, bevor er ihnen endgültig zum Opfer fiel.

Unsere Schritte wurden durch die Metallkappen an den Stufen verstärkt und hallten durch das Treppenhaus. Wir liefen

tiefer und tiefer, hatten sicher vier Stockwerke passiert, ehe Dad vor einer Tür stehen blieb, auf der B5 stand.

Mit einer Hand auf dem Türgriff wandte er sich zu uns, die Stirn in tiefe Falten gelegt. »Überlasst mir das Reden, ja?«

Nick schnaufte nur, ich nickte. Dad drückte die Tür auf. Wir betraten einen kleinen Vorraum, wo ein Mann hinter einem Tisch aus Mahagoni saß, ein Headset im Ohr.

»Arthur«, sagte er lächelnd. »Wie schön, Sie zu sehen.«

Dad wirkte nervös. »Ja, Sie auch, Logan. Ist Connor da?«

»Er kommt gleich heraus.«

»Wir können nicht zu ihm ins Büro?«, fragte Dad und Logan schüttelte den Kopf.

Also warteten wir. Nick knackte jedes Fingergelenk einzeln durch. Ich konnte nur mit Mühe meinen Impuls unterdrücken, rastlos umherzurennen. Und gerade als ich das Gefühl hatte, wahnsinnig zu werden, flog eine Tür hinter Logan auf und fünf Männer betraten das Zimmer.

»Wurde auch Zeit«, murmelte Nick und drückte sich mit einem Fuß von der Wand ab.

Dad hielt Nick eine Hand vor die Brust, um ihn am Weitergehen zu hindern. »Ist Connor jetzt bereit, uns zu empfangen?«, fragte er, an die Agenten gerichtet.

Der Mann, der uns am nächsten stand und eine Narbe hatte, die vom Kinn bis zu seinem Ohr reichte, grinste. »Ist er.« Im gleichen Moment zog er eine Waffe hervor und schoss Dad einen Betäubungspfeil in die Brust. Ich hatte kaum begriffen, was gerade geschehen war, da stürzte Nick schon an mir vorbei und fing an, Schläge auszuteilen.

Die Betäubungspistole flog hinter den Tisch. Der Narbenkerl ging zu Boden, aber es warteten ja noch vier weitere Agenten. Nick ging auf den nächsten los, doch ein großer blonder Mann

löste sich aus der hintersten Reihe und überrumpelte ihn mit einem Schlag in die Seite. Nick bekam eine weitere Faust ins Gesicht. Seine Augen verdrehten sich und er kippte um.

»Aufhören!«, schrie ich. »Wir sind hier, um –«

Da knallte etwas Schweres, Hartes gegen meine Stirn und schon wurde mir schwarz vor Augen.

***

Das Erste, was ich spürte, war der Schmerz in meinem Kopf. Als Nächstes meldete sich Übelkeit. Ich zuckte und traute mich gar nicht, die Augen zu öffnen. Mit einer Hand tastete ich den Punkt an meiner Stirn ab, der am meisten wehtat, und stöhnte auf, als ich eine nicht unerhebliche Beule vorfand.

Plötzlich kam die Erinnerung an den Kampf zurück und ich riss die Augen auf.

Ich befand mich in einem quadratischen Raum ohne Fenster, mit nur einer Tür, einem Bett. Ein Glas Wasser stand unberührt auf dem Nachttisch. Riley saß mir auf einem Stuhl gegenüber.

»Du bist wach«, sagte er. »Endlich.«

Seine Stimme sandte Schmerzwellen durch meinen Kopf und ich unterdrückte ein weiteres Schaudern.

»Wieso –«, setzte ich an, doch Riley fiel mir ins Wort.

»Hast du Kopien der Akten für die Medien hinterlegt, falls etwas Unvorhergesehenes eintritt?«

Ich legte mir eine Hand über die Augen, um das grelle Licht der Neonröhren abzuschirmen. Gleichzeitig stellte ich meine Füße auf den Boden.

»Anna. Ich frage dich nur noch ein weiteres Mal. Hast du Informationen für die Medien hinterlegt?«

»Ja«, murmelte ich.

»Wie lauten deine Forderungen?«

»Wo ist er?«

»Wie bitte?«

Ich blinzelte. »Wo ist Sam? Wo sind die anderen?«

Riley strich sich über die Haare, wollte besonders sein Fronthaar glätten. »In einer Zelle. Wo sie hingehören.«

»Bringen Sie mich zu ihnen, sonst sage ich kein Wort.«

Er schlug die Beine übereinander. »Das ist sehr bedauerlich, weil ich dich nirgendwo hinbringe, ehe ich deine Forderungen nicht kenne.«

Er sprach langsam und betonte die Silben einzeln, so als wäre er sich nicht sicher, ob ich Englisch verstand.

Wut kochte in mir hoch. »Na, das ist wirklich sehr bedauerlich, weil ich Ihnen nichts erzählen werde, ehe Sie mich nicht zu den Jungs gebracht haben.«

Er seufzte. »Also gut, dann löschen wir dein Gedächtnis und hoffen einfach darauf, dass uns Arthur die nötigen Informationen liefert.« Er stand auf.

Dad. Er war mitgekommen, um mir zu helfen. Hatte sich selbst in Gefahr gebracht. Würden sie ihn foltern, um ihre Antworten zu bekommen? Ja, würden sie.

»Warten Sie.«

Denk wie Sam, sagte ich mir. *Was würde er in dieser Situation tun?*

»Ja?« Rileys Augenbrauen waren extrem hochgezogen, während er auf meinen nächsten Satz wartete.

Irgendwie musste ich hier rauskommen, die anderen finden. Vor allem Dad. Zu Riley und Connor zu gehen, war meine Idee gewesen, ich hatte uns alle in Gefahr gebracht. Ich brauchte die schnellste und beste Lösung. Ich brauchte einen Plan.

Eine Tür, keine Fenster. Ein Nachttisch, ein Glas Wasser. Ein Stuhl. Ein Deckenventilator. Ein Bett aus Metall.

Standen draußen Agenten und hielten Wache? Wurde der Raum per Kamera überwacht? Ich suchte die Wände mit den Augen ab. Sichtbar war jedenfalls keine. Ich brauchte ein Ablenkungsmanöver.

»Ich habe nicht den ganzen Tag Zeit, Miss O'Brien.«

»Gibt es hier ein Badezimmer?« Ich schluckte und versuchte, den Kopfschmerz zumindest vorübergehend auszublenden.

»Am Ende des Flurs. Ich lasse dich hinbringen, wenn –« Während er sprach, wandte er sich leicht ab, nickte mit dem Kopf zur Tür. Das war meine Gelegenheit und ich nutzte sie.

Mit links griff ich nach dem Bettlaken. Mit rechts schnappte ich mir das Wasserglas. Schon im Aufspringen rupfte ich das Laken von der Matratze und warf es zu Riley, der bereits seine Waffe zog. Das Laken wickelte sich um ihn. Ich ließ das Glas auf seinen Kopf sausen, wo es in tausend Stücke zerbrach. Wasser rann mir den Arm hinunter. Glassplitter schnitten mir in die Finger, weshalb ich nicht sagen konnte, ob das Blut, das sich auf dem Laken ausbreitete, von Riley oder von mir war.

Seine Beine verfingen sich im Stoff. Ich trat dahin, wo ich sein Knie vermutete, und spürte, dass etwas brach. Er stieß einen dumpfen Schrei aus und fiel um. Ich fasste mit beiden Händen nach der Lehne des Stuhls und ignorierte dabei die brennenden Schnittwunden an meinen Fingern.

Riley versuchte gerade, sich hinzuknien, da holte ich mit dem Stuhl bis über meinen Kopf aus. Er zersplitterte, als er auf Rileys Rücken traf. Riley sank mit einem letzten Stöhnen flach zu Boden.

»Sir?«, fragte jemand durch die Tür.

Ich erstarrte. *Denk nach!*

»Sir?«

Ich zog das Laken von Riley und schnappte mir die Pistole

aus seinem Schulterholster. Dann stellte ich mich hinter die Tür, presste mich gegen die Wand. Die Tür öffnete sich und ich trat mit voller Wucht dagegen. Sie schlug gegen den Agenten, prallte ab. Ich flitzte auf die andere Seite und schlug dem Mann mit der offenen Hand ins Gesicht. Er taumelte, ich schlang ihm das Laken einmal um den Hals und gab ihm einen Ruck. Er fiel auf den Rücken, sofort war ich über ihm, rammte ihm die Pistole unters Kinn.

»Wo sind die Jungs?«

»Ich sage dir gar nichts«, quetschte er hervor, seine Unterlippe zitterte.

»Du glaubst, ich schieße nicht? Du hast noch genau drei Sekunden, bis du's am eigenen Leib erfahren wirst. Eins. Zwei.«

Würde ich schießen? Die Sektion hatte mir mein Leben genommen. Jeder, der für sie arbeitete, war im gleichen Maße schuld daran wie Connor und Riley. Ich übte mehr Druck auf die Waffe aus, ihr Lauf stieß hart gegen seinen Kiefer.

»Letzte Chance«, sagte ich. »Dre…«

»Warte!« Seine Stirn glänzte vor Schweiß. Ich nahm die Waffe etwas zurück, aber nur etwas. »Erst rechts, dann links. Die Treppe runter in das nächste Untergeschoss. Dort geradeaus, dann liegt das Labor auf der rechten Seite.«

»Hast du ein Funkgerät oder ein Handy?«

Der Mann nickte. »An meinem Gürtel.«

Ich schob mich von ihm herunter, hielt die Pistole aber unverändert auf ihn gerichtet. Dann rupfte ich alle Geräte von seinem Gürtel ab und trampelte so lange darauf herum, bis nur noch Plastik und Drähte übrig waren.

Ich ging rückwärts, zielte aber immer noch auf ihn. »Keine Bewegung.«

Kaum im Flur, schlug ich die Tür hinter mir zu. Der Knauf

drehte sich, weil der Agent versuchte, sie von innen zu öffnen, doch das Schloss funktionierte noch.

Ich blickte schnell nach rechts und links und versteckte die Waffe unter meinem Oberteil. Mein Kopf schmerzte nach wie vor. Im gesamten Gebäude herrschte unheimliche Stille. Ich folgte der Wegbeschreibung, die der Agent mir gegeben hatte, ohne jemandem zu begegnen. Im Treppenhaus nahm ich immer zwei Stufen auf einmal, die Füße schnell und leicht, eine Hand auf dem Metallgeländer. Vor der Tür zum nächsten Flur wurde ich still, lauschte.

Nichts.

Ich schob die Tür einen Spalt auf. Der Flur wirkte verlassen. Ich hastete vorwärts. Gerade, als ich das Gefühl bekam, falsch abgebogen oder vom Agenten doch falsch geschickt worden zu sein, sah ich, wonach ich suchte.

Hinter einer halben Fensterwand lag das Labor und darin befanden sich die Jungs, wieder in Zellen hinter Glasscheiben, ganz wie im Farmhaus. Sie sahen mich auch sofort und stürmten nach vorn, alle drei gleichzeitig in einer Reihe.

Sam. Mein Blick flog als Erstes zu ihm, tastete ihn quasi ab. War er verletzt? Hatten sie ihm schon sein Gedächtnis genommen?

Die Tür zum Labor war nicht verschlossen, ich drückte sie auf. Rechts befanden sich Tische, die von Akten, Bechergläsern und Tabletts übersät waren. Auf der gegenüberliegenden Seite säumte eine Reihe von Computern die Wand, deren Monitore verrieten, dass sie passwortgeschützt waren.

Cas pfiff durch die Zähne. »Na, das ist ja eine schöne Überraschung, Anna Banana.«

»Du hättest nicht herkommen sollen«, sagte Sam.

Ich atmete erleichtert auf. Er wusste, wer ich war. Das hieß, sie hatten seine Erinnerungen noch nicht gelöscht.

»Ich lass euch doch nicht im Stich.« Da war ein Nummernblock in der Wand neben der Glasscheibe. »Du weißt nicht zufällig den –«

»Sieben-drei-neun-neun-zwei-vier-eins«, sagte Sam.

Ich tippte die Zahlen ein. Der Nummernblock piepte, die Tür öffnete sich und die Jungs sprangen heraus. Sam nahm mich fest in die Arme, was mich nicht wenig überraschte.

»Ist mit dir alles in Ordnung?« Er schaute prüfend auf meine Stirn und das Blut, das sicher dort getrocknet war.

»Ist mit dir alles in Ordnung? Was haben sie –«

»Scheiße«, fiel Nick mir ins Wort.

Wir drehten uns alle gleichzeitig um und sahen gerade noch, wie Connor hereinkam, eine Pistole in der Hand. Ohne zu zögern, drückte er ab. Zack. Eine Kugel. Mehr brauchte es nicht.

Blut spritzte mir ins Gesicht und Sam fiel zu Boden.

34

»Ich habe keine Lust mehr auf eure Spielchen«, sagte Connor.

Fast hätte ich nach meiner versteckten Waffe gegriffen, doch überlegte es mir schnell anders, als eine ganze Gruppe Agenten hinter Connor hereinmarschiert kam. Sie waren komplett uniformiert, trugen die gleichen gepanzerten Jacken wie die fünf Männer und die Frau, die damals im Farmhauslabor gestorben waren. Dicke, schusssichere Westen schützten ihre Oberkörper.

Zuletzt schob Riley, humpelnd und blutverschmiert, Dad vor sich her zu uns ins Labor. Ich ließ mich neben Sam auf den Boden sinken und wischte mir mit dem Ärmel sein Blut vom Gesicht. »Sam?« Seine Augen rollten immer wieder weg, bis es ihm gelang, seinen Blick auf mein Gesicht zu fokussieren. Die Kugel hatte ihn in die Brust getroffen, aber wo genau, konnte ich nicht sagen, ohne ihm das Hemd auszuziehen. Da war so wahnsinnig viel Blut.

»Sam?« Der Schock trieb mir brennende Tränen in die Augen. »Kannst du mich hören?« Er ächzte. Hustete. Sagte aber nichts, was alles nur noch schlimmer machte.

Riley vergrub seine Finger tief in meinen Haaren und riss mich zurück. Cas machte einen Satz auf Riley zu, doch er war viel zu schwach zum Kämpfen. Das wusste Riley. Das wusste ich. Und Cas wusste es auch. Auch die Waffe, die nun an meine Schläfe gehalten wurde, machte unsere Situation nicht besser.

»Endlich haben wir eure ungeteilte Aufmerksamkeit«, sagte Connor und ging um Riley herum, sodass er mir gegenüberstand. Normalerweise war er das ganze Jahr über gut gebräunt, doch diesmal auffallend blasser als bei unserem letzten Treffen. Ich fragte mich, wie es ihm seit der Konfrontation mit Sam im Labor ergangen war. Er holte Luft, was sehr schwerfällig klang – eine Schwäche, die ich erst mal nicht vergessen würde.

»Sie begehen einen schweren Fehler«, sagte ich, wofür Riley mir erneut an den Haaren riss. Deshalb startete ich den verbalen Gegenangriff. »Wir können belegen, dass die Sektion Geld aus dem Ausland bekommen hat, Anzahlungen für Menschen. Damit kommen Sie nicht mehr durch. Wie Sie ja bereits wissen, gehen Kopien dieser Belege an die entsprechenden Medien, falls wir hier nicht lebend oder rechtzeitig herauskommen.«

Connor steckte sich eine Hand in die Tasche seiner maßgeschneiderten Hose. »Ach ja? Und deshalb soll ich euch laufen lassen? Euch einfach die Tür öffnen, damit ihr bequem rausschlendern könnt?« Er machte zwei schnelle Schritte auf mich zu, kam mit seinem Gesicht dicht vor meinem zum Halten. Als er weitersprach, schlug mir der scharfe Geruch von Whiskey entgegen. »Hast du überhaupt eine Ahnung, wie viel Geld wir bereits allein in Sam gesteckt haben? Von den Kosten durch die Flucht ganz zu schweigen … Er ist ein millionenschweres Projekt mit Beinen und ich bin so kurz davor, sie ihm kaputt zu schießen.«

Noch etwas anderes an Connor hatte sich seit unserem letzten Treffen verändert. Er hatte seinen Charme verloren oder bewusst abgelegt. Vielleicht war dies ja der echte Connor: skrupellos, machthungrig und unerbittlich.

»Eins sollte dir klar sein: Wenn ich so kurz davorstehe, *ihn* abzustoßen«, er rammte mir einen Finger gegen das Brustbein, »bin ich mit meiner Geduld bei dir längst am Ende.«

Ausnahmsweise fürchtete ich mich ernsthaft vor Connor. Möglich, dass er genau aus diesem Grund in all den vergangenen Jahren immer sein blendend weißes Lächeln aufgefahren hatte – um mich in Sicherheit zu wiegen, zu zähmen, um mir das Gefühl zu geben, er sei harmlos. Ich wusste ja, dass er das Projekt leitete und dass er ziemlich kühl sein konnte, doch ich hatte in seiner Gegenwart nie um mein Leben gefürchtet, nicht mal, als er mir damals im Labor die Waffe an den Kopf gehalten hatte. Heute war das anders, denn jetzt wusste er, dass er allmählich die Kontrolle über uns verlor.

»Connor, lass sie laufen.« Dad, der von niemandem bewacht wurde, meldete sich zu Wort. »In genau acht Stunden bekommt jeder große Medienkonzern eine Kopie all der Dokumente, die Sam damals gestohlen hat. Weißt du, wie viel Geld du dadurch verlieren wirst? Mehr, als Sam wert ist. Die Regierung wird dir ihre Unterstützungsgelder entziehen. Und dann? Vermutlich ist der Gedanke nicht weit hergeholt, dass sie danach die Zusammenarbeit mit dir komplett einstellen. Und dich zum öffentlichen Prügelknaben machen.«

Connors Nasenflügel bebten. Eine Strähne seiner viel zu blonden Haare entkam seiner sonst so perfekt sitzenden Frisur. »Tu nicht so, als würde dich das nicht auch betreffen.«

»Mache ich nicht. Aber ich möchte auch nicht weiter an dem Projekt beteiligt sein.«

Dad hatte neben Connor und Riley immer eher klein und unbedeutend gewirkt, doch in diesem Moment offenbarte sich die Stärke und Weisheit eines Mannes, den ich kaum kannte. Dieser Dad gefiel mir. Diesen Dad bewunderte ich. »Zunächst will ich, dass Riley Anna loslässt. Dann verhandeln wir über die restlichen Bedingungen.«

Connor, dessen Gesicht zu einer Grimasse verzerrt war,

machte eine winzige Geste mit dem Finger. Riley fluchte leise, bevor er meine Haare freigab. Ich rannte sofort zu Sam. Er atmete noch und seine Augen waren geöffnet, doch sein Blick wirkte abwesend. So, als wäre er kurz davor, bewusstlos zu werden. Seine Haut war aschfahl geworden, wodurch die blauen Flecken in seinem Gesicht nur noch stärker hervortraten.

Er brauchte ärztliche Hilfe. Ich warf Cas einen Blick zu. Der stand so gerade wie ein Totempfahl und ließ sich seine Verletzungen nicht anmerken. Doch wie würde er sich schlagen, wenn wir kämpfen mussten? Vermutlich nicht so erfolgreich.

Und Nick… Der würde sicher eine Weile durchhalten, aber auch er war schwach und verletzt. Und wenn auch er einknickte, könnte ich allein gegen all die Männer jedenfalls nicht viel ausrichten.

Connor faltete die Hände vor sich. »Also gut, dann wollen wir mal verhandeln.«

»Erst müssen wir uns auf die Konditionen einigen«, sagte Dad.

Connor neigte leicht den Kopf. »Bitte, da bin ich ja gespannt.«

»Du musst sie in die Freiheit entlassen.«

»Freiheit?« Connor lief auf und ab, die Bügelfalte seiner Hose eine scharfe Silhouette. »Und wer garantiert mir, dass sie nicht doch irgendwann etwas durchsickern lassen?«

»Wir. Solange Sie uns in Frieden lassen, schweigen wir«, sagte ich.

»Ich habe einen anderen Vorschlag.« Er breitete die Arme aus. »Ich lasse euch gehen, wenn jeder von euch einen kleinen Eingriff in sein Gedächtnis zulässt.«

Ein Knoten formte sich in meinem Bauch. Er durfte auf gar keinen Fall noch einmal Sams Erinnerungen manipulieren. »Nein.«

Connor sah zu mir herüber. »Anna.« Mein Name klang wie ein Seufzen. »So wütend und bestimmt. Ich sag dir was – wenn du dich darauf einlässt, für die Sektion zu arbeiten, kannst du dein Gedächtnis behalten. Das der anderen wird gelöscht, dann können sie gehen.«

Das war kein Gegenangebot. Das war ja noch viel schlimmer. Selbst wenn Sam eine weitere Gehirnwäsche überlebte, sollte ich ihn einfach so gehen lassen? Er würde einfach verschwinden, darin war er doch besonders gut, und ich wäre bis ans Ende meines Lebens an Connor gebunden, mit dem Wissen, dass Sam irgendwo auf der Welt herumlief ohne die leiseste Erinnerung an mich.

Schlimmer noch, wenn die genetische Veränderung an mir permanent war, konnte Connor mich jederzeit gegen die Jungs einsetzen. Sie würden mir gehorchen, ob sie wollten oder nicht. Ob sie sich an mich erinnerten oder nicht.

»Auch da mache ich nicht mit.«

Connor schnaufte kurz. »Dann verlässt eben niemand von euch das Gebäude. Wie klingt das?«

»Acht Stunden, ticktack«, mahnte Dad, er war kein bisschen beeindruckt von Connors wachsender Unruhe. »Klassische Pattsituation, Connor.«

Die Männer hinter Riley fummelten an ihren Waffen herum. Riley hatte Probleme, sich aufrecht zu halten. Mit zusammengebissenen Zähnen kämpfte er sichtlich gegen die Schmerzen in seinem Knie. Geschah ihm nur recht.

»Sie können uns nicht für immer festhalten«, sagte ich. Ich richtete mich auf, blieb jedoch in Sams Nähe. »Wir sind Menschen. Wir haben ein Recht auf freien Willen, auf unser eigenes Leben, ohne dass irgendeine geheime Organisation jeden unserer Schritte bestimmt, unsere Erinnerungen stiehlt und –«

»Ich mach's.«

Ich schreckte zurück.

»Ich bleibe«, sagte Sam, den selbst das Schlucken große Anstrengungen zu kosten schien. »Wenn alle anderen gehen dürfen.«

»Nein.« Ich ging neben ihm in die Hocke. »Nein, Sam. Wir gehen alle …«

»Darauf lassen sie sich niemals ein und ich bin nicht gerade in der Verfassung, zu kämpfen.« Er hustete und musste sich auf die Seite rollen, um Blut auszuspucken.

»Wir haben einen Plan und –«

»Scheiß auf den Plan.« Seine Lider waren schwer. Die linke Iris war kaum zu erkennen, weil sein Augapfel noch immer feuerrot war von den geplatzten Äderchen.

Tränen brannten in meinen Augen. Ich hatte gerade die Wahrheit über mein Leben erfahren und wollte sie nicht wieder hergeben. Genauso wenig wollte ich Sam hergeben. Ich *konnte* ihn nicht hergeben.

Meine Stimme klang wie ein klägliches Flehen, aber das war mir egal. »Du bist doch alles, was ich noch habe.« Er war die einzige Konstante, der einzige Überlebende aus meiner Vergangenheit, und ich würde mich nachher nicht an ihn erinnern können.

In seinem Blick lag seine typische Entschlossenheit. »Dann lass mich das einzig Richtige tun.«

Ich presste die Lider aufeinander. Seine Hand fand meine. Ich vergrub mein Gesicht an seiner Brust, die Welt verschwamm vor meinen Augen. »Ich werde nicht mehr wissen, wer du bist.«

»Doch, wirst du«, flüsterte er in meine Haare. »Und eines Tages werde ich dich wiederfinden.«

Ich schlang meine Arme um ihn, gab mir Mühe, ihn nicht zu

fest zu drücken. Er roch noch immer nach Seife und spätem Herbst. Würde ich auch das vergessen? Und seinen Namen? Wie er sich anfühlte. Wie er mich ansah.

Ich wusste nicht, was da zwischen Sam und mir war, wenn denn da überhaupt etwas war. Doch die Leere, die ich schon jetzt wieder in mir spürte, sagte mir, dass die Verbindung zwischen uns echt war und nicht irgendetwas Künstliches, Wissenschaftliches und Gefälschtes.

Da war etwas, wofür es sich zu kämpfen lohnte.

»Es tut mir leid«, flüsterte ich. Während ich mich aufrichtete, warf er mir einen Blick zu, der deutlich sagte: *Was immer du vorhast, tu's nicht.*

Aber ich musste. Und der Druck, mit dem die Pistole, die ich Riley abgenommen hatte, an meinem Rücken lastete, bestärkte mich. Ich hatte noch eine Chance, egal wie klein sie war.

Geknickt ging ich zu Riley und stellte mich neben ihn. *Gib dich schwach.* Ich hielt ihm meine Hände hin, damit er sie fesseln konnte. *Gib dich verletzlich.* Riley war skeptisch, holte aber sofort einen Kabelbinder aus seiner Jackentasche. Kaum streifte das dünne Plastik die Unterseiten meiner Handgelenke, trat ich erneut gegen Rileys bereits verwundetes Knie und zog die Waffe unter dem Hemd hervor. Ich feuerte auf einen von Connors Männern und plötzlich war alles in Bewegung.

Nick versetzte einem Typen einen Kopfstoß, Cas boxte einen anderen. Jemand stürzte sich auf mich und warf mich zu Boden. Ich trat und schlug um mich, quetschte den Lauf der Pistole grob nach oben und drückte ab. Blut spritzte auf mich, ich schubste den Mann von mir und sprang wieder auf die Füße.

Nick erledigte einen schmalen Typen. Ein Gorilla von einem Mann versetzte Cas einen Kinnhaken, doch Cas blieb stehen und rammte dem Mann seinen Absatz auf den Fuß.

»Aufhören!«, schrie Connor. Er hielt Sam im Arm, eine Pistole gegen seine Schläfe gepresst.

»Tu, was er sagt, Anna.« Auf Sams Stirn schwoll eine Ader an. »Verdammt noch mal. Hör auf ihn, dann seid ihr alle frei.«

»Waffen weg!«, befahl Connor.

Ich folgte, legte die Pistole auf den Boden und hob beide Hände. »Tun Sie ihm nichts.«

»Anna«, brummte Sam.

»Ich lass dich nicht hier«, sagte ich bestimmt.

Connor entfuhr ein Lachen, doch es klang fast traurig und bedauernd. »Immerhin war das Experiment offensichtlich erfolgreich. Man muss euch beide ja nur ansehen – ihr ertragt ja nicht mal den Gedanken, getrennt zu werden. Wenn wir zusammenarbeiten würden, könnten wir das Projekt perfektionieren.«

Ich ließ meine Arme sinken, Entschlossenheit keimte in mir auf. »Lieber sterbe ich, als für Sie zu arbeiten.«

Connor schubste Sam auf den Boden. Der Lauf der Waffe zeigte nun, ohne das geringste Zittern, auf mich. »Weißt du was, kleine Anna? Du hast uns schon weit mehr gekostet, als du wert bist. Du bist nur ein kleines Rädchen im Getriebe und alles andere als unersetzlich. Das Projekt wird auch ohne dich perfekt weiterlaufen.« Seine Augen wurden schmal und er drückte ab.

Die Zeit schien stillzustehen. Angespannt wartete ich auf die Kugel, doch Dad warf sich in die Schusslinie. Die Kugel traf ihn, er stürzte und riss mich mit. Mir wich die Luft aus der Lunge, als wir auf dem Betonboden aufschlugen, denn er landete mit seinem ganzen Gewicht auf mir. In seinen Händen war eine Pistole.

»Nimm«, sagte er kaum hörbar.

Ein starker Schmerz strahlte von meiner Rippe aus, doch

ich ignorierte ihn und griff nach der Waffe. Dad rollte sich zur Seite. Ich zielte auf Connor und schoss, ohne auch nur eine Sekunde zu zögern. Diesmal würde ich mich nicht um die einzige Chance bringen, ihn endlich los zu sein.

Die Kugel schlug in seiner Brust ein.

Ich drückte ein weiteres Mal ab, diesmal traf ich seine Schulter.

Er strauchelte.

Ich schoss noch einmal.

Einen winzigen Moment lang starrten wir uns an. Dann sickerte Blut durch sein Hemd und die Zeit beschleunigte wieder. Ich schoss ein letztes Mal – nur noch einmal, um wirklich sicher sein zu können, dass er mir nie wieder auflauern würde.

Die Kugel drang in seinen Kopf ein, seine Augen wurden ausdruckslos und er brach seitlich weg.

Im Labor wurde es still. Connor fiel auf den Boden.

Erst als ich ausatmete, wurde mir klar, dass ich die Luft angehalten hatte. Die Jungs standen in einer Art Halbkreis um mich herum. Cas hielt eine Pistole in der Hand, ein prächtiger blauer Fleck schillerte schon jetzt auf seinem Gesicht. In Nicks Augen spiegelte sich sein selbstzufriedenes Grinsen.

Die Männer von der Sektion lagen kreuz und quer auf dem Boden um uns verstreut. Nur Riley fehlte.

Sam lag nur wenige Meter neben Connor. Ich ließ die Waffe fallen, ging neben ihm auf die Knie und schüttelte ihn. Er stöhnte. »Entschuldigung«, sagte ich. »Alles so weit in Ordnung?«

Seine Lider flatterten. »Verdammt noch mal, Anna. Du hättest dabei draufgehen können.« Er hustete. »Du kannst doch nicht so verdammt leichtsinnig –«

Ich gab ihm einen Kuss. Als ich mich wieder von ihm löste, sagte ich: »Jetzt sei still. Du musst deine Kräfte schonen.«

Ein aufrichtiges Lächeln zeigte sich auf seinem Gesicht und sofort war ich wieder von ihm hingerissen.

»Ich glaub, der halluziniert«, sagte Cas.

»Wag es ja nicht, jetzt zu sterben«, befahl ich.

»Würde mir nicht im Traum einfallen«, murmelte er noch, bevor er ohnmächtig wurde.

***

Wir erreichten Stockwerk B1 über das Treppenhaus. Nick hatte sich Sam über die Schulter gewuchtet. Cas trug Dad auf die gleiche Weise. Nick hatte Dads Puls prüfen wollen, damit wir ihn gleich hätten zurücklassen können, falls er schon tot war. Doch davon wollte ich nichts hören. Mir war egal, ob er noch lebte oder nicht. Ich hätte ihn so oder so nicht dort gelassen.

Gerade als wir Richtung Erdgeschoss aufbrachen, öffnete sich die Tür der Etage B1.

Cas' Waffe war auf die Person gerichtet, noch bevor sie ganz über die Schwelle war.

Trev starrte uns ungefähr so fassungslos an wie wir ihn.

Mit einer schnellen Bewegung hatte Nick Sam auf den Boden gelegt und Trev gegen die Wand gerammt. »Wenn du hier bist, um uns aufzuhalten, bring ich dich um.«

Trev hielt beide Hände hoch. »Will ich nicht. Aber ihr solltet wissen, dass Riley euch mit Verstärkung im Empfangsbereich erwartet. Ich kann euch helfen, hier rauszukommen.«

»Und wieso sollten wir dir trauen?«, fragte ich.

»Alter, du bist ein mieser Verräter«, fügte Cas hinzu.

Trev sah niedergeschlagen aus. »Ich habe nie wirklich zu euch gehört. Ich war von Anfang an ein Spitzel der Sektion.«

Cas wuchtete Dad wieder über die Schulter. »Du hast uns betrogen.«

»Ich habe nur meine Aufgabe erfüllt. Ich dachte …« Er blinzelte, Bedauern lag in seinem Blick. »Ich habe mich in das System gehackt und in den Akten gelesen. Ihr hattet recht. Ich habe genauso angefangen wie ihr, die haben mir nur irgendwann eingeimpft, dass ich auf ihrer Seite bin. Dass ich ihnen helfe, weil ich so jemanden retten kann, der mir sehr am Herzen liegt. Das Ganze sollte sich nie so lange hinziehen. Ich war genauso Gefangener in diesem Labor wie ihr.«

»Auf wessen Seite stehst du jetzt?«, fragte ich.

»Auf keiner. Aber ich kann euch zeigen, wie ihr hier rauskommt.«

Nick ließ Trev los und gab ihm einen Schubs. »Ich folge dir nirgendwohin.«

»Ihr werdet in dem Moment geschnappt, in dem ihr da oben durch die Tür geht.« Er machte einen Schritt, dann eine Pause. »Wenn ihr diese Tür nehmt«, er deutete hinter sich, »kommt ihr in einen Flur, der zu einem Parkhaus führt. Da steht ein Wagen, den ihr nehmen könnt.«

Die Jungs wirkten skeptisch.

Ich zupfte an meinem Hemd, überwältigt von dem Verlangen, mich endlich weiterzubewegen. Ich wollte hier raus. Ich wollte Sam untersuchen, feststellen, ob es ihm gut ging. Je länger ich hier stehen und warten musste, desto länger wurde ich eben davon abgehalten.

»Wir haben gerade wirklich nichts mehr zu verlieren«, sagte ich. »Und ich glaube ihm.«

Nick schnaufte verächtlich, aber hievte sich Sam wieder über die Schulter. »Also gut, gehen wir. Aber eins schwör ich dir, wenn du uns hier wieder verarschst –«

Trev hob nur die Augenbrauen. »Lass mich raten: Dann bringst du mich um?«

»Worauf du dich verlassen kannst«, sagte ich, bevor Nick es konnte, und meinte es ernst. Trev warf mir einen extrem getroffenen Blick zu. Ich versuchte ihn, so gut es ging, zu ignorieren. »Zeig uns jetzt, wo wir langmüssen.«

***

Der Wagen, zu dem Trev uns führte, war ein unscheinbarer, rauchgrauer Sedan mit abgedunkelten Scheiben. Der Schlüssel steckte in der Zündung.

Mit Trevs Hilfe setzten wir als Erstes Sam auf die Rückbank und dann Dad daneben. Nick übernahm das Steuer, Cas und ich liefen auf die Beifahrerseite.

»Warte.« Trev griff tief in seine Hosentasche und zog einen schwarzen Speicherstick heraus. »Keine Ahnung, ob ihr daran Interesse habt, aber alle Akten zu jedem von euch sind da drauf. Von Anfang an. Bringt vielleicht das Gedächtnis wieder auf Trab. Das ist das Mindeste, was ich für euch tun kann.«

»Danke«, sagte ich und nahm den Stick entgegen.

Cas klopfte Trev auf den Rücken, das Geräusch echote durch das Parkhaus. »Du bist trotzdem ein Bastard.«

Als ich einsteigen wollte, hielt Trev mich zurück. Ich war sofort in höchster Alarmbereitschaft, was sehr viel über unsere Freundschaftsbeziehung aussagte. Das fand ich echt erschreckend. Genauso wie das, was er getan hatte.

»Was ist?«

Ein Veilchen umrahmte sein linkes Auge. Er wirkte schrecklich müde und einsam. »In all den Jahren … Ich will, dass du weißt –«

»Los, einsteigen!«, drängelte Nick.

Trev kam näher, den Kopf gesenkt, so als wäre das, was er sagen wollte, zu hart und krass, um mich dabei direkt anzusehen.

»Du warst wirklich der einzige Lichtblick im Labor. Ich will, dass du das weißt. Alles, was ich gesagt und gemacht habe, war auch so gemeint, selbst wenn meine Identität nicht echt war.«

»Du warst mein bester Freund.« Die ganze Anspannung fiel von mir ab. »Das kannst du nie wiedergutmachen. Nie wieder.«

»Ich weiß.«

Ich schloss ihn in die Arme, womit ich ihn völlig überrumpelte. Er stolperte ein wenig zurück, bevor er sich darauf einließ und mich an sich drückte. »Pass auf dich auf«, sagte ich.

»Du auch. Die werden euch damit nicht davonkommen lassen, das weißt du, oder?«

Ich wusste nicht genau, wer mit »die« gemeint war, jetzt, wo Connor tot war. Vielleicht meinte Trev Riley oder einen seiner Vorgesetzten. Im Moment war es mir egal. Ich nickte ihm zum Abschied stumm zu und rutschte dann auf die Rückbank zu Sam. Dort nahm ich seine schlaffe Hand in meine.

»Ich öffne euch noch das Tor«, rief Trev. »Und dann seid ihr auf euch allein gestellt.«

»Klingt gut«, murmelte Nick und startete den Motor.

Trev tippte ein paar Zahlen in den Nummernblock an der Ausfahrt. Das Tor rasselte, während es sich aufrollte. Ich hielt den Atem an. Obwohl ich Trev gern glauben wollte, fürchtete ich, dass Riley uns auf der anderen Seite bereits erwartete.

Tageslicht fiel herein und reflektierte von der polierten Motorhaube unseres geliehenen Sedan. Und schon fuhren wir über die leichte Steigung und Nick fädelte sich in den fließenden Verkehr ein.

***

Etwa fünfzehn Kilometer später kam Dad wieder zu Bewusstsein. Er hatte eine Schussverletzung am Rücken. Sein Gesicht

war eierschalenfarben und unter seinen Augen prangten dunkle Ringe.

»Bringt mich in ein Krankenhaus«, bat er und niemand widersprach. Nick hielt Ausschau und kurz darauf bogen wir in eine Zufahrt.

»Sollen wir bei dir bleiben?«, fragte ich, während sich Cas auf die Suche nach einem Rollstuhl machte.

Dad schüttelte den Kopf. »Fahrt so weit weg, wie es eben geht.«

»Aber –«

»Anna.« Der Ausdruck auf seinem Gesicht war väterlicher als je zuvor. »Bitte, geh.«

Cas tauchte wieder auf. Alle zusammen hoben wir Dad aus dem Wagen und setzten ihn in den Rollstuhl, aber es kostete uns ziemliche Mühe. Wir waren alle auf die eine oder andere Weise angeschlagen.

»Was sag ich denen?«, fragte Cas. »Obdachloser?«

Nick schob die Ärmel hoch. »Wir haben ihn so gefunden?«

»Ich mach das schon«, sagte ich und legte die Hände auf die Griffe des Rollstuhls. »Seid ihr noch hier, wenn ich wieder rauskomme?«

Cas grinste, seine Grübchen zeigten sich. »Wir gehen nirgendwohin.«

Die Schiebetüren öffneten sich mit einem ähnlichen Ton wie die Automatiktür zum Labor im Farmhaus. Unwillkürlich fragte ich mich, was damit wohl jetzt passieren würde. Und wo Dad hinziehen würde. Und was mit meinen Sachen geschehen war. Mir fiel aber nichts ein, was ich wirklich vermisste. Allerhöchstens meine Zeichnungen, aber das war es auch schon.

»Entschuldigen Sie«, rief ich. »Dieser Mann hier ist verletzt.« Irgendetwas sagte mir, dass es klüger war, das Wort verletzt zu

benutzen, als zu sagen, dass er angeschossen worden war. Ich wollte nicht auch noch verhört werden.

Die Frau von der Notaufnahme drückte auf einen Knopf an ihrer Telefonanlage und sagte: »Eine Schwester ist unterwegs.«

Ich ging um den Stuhl herum und nahm Dads Hand. »Kommst du klar?«

Er legte den Kopf schief. »Natürlich komm ich klar. Geh jetzt.«

»Werden wir uns je wiedersehen?«

»Willst du das denn wirklich? Nach allem, was ich getan habe ...«

»Ja, will ich. Ich kenne doch niemanden außer dir. Und du wirst immer mein Dad bleiben.«

Er schüttelte den Kopf und wich meinem Blick aus. Ich fragte mich, ob er genauso gerührt war wie ich. »Ich habe nicht damit gerechnet, das jemals von dir zu hören. Besonders nicht jetzt, wo du die Wahrheit kennst.«

Eine Schwester kam herbeigeeilt und übernahm den Rollstuhl. »Was ist passiert?«

»Er ist verletzt. Ich ... äh –«

»Sie hat mich gefunden«, fiel Dad mir ins Wort. »Wenn diese junge Dame mich nicht von der Straße geholt hätte, wäre ich längst tot.«

»Ich bringe Sie sofort zum nächsten Arzt.« Eine andere Schwester drückte auf den Knopf, der die Tür zu den Behandlungsräumen öffnete. Die Doppeltür schwang nach innen und gab die Sicht auf das geschäftige Treiben dahinter frei.

Dad zwinkerte mir noch kurz zu, bevor die Schwester ihn wegschob.

Draußen huschte ich schnell wieder in den wartenden Wagen, neben Sam. Seine Augen waren einen Spaltbreit geöffnet.

»Du bist wach. Gott sei Dank. Ich nehme an, ich brauche dich gar nicht zu fragen, ob du dich einem der Ärzte hier vorstellen willst?«

»Das bekommt Cas schon hin«, murmelte er.

Cas schnaufte. »Oh, ich weiß nicht, mein Freund. Das könnte gefährlich werden. Hinterher hast du vielleicht ein paar Organe weniger als vorher.«

Als Nick losfuhr, nahm Sam meine Hand und wob unsere Finger ineinander. Ich lächelte. Ein echtes Lächeln, das von Herzen kam. Weil die Jungs wieder bei mir waren. Und weil wir es geschafft hatten. Wir waren frei.

35

Das trockene Gras raschelte, als ich mich auf dem Friedhof von Port Cadia vor den beiden Grabsteinen auf den Boden setzte. Blätter hatten sich am Fuß der großen Steine und in der einzigen Vase mit bereits verblühten Blumen gesammelt.

Ich las wieder und wieder die Namen auf den Steinen.

Charles O'Brien, Geliebter Ehemann und Vater.

Melanie O'Brien, Geliebte Ehefrau und Mutter.

»Hallo«, sagte ich in die Stille und kam mir dabei komisch vor. Dennoch brachte es mich ihnen irgendwie näher, meinen *richtigen* Eltern. »Ich bin's, Anna. Es hat lange gedauert, bis ich wieder nach Hause gefunden habe. Aber jetzt bin ich hier.« Ich fuhr mit der Hand über die grobe Kante des Grabsteins, der für meinen Vater errichtet worden war. Dann tätschelte ich den meiner Mutter. »Wie gern würde ich mich an euch erinnern können.«

Ich wartete, ob vielleicht etwas auftauchte, eine alte Erinnerung, die es geschafft hatte, sich vor dem Eingriff der Sektion zu verbergen. Doch nichts geschah. Ich wusste nicht mal, wie die Haarfarbe meiner Mutter gewesen war. Noch, wer mir meine braunen Augen vererbt hatte.

Aber vielleicht erwartete ich auch zu viel. Für den Moment war es schon ausreichend, ihre Gräber gefunden zu haben. Ich sah mit eigenen Augen, dass es sie wirklich gegeben hatte, das

war doch zumindest ein Anfang. Nun blieb mir alle Zeit der Welt herauszufinden, wer sie gewesen waren oder ob es noch andere Familienmitglieder gab. Eine Tante oder einen Onkel vielleicht, der ein paar meiner Gedächtnislücken stopfen konnte.

Sam ließ sich neben mir nieder. Seine Wunden machten ihm immer noch zu schaffen, doch er hatte sich in den vergangenen Wochen schon einigermaßen erholt. Seine Haare waren länger und dunkler geworden, hatten fast die gleiche Farbe wie sein dicker schwarzer Mantel. Der November war angebrochen und Schnee fiel in sanften Flocken um uns, doch der Boden war noch nicht kalt genug, um sie wirklich aufzufangen.

»Ich habe sie gefunden«, sagte ich.

Sam winkte den anderen, dass ich die Gräber entdeckt hatte. Cas und Nick folgten uns jedoch nicht, sondern liefen zurück zum Wagen, den wir vor dem schmiedeeisernen Tor abgestellt hatten. Sie wollten diesen Moment ganz uns überlassen und nicht stören.

»Meinst du, es gibt auch ein Grab für Dani?«

Sam sah in die Ferne, weit über die Grenzen des Friedhofs hinaus. »Keine Ahnung. Aber das lässt sich sicher herausfinden.«

Ich nickte und spürte, wie plötzlich Trauer in mir aufstieg. Aus den wenigen Dokumenten, die uns der Speicherstick über sie geliefert hatte, hatten wir erfahren, dass sie, kurz bevor Sam in das Farmhaus verlegt wurde, gestorben war. Doch wir wussten nicht, was zu ihrem Tod geführt hatte. Eine weitere Frage, die offen blieb.

Es war immer noch merkwürdig, sie mir als meine Schwester vorzustellen. Ich konnte mich einfach an nichts von ihr erinnern. Stattdessen kam sie mir vor wie eine entfernte Verwandte, die ich nie kennengelernt, die Sam jedoch einmal sehr viel be-

deutet hatte. Sie musste auf eine einzigartige Weise großartig gewesen sein.

»Und jetzt?«, fragte ich und rupfte die alten Blumen und Blätter aus der Vase. Gleichzeitig nahm ich mir das Versprechen ab, im Frühling mit ein paar frischen Blumen zurückzukehren. »Was machen wir jetzt?«

Wir hatten die vergangenen Wochen in einem Motel auf der Oberen Halbinsel in Michigan verbracht, damit Sam zu Kräften kommen konnte, waren jedoch gestern von dort abgereist. Es war Sams Idee gewesen, auf dem Weg in den Süden in Port Cadia haltzumachen. »Damit du Abschied nehmen kannst«, hatte er gesagt. Jetzt, hier, war ich sehr dankbar dafür, obwohl es mich wahnsinnig unruhig machte, in dieser Stadt zu sein.

»Wir suchen uns was«, sagte Sam. »Irgendetwas, wo wir länger bleiben können, damit wir in Ruhe das Material auf dem Speicherstick sichten können. Wir müssen herausfinden, ob es noch andere wie uns gibt, und wenn ja, welche Pläne die Sektion mit ihnen hat.«

Unmittelbar nach unserer Flucht hatten wir angefangen, die Akten zu durchforsten. Bisher hatten wir eine Menge über das Mittel erfahren, mit dem wir genetisch verändert worden waren. »AD« wurde es dort genannt, kurz für »Altered Drug«. Doch auf dem Stick waren Hunderte von Ordnern. Es würde eine ganze Weile dauern, das alles durchzuarbeiten.

»Und du bist dir sicher, dass ich keine Gefahr für dich bin?«

Sam sah mich schräg an, mit einem Blick, der sagte, dass ich mich nicht lächerlich machen sollte.

»Na ja«, ich zuckte mit den Schultern. »Ich wollte lieber noch einmal genau nachfragen, statt die ganze Zeit rumzugrübeln. Alles, was wir bisher erfahren haben, bestätigt ja das, was Nick mal gesagt hat. Ich bin für euch eine Last. Es wäre sicherer –«

»Hör schon auf.« Er stellte sich hin.

Ich verabschiedete mich schweigend von meinen Eltern und nahm dann die Hand, die Sam mir anbot, um mir aufzuhelfen. Doch selbst als ich stand, ließ er meine Hand nicht los.

»Du bist keine Last. Den Teil der Behandlungsprotokolle habe ich sicher ein Dutzend Mal gelesen. Die Kommandokomponente ist nicht permanent.«

»Aber wir wissen nicht, wie lange es dauert, bis sie sich abgebaut hat. Hast du keine Angst davor, dass die Sektion mich schnappt und dann gegen euch einsetzt?«

Er lief los und zog mich mit, weil wir uns immer noch an den Händen hielten. »Ein Grund mehr für uns, zusammenzubleiben. Außerdem bist du der einzige Mensch, dem ich vertraue. So etwas gibt man nicht so schnell auf.«

Ich lächelte. »Du traust mir mehr als Cas?«

»Cas würde mich für einen Kasten Bier stehen lassen.«

Mein Lachen hallte über den Friedhof. »Das ist nicht wahr!« Ich strich mir die Haare aus dem Gesicht. »Die anderen stehen voll und ganz hinter dir.«

»Und trotzdem hast du mir das Leben gerettet.«

Ein warmes Gefühl, so wie Sonnenstahlen auf nackter Haut, erfüllte mich. Er hatte natürlich recht. Das konnte ich nicht bestreiten. Ich hatte schon immer etwas für ihn übrig gehabt, ihn sogar geliebt; doch wenn man sein Leben für jemanden aufs Spiel setzte, veränderte das alles. Das ging weit über Liebe hinaus. Tausend Millionen Dinge fügten sich zu etwas Neuem. Zu Gefühlen, für die ich keinen Namen kannte.

Als ich gesagt hatte, ich würde für ihn sterben, hatte ich das auch so gemeint. Und nun wusste ich, dass auch er sein Leben für mich riskieren würde.

Eine leichte Brise pustete altes Laub über den Weg vor uns.

Der Schnee war nicht länger sanft, sondern pikte eiskalt auf den Wangen. Ich rückte näher zu Sam. Meine Hand berührte den Saum seiner Jacke.

Am Ende der Grabreihe wurde Sam langsamer. Unsere Schultern stießen gegeneinander. Ich spürte seinen Blick auf mir. »Welche Farben würdest du nehmen?«

Ein Lächeln stahl sich auf meine Lippen und ich schielte kurz zu ihm hinüber.

Dann legte ich den Kopf in den Nacken und schaute in den Himmel. »Titanweiß. Ein Weiß, das so rein ist, dass man es –«

Er hielt mitten im nächsten Schritt inne und zog mich an sich. Es lagen nur ein paar Zentimeter zwischen uns. Schneeflocken landeten und schmolzen auf meinem Gesicht. Schon fühlten sich weder Schnee noch Wind kalt an.

»Fast schmecken kann?«

Die Lücke zwischen uns schloss sich und seine Lippen legten sich auf meine.

Danksagung

Mein Leben hat sich auf unglaublich verrückte und umwerfende Weise verändert, was ohne die Hilfe so vieler verrücktumwerfender Menschen so nicht möglich gewesen wäre.

Zunächst gilt mein Dank meinem Mann, JV, der nie an mir gezweifelt, sondern mich immer wieder aufgefangen hat, wenn ich zu scheitern drohte. Danke für deine offenen Ohren, obwohl es fast nur um Bauchmuskeln, Handlungsverläufe und den perfekten Buchtitel ging.

Meiner Agentin Joanna Volpe, die mir stets unterstützend zur Seite stand und der auch immer die richtigen Worte zur richtigen Zeit eingefallen sind. Ohne sie wäre das alles nicht möglich gewesen. Ich fürchte sogar, ich wäre ohne ihre Führung und ihre grenzenlose Genialität längst verrückt geworden.

Meiner Lektorin Julie Scheina, die von Anfang an an dieses Manuskript geglaubt und mir dabei geholfen hat, es noch tausendmal besser zu machen. Danke für deine Weisheit, deine lieben Worte und dafür, dass du die gleiche Vorliebe für heiße Kerle mit mir teilst.

Danke auch allen anderen Mitarbeiterinnen von Nancy Coffey Literary. Nancy, Sara, Kathleen und Pouya. Danke auch an das gesamte Team von Little, Brown, dafür, dass ihr auf so vielen Ebenen einfach fantastisch seid, und dafür, dass ihr dieses Buch zum Glänzen gebracht habt.

An meine Vorableserschaft: Holly Westlund, Robin Prehn und Deena Lipomi. Ganz besonderen Dank an Deena für ihre unschätzbar wertvollen Rückmeldungen, ihre aufmunternden E-Mails und überhaupt dafür, dass sie meine beste Cheerleaderin war.

An meine BFF, Stephanie Ruble, die mich von Anfang an begleitet hat. Wir sind diesen Weg bisher gemeinsam gegangen und das Abenteuer fängt ja gerade erst an.

Lieben Dank an Patricia Riley und Danielle Ellison, die immer wissen, wie sie mich am besten zum Lachen bringen und wann es wirklich nötig ist. Danke für die Korrekturkekse, alle #hotboyswin Tweets und eure unerschütterliche Freundschaft.

Danke an alle meine Freunde und meine Familie, für all eure Unterstützung, Liebe und Ermutigungen.

Und ein ganz besonderer Dank geht an die WSB-Mannschaft: Tracy, Diane, Jer, Vicki, Karen, Josh und Adam. Ihr seid die besten Mitarbeiter, die man sich nur wünschen kann.

Und ganz zum Schluss möchte ich der ganzen Autorengemeinschaft dafür danken, dass ihr so umwerfend seid. Ein Buch zu schreiben kann ein ganz schön einsames Unterfangen sein und ohne euch hätte ich diese Reise niemals gemeistert.